TOMBÉE DU CIEL

L'Iconoclaste,
26, rue Jacob, 75006 Paris
Tél. : 01 42 17 47 80
iconoclaste@editions-iconoclaste.fr
www.editions-iconoclaste.fr

ALICE DEVELEY

TOMBÉE DU CIEL

L'ICONOCLASTE
ROMAN

J'ai reçu la vie comme une blessure et j'ai défendu au suicide de guérir la cicatrice.

Lautréamont,
Les Chants de Maldoror

Peut-être que Dieu se cache dans le plafond. Tous les soirs, quand le soleil est parti et que le ciel a bruni, je ferme les yeux et psalmodie. Je n'y connais rien en oraisons, je ne sais pas comment mettre mes mains, j'ignore les bons mots, je ne crois en rien, mais dans le lit, je prie. Je me redresse sur le matelas, je tends le cou et rejoue les mêmes gestes. C'est mon requiem à la nuit. Je ne fais aucun bruit. Personne ne sait que je reste là, des heures durant, à implorer quelque chose qui ne vient pas.

Je ne suis qu'une gosse de quatorze ans dans un pyjama trop grand. Quand je me mets debout, on jurerait que je tiens sur mes genoux. Mon dos a pris la forme que prennent les vieillards dans leur fauteuil roulant. Je m'effondre sur moi-même. Ma frange trop longue maintenant me coupe le visage en deux. Je n'y vois plus rien, mais il n'y a rien à voir de toute façon. Depuis que je suis ici, j'habite une terre sans soleil. Un monde de volcans éteints, de cendres grises et de cratères profonds comme mes trous de mémoire. Parfois, un soupçon de souvenirs épais comme un tissu d'étoiles me revient et je ris. Souvent aussi, à peine ravivées, les étincelles s'évaporent et j'oublie. Je disparais sous les draps en espérant que la nuit apporte ses réponses. Mais les ténèbres restent sourdes à mes appels. Je crie dans un désert.

Je devrais baisser le front et je garde les yeux hauts toutefois. Comme si quelque chose au fond de moi conservait la foi. J'attends face au mur blanc, je contemple cette voûte vide devant laquelle ont dû se perdre tant d'autres petites vies avant la mienne. Je ne sais pas à quel saint me vouer, mais je prie. Si le diable vit en moi, c'est bien que Dieu peut aussi descendre. Pourtant, entre mon envie de croire et la peur de ne pas y arriver, mon désespoir est toujours le plus grand. Au fond, je sais que je ne sortirai pas en me vouant au Saint-Esprit. Il n'y a que le diable qui est roi ici-bas. Il a même un nom : Carré. Le docteur Carré.

Pendant des heures, je me tourne et me retourne. J'accuse le monde entier. Je renie ma mère, mon père. Tous ceux qui ont choisi de m'abandonner là et de regarder ailleurs. C'est leur faute, je me répète. Et puis non, je me dis, c'est moi, rien que moi. Je me frappe les joues, je me griffe le cœur. La lune devient rouge, mon sang devient bleu. Au loin, les pas des infirmières résonnent dans des bruits de tambour. Le bâtiment entier bat dans mes tempes. Je plaque les mains contre mes oreilles devenues des cymbales. Chaque nuit, je me dis que je n'en peux plus et que c'est la dernière fois que je vivrai tout ça. Mais chaque nuit, la souffrance revient telle une insomniaque et je regarde les heures s'écouler sur mes joues salées. À un moment pourtant, je finis par tomber et par m'endormir comme on se noie.

Quand le matin revient, je me réveille dans une chambre citronnée. J'ai l'impression de mariner comme un sachet de thé dans sa chapelle d'eau. Tout est si chaud. J'aimerais rester là, inerte, à infuser dans les effluves du soleil. Mais il ne faut pas. Je me lève et resserre le cordon de mon pantalon qui a glissé dans mon sommeil. Je m'époussette les cheveux, défais leur paquet de nœuds et pose le front contre la vitre qui ne s'ouvre que de trois doigts. Une fine buée s'étire contre ma peau. C'est l'hiver. De l'autre côté de la terrasse grillagée, j'aperçois les feuilles de quelques arbres qui menacent de tomber. Parfois, je rêve d'être comme elles. Quel bonheur ce serait là, disparaître…

C'est bientôt l'heure. Je renifle une odeur âcre de petit déjeuner. Je vois déjà les cruches sur la table, le pain au goût de sciure, le beurre qui suinte comme du pus sur les tartines, les couteaux au bout rond, les madeleines orange dans leur plastique blanc. Je sens le relent du café moite coller aux bols froids. Mes dents grincent sous ma langue. Je sais que je ne toucherai à rien. Des nuages cotonneux se sont détachés ici et là au milieu des pavillons blancs. Il faut y aller sinon ils vont venir me chercher et ça ne se termine jamais bien quand ils le font, mais je ne bouge pas. Je suis épuisée. Je reste là à regarder un pigeon voleter au milieu des herbes.

On ne soupçonne pas la vie à hauteur de fenêtre. Tout ce qu'on y voit, tout ce qui s'y fait, toutes ces histoires jamais racontées. Comme la mienne. Qui imaginerait qu'une fillette dort ici, derrière cette barricade de clés? Si l'on est amené à passer devant, on se dit qu'il s'agit d'un service comme un autre, puisqu'on est dans un hôpital et qu'on y soigne des patients. Mais celui-ci ne devrait pas exister. Plus qu'un endroit, il vaudrait peut-être mieux parler d'une machine à broyer les enfants. De douze à seize ans, tous ceux qui y passent en ressortent cassés. Moi, je refuse de devenir l'un d'entre eux. Ils m'ont dit que ça ne servait à rien de résister. Je ne sortirai pas, je le sais. « Tu es un cas désespéré ! », m'a lancé une infirmière. C'est vrai.

Demain, je leur donnerai raison. Je me suiciderai. Ce sera mon cadeau de Noël.

Mais avant d'en arriver là, je vais tout raconter. Sous le matelas, j'ai caché un cahier. Mon journal. Celui que vous lisez. Il faudra écrire vite parce qu'il ne me reste qu'un jour. Et avec tous ces médicaments qui me laminent la tête, je n'ai plus qu'un crâne mou. C'est un délai ridicule et impossible pour espérer tout dire. Mais je ne renoncerai pas. Je suis en guerre. J'écrirai comme on tue. Ce sera vif et bref. Si l'on m'y prend dans cette chambre grillagée, l'écriture me vaudra la mort ou pire. Autant choisir quand elle arrivera. Je vais mourir dans une cellule d'unité psychiatrique et il faut qu'on comprenne pourquoi.

Par quoi commencer ? Par la vérité, je crois. Je n'ai jamais été douée pour raconter de bonnes histoires. D'aussi loin que je m'en souvienne, elles ont toujours été comme des monstres dans ma bouche, des créatures sauvages bondissant hors de leur cage, terribles et imprévisibles. Maman les maudissait. Quand j'étais petite, dès que je parlais elle me rabrouait « tu fais trop d'histoires », puis elle avait ce geste de la main pour me dire de m'en aller. Peut-être que je causais trop, mais il y avait tous ces animaux fantastiques qui attendaient d'être racontés et personne pour les écouter. Dans ma chambre, quand le soleil s'écroulait, je regardais leurs ombres s'étirer en tentacules sur les murs. Ils étaient grands, ils étaient gros, mais c'étaient des enfants. Chaque fois que maman tournait les yeux, ils pleuraient en silence. Je les entendais, moi. Parce que ces larmes qui coulaient, elles tombaient de mes joues. J'étais une fillette avec beaucoup de bêtes dans la tête.

Voilà, tout est parti de là, d'une mauvaise histoire. Et les histoires sont des bêtes dangereuses quand on ne maîtrise pas les mots. On croit qu'on les connaît parce qu'on les emploie. Mais on ne sait jamais ce qu'ils savent de nous. Les mots sont des traîtres. Avant d'arriver ici, j'ignorais le proverbe «Qui ne dit mot consent», et je l'ai appris à mes dépens. C'est bien pire de se taire que de causer à tort et à travers.

«Les histoires n'ont de fin que lorsqu'on en a fini avec elles.» Qui m'a dit ça? Pendant des mois, j'ai fait comme si tout ce qui m'était arrivé n'avait jamais existé. Je me suis laissé pousser les cheveux, j'ai changé de raie de côté en pensant que ce fantôme d'histoire que je fuyais ne me reconnaîtrait pas. J'ai changé de chambre cinq fois, de chaussures au moins trois, de couleur de pantalon et de pyjama en pensant qu'il ne me retrouverait pas. Je me suis dit qu'en évitant de parler de lui il se lasserait, il arrêterait de me hanter. Mais il était là à chaque heure, dans des clés, dans des madeleines, dans des odeurs de thé et des bruits de vaisselle. Il m'attendait. Cette histoire est la mienne et c'est à moi seule de l'écrire. Autrement, ils raconteront leur version des faits et je serai à tout jamais prisonnière de leurs mots.

Qu'est-ce que je gagne à parler ? Un peu de justice, de vengeance, de vérité ? Les gens n'aiment pas la vérité, ils ne savent pas quoi en faire, quoi en dire, comment la prendre, comment vous regarder, il y a toujours cette espèce de reproche dans leur regard quand vous leur confiez votre histoire, comme si vous leur balanciez votre linge sale à la gueule, « qu'est-ce que tu veux que je fasse de ça ». Moi ? Rien. Je parlerai parce que je n'ai plus que ça. Parce qu'à la fin il ne reste plus que ça. Des mots. Rien que des mots. J'écris ça et je pense à papa.

C'est un dimanche comme un autre. Nous dînons devant la télé. Véronique, ma belle-mère, a préparé du flan à l'ananas. Je n'en veux pas et je sors de table pour aller sur le canapé blanc. En vrai il est vert, mais papa l'a recouvert d'un drap pour qu'on ne le salope pas. Chaque fois j'ai l'impression de m'asseoir sur les genoux d'un cadavre. C'est le mois de janvier. Il fait nuit encore tôt, mais nous n'allumons rien. Seuls les flammes de la cheminée et les flashs de la télé éclairent le salon. Des pendus se balancent dans l'ombre des poutres au plafond. Papa s'assied à côté de moi avec son assiette et commence à me parler. « Oh mais merci d'avoir cuisiné ce bon dessert ! » Il prend ce ton dont les parents usent pour emmerder leurs enfants. « Ça me fait plaisir qu'on ait pris ce temps pour moi. » Je ne réponds rien. Papa suçote sa cuillère et me saisit soudain par le cou. « Papa... », je balbutie alors que ses doigts s'enfoncent dans ma gorge, m'écrasent la trachée. Mais papa n'est plus mon papa. « Dis qu'il est bon ce dessert ! Véro y a passé l'aprèm ! Et toi tu dis pas merci ?! » Mes pieds puérils frappent l'air. J'essaye de m'accrocher à ces bras qui veulent me tuer. Il me secoue comme un sac et me balance contre le mur. « Bouffe ! », il hurle en me jetant un bout d'ananas à la tronche. « Bouffe tout ! » Il s'accroupit devant moi. « Tu pars pas de là tant que t'as pas fini. » Il se redresse et me laisse par terre.

Peut-être que papa ne m'aime pas parce que je n'arrive pas à sa hauteur. Je ne sais pas si c'est à cause de mon frère aîné Armand, mais il n'aime que ce qui est grand, comprenez, supérieur à

1,75 mètre. Moi, je fais 164 centimètres. Quand le médecin a montré ma courbe de croissance et que j'ai vu que je ne grandirais jamais assez pour arriver à la taille d'Armand, je me suis mise à m'étirer à tous les poteaux que je trouvais, en vain. J'ai pensé à l'écartèlement mais il m'aurait fallu de l'aide et mes amies ont refusé. Alors j'ai commencé à copier ma belle-mère. J'ai d'abord porté des petits talons, puis des plus grands, j'ai crêpé mes cheveux, et malgré ça, rien. On dit souvent qu'on a une épée au-dessus de la tête quand on est dans une situation de merde. Pour moi, c'est une barre, une toise, un chiffre que je n'atteindrai jamais. C'est ça que je lis chaque fois dans les yeux de mon père. Quatre mots. « Pas à la hauteur. »

J'ai du mal à écrire. Si l'on me voyait là, accroupie contre le mur, les jambes pliées… Le mollet qui me sert de table penche à chacun de mes retours à la ligne. J'ai des crampes et le bic que j'ai trouvé n'écrit presque pas. Il faut que j'appuie plus fort à chaque ronde et j'ai déjà transpercé ma feuille. Je suis à deux mots de tout déchirer. Mais je ne peux pas m'asseoir au bureau, en face du hublot dans la porte. Si je me mets là, les infirmiers me verront écrire. Et il ne faut pas. Jamais. Baisser sa garde ici, c'est crever. Je dois tenir. Rester debout. Que ma chair se change en pierre. A-t-on déjà vu une statue pleurer ?

Quand j'y pense, il aurait suffi de quelques mots, de ma mère ou de mon père, pour que je ne me tue pas.

Je vais me tuer. Voilà, c'est dit. J'ai quatorze ans et je vais mourir. C'est pas grave. Il faut mourir. C'est normal. Complètement banal même. L'essentiel, c'est de mourir à temps et je suis prête. Je n'ai pas peur de mourir, c'est vivre qui m'effraie. Chaque jour qui passe sous ce plafond blanc se réduit à la dimension d'un matelas. Avant, je me battais pour ne pas y rester, mais je ne le quitte plus maintenant, et que vaut la vie vue d'un lit ?

J'écris ces mots et pourtant... Je n'étais pas comme ça il n'y a encore pas si longtemps. Vous auriez vu ma gueule de croque-mort, mon eye-liner et mes pantalons noirs, énormes. J'étais vive, j'étais nerveuse, j'étais impatiente. Je dansais dans la tempête. Ouais, sous mon crâne, c'était tous les jours une immense fête. Ma vie crépitait comme mes cheveux. J'étais un gigantesque brasier dans une forêt de gens éteints. Je ne parlais pas, je criais. Je ne marchais pas, je courais. J'avais du feu dans la poitrine. Je brûlais comme on brûle dans le froid. Mon corps entier était une volute de fumée.

Enfin, c'est ce que j'imaginais, parce que, en vrai, je ressemblais surtout à une gothique. Armand changeait de trottoir quand il me croisait. Le corps de papa, lui, formait une grimace. C'était toujours trop noir, trop bizarre. Il me disait : « Pourquoi tu t'habilles comme un sac ? » Il aurait voulu que je porte des jupes. Courtes. Si courtes qu'on m'aurait traitée de pute à quatorze ans. Quant à maman, le peu qu'elle m'observait, elle trouvait que j'avais « mauvais genre ». On aurait dit que je lui faisais peur, elle me fuyait. « Tu voudrais pas mettre un peu de couleur ? » Elle m'avait dit ça après que je lui avais présenté ma pote Mathilde. Petite poupée blonde en col Claudine blanc. Maman avait caressé des yeux la douceur du vêtement lisse. Son repassage bourgeois. Elle aurait préféré que je ressemble à ça, une fille de bonne famille. Mais comment ? On s'habillait chez C&A, on portait les mêmes chaussettes trouées depuis des années, on fêtait nos anniversaires dans des assiettes en carton, on achetait le papier toilette par série de cinquante rouleaux, dès qu'il y avait une promotion on l'avait à la maison. Maman répétait qu'on n'avait pas d'argent même si on en avait toujours assez pour des babioles et des jouets en plastique. On avait le pire de ce que le capitalisme des années quatre-vingt-dix avait inventé pour les gosses. Maman rêvait d'un mieux, mais moi je l'aimais ma vie. Tous les jours, tous les soirs, je l'appelais par un nom : Mathilde. Je regardais avec elle les étoiles du ciel frissonner sur mes bras, ma peau se consteller de pointillés comme une mûre sauvage. On parlait fort. On riait fort. On chantait fort. On avait le cœur qui battait fort. On courait dans la nuit invincible.

Quand je repense à ces jours heureux, j'ai l'impression de les avoir inventés. C'est fou comme on peut oublier l'écho d'un rire quand on est triste. Parfois, je me demande ce qu'aurait été ma vie si je n'avais pas été enfermée. Ça me donne la nausée rien que de l'écrire. Je pense à moi et je pense à tous ces gens qui ont raté leur vie, tous ces gens qui mourront sans avoir tout dit, tous ces gens qui crèveront deux fois, dans l'indifférence et l'oubli. Comme maman.

La plupart du temps, maman a les mots comme des coups de couteau. « Tu étais en avance enfant, dommage, ça n'a pas duré », « tu veux devenir dessinatrice ? Tu termineras sous un pont ». Elle ne s'en rend pas compte je crois, mais je préfère quand elle ne me dit rien, le silence la rend aimable. Parfois j'ai des accès de faiblesse et quand elle est devant la télé, il m'arrive de m'asseoir à ses pieds. Je devine alors la vieillesse sous ses cheveux bruns, la gravité qui pend à ses joues, j'observe les plis de son cou, cette gorge lourde qui s'affaisse dans sa poitrine. Les varices violettes le long de ses cuisses. La peau morte qui creuse ses talons. Maman n'est pas méchante, elle est triste, même quand elle sourit on dirait qu'elle pleure et il n'y a rien de pire que les gens qui souffrent. Plus personne ne lui demande comment elle va car tout le monde a accepté l'idée qu'il n'y avait plus rien à faire avec elle. Mon petit cœur honteux se serre en y pensant. Mais ça ne dure jamais longtemps. Lorsqu'il y a des faits divers à la télé, maman se met à genoux dans le canapé et écoute comme un curé le journaliste parler : « Une affaire terrible. Une mère, la fin de quarantaine, a tué ses deux enfants à coups de couteau avant de retourner l'arme du crime contre elle. » Alors je me dis que maman est tout à fait le type de personne qui pourrait un jour rentrer de son travail pour dézinguer sa famille sous prétexte qu'elle était « triste », et je ne veux plus rien lui pardonner.

Maman est coincée dans un boulot qu'elle déteste depuis vingt ans. Elle passe ses journées à photocopier des feuilles et des feuilles entre trois cafés et des réunions de trois heures. Quand je lui demande ce qu'elle fait exactement, elle me répond chaque fois « c'est pas intéressant ». Mais si elle pouvait faire autre chose, elle ferait quoi ? « Rien. » Pourquoi elle est comme ça ? « Tu sais, j'ai beaucoup souffert. C'est compliqué de vivre avec mon passé. » Maman n'a jamais été très claire avec ce que représente ce passé. Quand on la questionne, elle prend ce regard moite. Son corps s'affaisse, elle porte soudain la misère de l'humanité sur ses épaules. Maman reste vague, comme pour laisser le loisir à qui l'interrogerait d'imaginer le pire. Peut-être pour qu'on lui chuchote, une main dans le dos : « Ma pauvre, c'est quand même terrible ce qui t'est arrivé. » La gerbe. Papa m'a toujours dit que la pitié était la pire émotion à susciter chez les gens. Les misérables, les perdants, ça lui donne des envies de meurtre. Version moustique de l'être humain. J'ai dû prendre de lui. « J'ai quand même le droit de souffrir. » C'est vrai, maman. Ça fait deux décennies que ton psy te le répète à coups de cent balles par séance. « Il faut du temps. » De l'argent, apparemment.

Enfin, t'inquiète pas non plus, il y a plein de gens comme toi qui justifient leur existence à l'aune de leur souffrance. Moi je déteste ces gens qui se détestent. Je déteste cette génération de victimes qui se satisfait de donner un sens à sa vie par la violence dont elle a fait les frais. Ils disent « je suis dépressif », « je suis alcoolique », « je suis malheureux », avec ce « je suis » qui les arrimerait à un temps perpétuel. La violence est un accident, pas une identité. On souffre d'une maladie, on n'est pas une maladie. Mais non, eux, ils veulent être réduits au pire de leur existence, ils te serrent la main et te tartinent leur souffrance sur la gueule. Ils refusent qu'on leur dise « tu peux le faire ». Bien sûr que non ils peuvent pas, ils sont heureux d'être malheureux.

Faudrait tout de même pas qu'ils aillent mieux ! Mais qu'on les achève ces égoïstes qui veulent tout détruire parce qu'ils n'ont rien construit. Un peu d'humanité quoi, on se tait et on se tue ! Moi, par exemple, je suis humaniste et c'est pour ça que j'ai décidé de crever.

Dans l'ordre des choses, c'est d'abord à papi et mamie d'honorer les traditions, puis aux parents de nous les expliquer avant qu'on ne les enterre eux aussi. Mais moi, je fais rien comme tout le monde. « Tu es une sauvage, dit ma mère. Tu respectes rien. » C'est pas parce que j'ai le rire facile que je me fous de tout. Je respecte les coutumes. D'ailleurs, je prépare ma mort avec soin. Si tu me lis, maman, sache que je mourrai en te faisant un doigt d'honneur. Peut-être même que j'aurai ce sourire goguenard qui t'insupporte tant. Mon petit doigt me dit que tu pousseras des « oh ! » et des « ah ! », tu crieras que je n'aurais « pas osé te faire ça », mais si, mais si, je l'aurai fait. Et rien que pour ça, je sais que j'aurai rien à regretter. Ouais, je te ferai la nique d'outre-tombe. C'est pas beau ça ? J'ai pas peur de la mort. Plus je l'écris, plus j'ai l'impression de m'en faire une amie d'abord. Si on lui demande de venir, la mort ne se défausse pas, elle. On peut lui faire confiance, à elle.

Je pense à ma mort et au livre que j'ai commencé, *L'Enfant léopard*, de Daniel Picouly. J'adore déjà ce roman. On est en 1793, Marie-Antoinette est tombée du trône et, dans quelques heures, elle va être guillotinée. Un complot s'est formé pour tenter de la sauver. Est-ce qu'elle va vraiment mourir ? Tout le monde sait comment ça s'est terminé dans la vraie vie, mais dans la fiction ? C'est ce que j'aime dans les bonnes histoires, les beaux mensonges. Mais j'aurai jamais le temps de connaître la fin. C'est con. Enfin, qui programme son suicide après avoir entamé un roman ? Tant pis pour la reine. Qu'elle vive ou qu'elle crève, pourvu que la mort soit douce. Tendre. Étincelante. Qu'elle soit flamboyante, une putain de fête foraine ! C'est tout ce que je lui souhaite. À elle, comme à moi ! Que le sang jaillisse comme du pop-corn. Que la tête me tourne comme dans un manège. Que mon cœur grésille comme des cacahuètes grillées dans leur sachet. Et que ça saute ! Moi qui avais hésité entre le cutter et les médocs, je crois que c'est tout trouvé. Je vais me faire ma propre fête. Un bon bain de sang. Un baptême à l'ancienne. J'ai hâte. Peut-être même que je le ferai dans les chiottes. Quand on a eu une existence de merde, mourir là-dedans, ça semble parfait, non ?

Est-ce que je regrette quelque chose ? Quand j'étais vivante, j'avais toujours les yeux où il fallait pas, ce qui m'intéressait, c'étaient tous ces trucs sur lesquels on s'arrête pas. Ces gens moyens qu'on croise dans la rue, ces pestiférés sans banc pour rêver, ces fagotées comme des putes, ces punks à chiens, ces tarés qui parlent tout seuls, ces désespérés qui retardent les trains, ces femmes aux yeux noirs qui tombent toujours dans les escaliers… Je voulais tout engloutir, tout bouffer et m'étouffer avec, rien que pour tuer mon ténia métaphysique. J'avais faim, si faim de tout – comble de l'ironie pour une anorexique.

Remontons le temps. Au 3 juillet exactement. Ce mardi-là, je me souviens, je me réveille comme d'habitude dans ma chambre. Le volet a râpé quatre lamelles de soleil sur ma tête. J'ai de la purée à la place des yeux. Je m'étire, bâille et là, tout de suite, je sens que quelque chose ne va pas. Je me tâte. Tout a l'air à sa place, aussi ordinaire qu'hier. Pourtant, je me sens bizarre. Sur l'oreiller, il y a tous ces cheveux orphelins, et sur mes jambes, tous ces poils clandestins. Peut-être qu'on m'a échangée pendant la nuit? Peut-être que je dors encore? Est-ce qu'on peut se réveiller dans le mauvais corps? Je pense à toutes les filles que je connais. Mais Mathilde est blonde comme les blés et Iris est plus brune que moi. Non, non. Alice, c'est moi. Ce ne peut être que moi. Alors, je commence à établir une liste de tout ce que je sais :

Il pleure dans mon cœur comme il pleut sur la ville.

12 × 12 = 144.

La capitale de la Croatie est Zagreb.

Découverte du vaccin contre la rage en 1885.

Maman et papa sont nés en 1959.

Maman a les yeux bleus, papa, marron.

Marron, comme les cheveux d'Armand.

Armand est né trois ans avant moi.

Moi, je suis la dernière de la famille et la première en maths.

Mais je préfère le français.

Tout paraît en ordre. Pourtant le miroir me met le doute. Et là, cette gueule de cimetière qui me regarde ne me revient pas. On dirait que mes sourcils sont plus hauts et mon nez plus étroit. Peut-être qu'il vaudrait mieux que je retourne me coucher mais je suis déjà en retard. Comme tous les jours, je vérifie que je n'ai pas pris de poids, je fais le tour de mes cuisses et de mes bras rayés de cicatrices rouges avec mon pouce et mon majeur. Ce matin, je suis frappée de sentir ma peau aussi sèche. En passant la main dessus, des dizaines de bouts de moi se mettent à neiger sur le tapis rouge de la salle de bains. Depuis combien de jours je n'ai pas bu ? L'eau me donne la gerbe. Même un verre, je n'y arrive plus. Mon ventre est un trou et dans ce trou, des dizaines de veines comme des racines bleues grimpent du pubis jusqu'à mon aine. Partout des poils noirs ont poussé sous mon nombril, pareils à des herbes sauvages. J'ai beau les arracher avec la pince à épiler, il en revient chaque jour un peu plus. Mes bras, mes jambes sont un champ de pavots. Je suis en friche. Et mes os partout déchirent ma peau. Mes genoux se cognent dans des bruits de verre. J'ouvre le robinet de la douche et, en me passant la main dans le dos, la carcasse de poisson qu'on nous a servie la veille à la cantine me revient en tête. Et c'est là, en caressant ma colonne de truite, que je comprends ce qui ne va pas. J'ai un problème et ça se voit.

Il faut que tu fasses attention.

Ce n'est pas moi qui dis ça, c'est Sissi. L'une des bêtes qui vit dans ma tête. Je ne sais pas vraiment quand elle a commencé à me parler, c'était il y a plusieurs années déjà, mais depuis qu'elle est arrivée, elle n'est plus jamais partie. Au début, j'ai pensé qu'elle était mon ange gardien. Elle savait tout mieux que moi, elle me faisait réciter mes tables de multiplication, j'avais de bonnes notes, je ne sais pas si c'était de la triche d'avoir un fantôme qui pouvait me chuchoter les réponses, mais avec elle, je me sentais forte. Elle était comme ce bruit de télé que laissent les gens dans leur salon pour faire semblant d'avoir de la compagnie, sauf que moi, je ne l'ai pas choisie.

Et puis un jour, quand je devais avoir sept ou huit ans, à l'âge où l'on commence à grandir, Sissi m'a interdit de manger des gâteaux. Elle ne m'a pas dit pourquoi, elle m'a simplement demandé d'obéir et je l'ai fait. Après ça, elle est passée au riz, aux pommes de terre puis au pain. Tout ce que j'aimais. Quand on partait en vacances et que maman distribuait les sandwichs, j'avais juste le droit de grignoter le jambon et de racler le beurre parce que Sissi m'obligeait à jeter la baguette. J'avais faim et j'étais grosse. C'est ce qu'elle me répétait. *Tu es grosse*, et elle déclinait l'adjectif avec toutes sortes de synonymes horribles. Je ne savais pas qu'il existait autant de mots pour faire pleurer, et je pense que c'est à ce moment-là que j'ai commencé à me méfier. Quand les conseils de Sissi sont devenus des ordres et ses ordres des menaces, il m'est arrivé de croire que c'était en fait le diable. Je n'obéissais plus par paresse mais par peur des représailles.

Sissi n'a pas de visage, pas d'expression. C'est rien qu'une grande ombre avec une voix sifflante. *Il faut que tu fasses attention*, elle répète même si je ne réponds pas. Je peigne ma frange. « Attention ? »

Ça fait des mois que je n'ouvre plus le frigo. Les paquets de gâteaux s'amoncellent et dégueulent des placards. C'est plus une cuisine mais une épicerie. La semaine dernière, j'ai dû jeter des chocolats par la fenêtre à Mathilde pour faire un peu de place. Vous m'auriez vu lui balancer les petits susucres de ma mère, j'étais aussi heureuse qu'une vieille folle jetant du pain à des pigeons. Mais c'est pas comme si je me restreignais, je n'ai pas faim. Si l'estomac est plein, on sait quand s'arrêter. Mais quand il n'y a rien dedans, où est la fin ? On peut se laisser dévorer de l'intérieur. Et c'est même mieux que de bouffer en vrai. C'est presque jouissif de sentir son estomac rétrécir, d'entendre ses cris de mioche nous dire qu'on est une mauvaise mère. J'accouche du vide à chaque repas. Parfois l'envie de me dégoûter est si forte que j'en viens même à cuisiner toute la journée rien que pour regarder les autres s'empiffrer. Je me souviens qu'un soir, maman et Armand avaient à table des pâtes à la tomate, de la quiche, du cake et un flan. Et vous savez quoi ? Ils ont tout mangé. C'était fascinant.

Toute la journée je compte. Je ne vois pas une pomme mais 63 calories. Un œuf, 90. Une courgette, 19. C'est une calculette dans ma tête. J'additionne, je compare, je suppute. La pomme était plus grosse qu'hier : 70-80 calories. Mais je ne l'ai pas mangée en entier : 60 alors. *Demain, ce sera 50*, répond Sissi. *La prochaine pomme, coupe-la, t'en perdras mieux comme ça.* Et je recommence les opérations. Est-ce que c'est grave ? Je connais les taux de calories mieux que les dates d'anniversaire de ma mère et mon frère.

Ce 3 juillet, au matin, j'ai rendez-vous chez le médecin. Enfin, avec sa remplaçante, car je n'ai pas aimé le regard du docteur sur ma petite culotte la dernière fois. C'est maman qui a téléphoné. Pourquoi elle a passé cet appel ? « Tu sais, c'est comme pour la voiture. On vérifie que tout va bien avant de partir en vacances », elle s'est justifiée quand je lui ai demandé pourquoi. Je ne crois pas qu'elle était inquiète. Après tout, qu'est-ce qu'elle aurait pu voir avec mes immenses baggys et mes longs gilets? Avec elle, on ne sait jamais. Oui, non. Maman dit ce qu'on veut entendre. Elle prend la forme qu'on lui donne. Un jour, je l'ai vue se faire marcher sur le pied par un gars dans le bus. Le trajet avait duré trente minutes et elle n'avait pas bronché. Quand il était parti, sa chaussure était encore modelée d'après la semelle de l'inconnu.

Alors est-ce qu'elle sait pour moi?

Et moi?

À quatorze ans, le sigle TCA, troubles du comportement alimentaire, ne me parle pas. Je ne sais même pas qu'il existe une maladie pour qualifier l'anorexie. Même si j'ai découvert ce mot sur des blogs, sous des images de filles squelettiques, avec des photomontages dégueulasses d'arcs-en-ciel et de bonbons rose fluo. «Les anorexiques sont généralement des filles, intelligentes, perfectionnistes, qui ont des problèmes avec leur mère et leur corps. Elles se pèsent plusieurs fois par jour pour contrôler leur poids. Menteuses compulsives, elles ont toujours un prétexte pour éviter de partager leur repas en groupe ou d'être vues en train de manger. » Mais pourquoi ça me ferait penser à moi ?

Certes, je suis première de ma classe. Certes, j'ai des problèmes avec ma mère. Certes, je me pèse tout le temps. Certes, je mens, à mes amis, à ma famille et à moi aussi. Certes, mais c'est à cause de Sissi tout ça. Quand on croit que je parle, c'est elle qui répond. Elle qui s'énerve. Elle qui crie. Elle tout le temps. Et puis, quand on est malade, on souffre. Et moi, je n'ai ni fièvre ni toux. Je ne souffre pas de ne pas manger. Je n'ai rien… Ou peut-être… Trop de poils sur le ventre, trop froid tout le temps, trop soif sans être capable de boire un verre d'eau… Mais je mange bien puisque je mange à ma faim. Trois pommes par jour.

La matinée a une odeur d'asphalte mouillée. La pluie tombe dru et chaude. Je cours dans la rue, évitant mal les flaques qui ont transformé les trottoirs en gigantesques pataugeoires, et quand j'arrive dans le cabinet du médecin, je suis ce qu'on appelle « gaugée » dans le jargon dijonnais, trempée. La salle d'attente pue la maladie. Il y a trois pauvres magazines plus vieux que moi qui traînent sur une table qui a dû un jour être blanche, le carrelage imprégné de feuilles s'accroche à mes semelles, j'ai envie de me casser mais la remplaçante ne m'en laisse pas le temps. Elle me fait un signe et je la suis.

Trente secondes plus tard, je me retrouve en culotte sur la table d'examen avec le papier carton qui colle au cul. Son tensiomètre en main, la remplaçante me scratche un brassard et commence à pomper. Une fois, deux fois, trois fois. Ses sourcils se froncent. « Il y a un problème ? », je demande. Elle essaye une quatrième fois. Dehors, la pluie a repris, les klaxons aussi. « Je ne trouve pas votre tension. » Une dernière fois, elle pompe. « 8, c'est très bas. » Sans rien ajouter, elle me montre la balance. « 36 kilos », elle prononce tout bas, « pour 1 mètre 64 donc », elle ajoute, avant de rejoindre son bureau. Je me rhabille. Sa bouche se tord.

Est-ce que je suis fatiguée ? Avec ma mère, ça va ? À l'école ? Qu'est-ce que j'ai mangé en venant ? Quelque chose me tracasse ? Non, tout va bien. Avec ma mère, oui. L'école, oui, c'est fini. J'entre en seconde MPSI. De la brioche avec du chocolat. Non, tout va bien. Le médecin penche la tête et mordille la gomme de son crayon. C'est fou que je me souvienne encore de tout ça. « Qu'est-ce que ça te ferait si je te disais que tu pourrais te faire hospitaliser ? », elle prononce, les yeux en fente de tirelire. « Hospitalisée ? » Le médecin griffonne quelque chose sur une feuille, puis lève le menton : « Écoute, je te propose un exercice. Tu vas écrire ce que tu manges à chaque repas pendant une semaine. Et tu me montreras tout ça ensuite. Tu penses que c'est possible?» J'attrape une mèche de cheveux que je fais rouler entre mes doigts. «Oui, vous pouvez me faire confiance», je réponds d'un ton que je veux rassurant et je lui tends la main, persuadée de l'avoir dupée.

Si j'avais mieux menti, est-ce que je serais là où j'en suis aujourd'hui?

Sur le seuil du cabinet, je retrouve Sissi comme si de rien n'était. Elle ne me pose aucune question. Les nuages sont bas. La chaleur est lourde. Nous dérivons dans la ville, macérant dans une foule paresseuse. On marche au pas de funérailles invisibles. Les mamans tiennent leurs enfants comme les grands-parents tiennent leurs chiens. Tout ce monde se reconnaît et s'arrête pour discuter au milieu des trottoirs. Ça fait un bruit de chewing-gum mouillé. Mais tout ce que j'entends c'est la voix de la remplaçante. «Ça te ferait quoi d'être hospitalisée?» Ses mots froids me rentrent dans la tête comme les gouttes de pluie glacées dans le col de ma chemise. *Qu'est-ce que tu fuis?* La question de Sissi tombe avec l'averse. La foule devient un immense parapluie et accélère enfin le pas. Qu'est-ce que je fuis ? J'ai peur de quelque chose, mais je ne sais pas de quoi et cette chose dont je ne connais ni le nom ni même si elle existe me ronge le ventre.

Ce midi-là, je mange une pomme comme d'habitude. J'ai mis une émission à la télé que je ne regarde pas et marche vers nulle part dans le salon. Je raconte mon rendez-vous à Sissi qui sait déjà tout ce que j'ai à lui dire mais qui ne répond décidément rien.

« Alors ce rendez-vous ? » Armand entre soudain dans le salon. Comment ça se fait qu'il soit au courant ? Je hausse les épaules. « Ça va. » Ses yeux bleus me fouillent. « OK. » Nous n'avons rien à nous dire. Armand vient d'avoir son bac et va commencer des études de droit. Avec sa gueule d'éphèbe et ses costumes à épaulettes, il a déjà tout du futur avocat. La parfaite réplique de papa. C'est d'ailleurs lui qui lui a conseillé cette voie. Mais c'est curieux, il n'y a pas si longtemps, le Armand que je connaissais portait des tee-shirts aussi longs que des robes et jurait que jamais on ne lui mettrait des mocassins aux pieds. Il rêvait de musique. Il lisait de la poésie, Ponge et Baudelaire, il m'en récitait parfois des vers. J'aimais sa voix de baryton qui s'arrêtait à chaque fois au mauvais endroit. Armand me regarde en soupirant. Au fond de moi, je sais qu'il ne veut pas d'un boulot dans un bureau, il veut seulement être aimé de notre père, alors quand il lui a dit qu'il serait fier si son fils pouvait suivre la carrière dont il rêvait, Armand a enterré Metallica. Il a coupé ses longs cheveux bruns, plus de baggys, plus de sweats, devenir adulte, c'était abandonner la vie ample pour des habits sérieux et serrés. Armand est devenu trop grand pour moi. Ce jour-là pourtant, je me sens l'envie de parler à un adulte.

Armand s'apprête à repartir quand je lâche : « Ça veut dire quoi se faire hospitaliser ? » Son corps se tend comme un point d'exclamation. « Hein ! Pourquoi ? » J'aimerais courir dans ses bras, qu'il me caresse la tête, qu'il me rassure, qu'il me protège, au lieu de ça je réponds « pour rien » et il s'en va.

Je sors retrouver Mathilde. Dehors, quelques passants marchent sous des parapluies secs. Je prends le trottoir face au lycée. Dans quelques semaines, je rejoindrai les rangs d'élèves qui ont été formés ici, entre ces murs vieux de deux cents ans, bâtis sous Napoléon. Un frisson d'honneur remonte dans mon dos. Rien ne pourrait interférer avec mon avenir. Je suis prête. J'avance à cloche-pied entre les flaques, puis erre dans la rue, juste avant de contourner l'enceinte de l'église. Je suis en retard. Le temps de me pointer devant l'enseigne jaune de Gibert Joseph, le ciel sera déjà gris. Et voilà. Il pleut. Les gouttes d'abord éparses deviennent un torrent, je m'abrite sous un store quand Mathilde arrive complètement gaugée.

«On fait quoi?» crie-t-elle.

C'est l'avantage des averses, on n'a jamais de temps pour en perdre. Qu'est-ce que j'ai répondu? Je ne me rappelle plus sauf que comme d'habitude on s'est disputées et on a dû s'en vouloir beaucoup pour très peu. La pluie exagère tout. Je suis partie seule et en courant m'abriter jusqu'au H&M du coin, et je suis tombée sur Marine. Elle et moi, nous ne sommes pas vraiment les meilleures amies du monde, mais coincées au milieu des rangées de fringues, la gueule rincée, des poulpes à la place des cheveux, nous traînons comme deux copines et ça nous fait du bien. Il n'y a pas grand-chose à faire quand on a quatorze ans et qu'on vit à Dijon. En été, comme en hiver, c'est une ville peuplée par les touristes et par les vieux. Un musée de pierre et de goudron. Alors on s'amuse comme on peut. On vogue d'un magasin à un autre, on essaye des bracelets qui brillent et des barrettes qu'on oublie de payer, on vole un peu, ça nous fait battre le cœur, c'est marrant. Mais dès qu'il flotte, on devient des chats frileux. C'est un miracle de croiser un ado un jour de pluie. Marine et moi errons entre deux rayons quand mon portable sonne. Papa.

« Qu'est-ce qui se passe, Alice ? »

Papa prend ce ton grave quand il est en colère.

« Qu'est-ce qui ne va pas ? »

Sa question sonne plutôt comme une accusation.

« Qu'est-ce qui ne va pas !

– Je comprends pas de quoi tu parles...

– T'es pas heureuse ? On t'a fait du mal ? »

Je me bouche l'oreille gauche. Il doit y avoir du bruit. Marine me pose une question étrange. « T'es malade, Alice ? » Mais tout va bien ! La conversation s'arrête dans ma tête. Tout va très vite. Je revois les yeux inquiets de Marine, notre accolade, le soleil qui revient, elle qui me fait signe de la main et moi, de l'autre côté du trottoir, qui lui dit au revoir, sans me douter un instant qu'on ne se reverra plus jamais.

Armand m'a demandé de le rejoindre pour un café. Il ne me l'a jamais proposé en quatorze ans de fratrie. Je me dis que ça doit être important et me dépêche de le retrouver dans la brasserie qu'il a choisie. Armand parle peu, tourne les yeux, commande un thé qu'il ne boit pas. Il attend comme moi que l'un de nous deux dise quelque chose, mais ça ne vient pas. La tasse devient froide. Je m'apprête à me lever quand il me dit que maman patiente dans la rue en face. Décidément, nous qui ne sommes plus jamais une famille, on arriverait à tous se voir dehors ? Maman est là, un parapluie noir sous le bras. Son regard lévite. « On va aller t'acheter un pyjama. » Je fronce les sourcils. « Pourquoi ? » Je ne sais pas si l'eau sur son visage ce sont des larmes ou des gouttes de pluie, mais maman me dit : « Alice, tu vas te faire hospitaliser demain. »

Après ça, j'ai beau fermer les yeux, réfléchir et réfléchir encore, il n'y a rien qui me revient. Et ça me fait mal. Je pensais que ces dernières heures de liberté resteraient gravées en moi… Maintenant, je m'aperçois que ce que je croyais être du marbre devient du beurre et je me sens trahie par ma mémoire. Plus je me souviens, plus j'oublie.

Le 4 juillet, je me réveille comme la veille. Le ciel est encore rouge. L'ampoule grésille. Le chien du voisin aboie déjà. Je mastique une golden, avachie contre la fenêtre de la cuisine, et mes yeux se ferment tout seuls. Pendant les dix premières années de ma courte existence, maman m'a imposé un couvre-feu, me faisant comprendre que passé 22 heures le monde lui appartenait. Mais elle n'a jamais rien dit sur le matin. Très tôt donc, je me suis levée avant le soleil, avant maman, avant Armand. J'aime ce hors-temps, qui n'est ni tout à fait la nuit, ni tout à fait le jour. L'air gelé. La lumière bleue. Le monde pourrait s'écrouler dans cette brèche et personne n'en saurait rien. C'est comme si j'avais pour moi un monologue avec les étoiles. Ce matin pourtant, maman est matinale. Je n'ai pas fini ma pomme, tant pis, je me casse.

Je n'ai pas oublié ce qu'elle m'a promis. Je sais que je dois aller à l'hosto. On va me redemander de me foutre en slip pour me peser et quoi ? Qu'est-ce qu'elle croit ? Que j'ai peur ? Que je vais lui tomber dans les bras, la supplier, lui faire plein de papouilles ou des trucs comme ça ? Si je la supporte, c'est parce qu'elle est ma mère et pas parce que je l'aime. « C'est horrible ce que tu dis là. » Maman s'est offusquée quand je lui ai balancé ça il y a quelques mois. Je mangeais une redburn, elle s'ennuyait et m'avait demandé si je l'aimais. Au début, elle avait cherché un rire dans mes yeux, quelque chose qui lui aurait fait penser que je me moquais d'elle, mais quand elle avait vu que je ne plaisantais pas, elle avait commencé à pousser des cris d'animal effrayé, puis avait levé les bras au ciel, l'air de prendre Dieu à témoin. « Qu'est-ce que je t'ai fait pour que tu me détestes autant ? »

Une prémonition faut croire.

J'ai les mains qui tremblent. Je déteste cette facilité qu'a ma mère à me faire péter un plomb. Et pourtant, si je suis pleine de rage, je me sens aussi fébrile. J'ai besoin de croire que, comme toute ma famille, elle veille sur moi. J'enfile les bracelets et les colliers qu'ils m'ont offerts. Je fais *gling-gling* dès que je bouge. C'est pathétique. Mais je ne sais pas, ce bruit de gri-gri qui s'élève comme une incantation métallique me donne l'impression d'être protégée. *Gling-gling*… J'ai le corps plein de superstitions.

Maman me tend quelques pièces pour acheter une carte de téléphone au bureau de tabac et je pars. *Gling-gling.* Le temps de revenir à l'appartement, je trouve mon sac fait sur le lit. Ils sont si pressés de se débarrasser de moi ? Armand est énervé. Sissi n'est pas là. Maman a de la buée sur ses lunettes. Je devrais peut-être pleurer moi aussi, mais à ce moment-là, tout ce que je me dis c'est : Est-ce que j'aurai des pommes là-bas ? Il fait déjà chaud. L'été dessine des auréoles sur les tee-shirts. On s'essuie le dessus de la lèvre. Maman allume le moteur. Je m'assieds sur le siège brûlant et nous partons.

Je viens de me relire. Mon cahier a la gueule d'un essuie-tout, tout ce que j'écris est vraiment trop propre et j'ai pas envie d'embellir la réalité, je ne sais pas pourquoi je savonne ma langue comme ça. J'écris parce que je me sens sale. Je veux dire la saleté pour la saleté. J'ai dans la bouche des glaires sans poésie.

Je crache par la fenêtre et ma bave s'écrase comme une chiure de pigeon sur la portière.

L'hôpital est un ensemble de trois bâtiments, ni grands ni petits, cernés par des châteaux d'échafaudages, de cette architecture en béton, gris et froid, où l'on verrait bien grouiller des cafards et des rats. Ceux qui ont construit cet endroit ont imaginé un lieu non pas pour des humains mais des patients. Dehors, l'asphalte colle aux pieds. Dedans, le carrelage s'accroche aux narines. L'odeur de javel me brûle la gorge. J'ai l'impression d'être à la piscine alors qu'il n'y a pas d'eau. La salle dans laquelle nous marchons est immense, en forme de spirale blanche. Maman tourne comme une toupie à la recherche de quelqu'un. Armand décolle sa chemise de sa peau. Il tente de faire de l'air en secouant le tissu, sauf qu'il n'y en a pas. Il n'y a rien.

Pas un bruit. Pas une âme. Quand la sonnerie d'un ascenseur retentit. Une infirmière au chignon défait nous dépasse. Une autre la suit. Elles poussent un lit. Sous les draps, un vieil homme jaune a deux tuyaux blancs dans le nez. Est-ce qu'il est mort? Je passe une main sur ma bouche. Ça y est, j'ai peur.

Où on est? L'hôpital, c'est pour les vieux ou les fous, ceux qui sont finis, tout juste bons pour le trou. Qu'est-ce que j'ai fait? On s'enfonce dans le bâtiment. L'air devient brûlant. Maman a ses lunettes qui glissent sur son nez. Armand s'essuie le front. Une infirmière nous indique un chemin improbable. Il faut passer d'autres portes, prendre un ascenseur, d'autres étages et des portes encore. Les couloirs s'élargissent. Nous montons des marches qui paraissent descendre. Les salles s'avancent et s'éloignent. Tout se tord. Tout se tend. Quand, finalement, nous arrivons au bon endroit. Un dessin en forme de chenille verte nous accueille avec un large sourire. Le service de pédiatrie.

C'est une chambre mais elle n'en a que le nom. Deux de ses murs sont vitrés. La première vitre donne sur un balcon barré d'un filet gris, hors d'âge, et l'autre, sur la salle des infirmières. Depuis le couloir tout le monde peut voir à l'intérieur. Deux femmes en blanc font cliqueter leur stylo en nous observant. C'est un bocal et nous en sommes les poissons. Mes yeux bondissent d'un lit à un autre,

des draps aux tablettes,
aux chaussons bleus,
jambes,
seringues,
pichets,
mur bleu,
placard,
télé,
draps bleus,
magazines,
mots croisés,
stylo bleu.

Du bleu ! Encore ! Partout ! Fond de la piscine. Je coule. Mes genoux défaillent, je sens que je vais m'évanouir. Mais moi, qu'est-ce que je fous là ? Trois filles gisent sur leurs draps. Il y en a une maigre, une grosse et une petite. Je cherche dans leurs yeux la même panique que dans les miens, quelque chose qui me ferait dire qu'elles sont normales comme moi, mais rien. Une infirmière me pousse dans la chambre, « voilà ton lit », elle dit en pointant du menton un matelas bleu, le plus proche de la baie vitrée. Je me tourne vers elle sans comprendre. La voix me dit de défaire mes affaires et j'obéis. C'est maman qui a fait mon sac, un sac qui lui ressemble : pas de livres, pas de musique, pas de dessins, mais un agenda et des mots fléchés. Le temps de le vider sur une étagère, il n'y a plus personne derrière moi. Armand et maman sont passés de l'autre côté de la fenêtre, dans le couloir. Maman ! je crie. MAMAN ! je hurle. Je m'apprête à lui courir après mais deux infirmières me retiennent. Je me débats avec la lenteur qu'on peut avoir dans les cauchemars. MAMAN ! Elle ne se retourne pas.

J'ai tout perdu, je le sens. Ce n'est que le début, je le sais. Je l'apprendrai au fil des jours, chaque pas se mérite. Et en entrant ici, j'ai perdu ce privilège de la marche. Je suis devenue une enfant d'aquarium.

Les infirmières font sortir les trois filles de la chambre. Elles me disent de rester sur le lit. Sauf que j'ai pas le temps pour ça. Demain, je suis censée préparer ma valise pour partir en vacances. Maman a réservé un petit bungalow en Auvergne. Je décide de me lever mais, le pied à peine posé à terre, le corps des infirmières se transforme en une immense pieuvre ; leurs bras moites, tentaculaires m'agrippent le torse et les jambes. Leurs doigts humides comme des ventouses accrochées à mes poignets me pressent jusqu'à me laisser des traces rosées sur la peau. Je finis par lever les bras, l'air de dire « OK, c'est bon, je me rends », et le céphalopode s'éloigne sans me quitter des globes alors qu'une jeune femme entre dans la pièce.

« Bonjour, je suis Rebecca, l'interne. » Elle est plutôt grande, mais vu d'un lit, tout le monde paraît grand. Elle a les yeux verts et les cheveux coupés au carré, un cou d'oie d'une blancheur de lait et des sourcils épilés qui forment deux barres sur un front large, parsemé de petits boutons. Rebecca me parle de « mise en observation ». Elle a dans la voix des parenthèses, des mots qui appellent des astérisques, mais je ne demande rien. Je hoche la tête et donne dans le « oui madame ». Je crois que si je souris assez Rebecca me renverra chez moi, alors quand elle me fait signe d'enlever mon gilet, et que son regard tombe sur mes cicatrices rouges, je ne vois aucun problème à lui dire qu'un grizzli m'a attaquée. Je me crois drôle, je ne le suis pas. Ma blague la fait moins rire que tiquer. Ça aussi je l'apprendrai au fil des jours, l'humour n'a pas sa place dans un lit d'hôpital.

En quelques minutes, je suis devenue malade.

Quand on arrive à l'hôpital, dans ce genre d'endroit triste, je veux dire, une chambre qui n'est pas la nôtre et qui n'est à personne, on se rend très vite compte si l'on est quelqu'un de fort ou quelqu'un de fou. Moi, il m'a pas fallu trente minutes pour comprendre que j'appartenais à la seconde catégorie. L'angoisse fait trembler mon corps. Je ne saisis pas pourquoi je suis là. Est-ce que je suis punie? Promis, maman, je viendrai avec toi faire les courses le samedi, je t'aiderai à faire la vaisselle, je serai serviable, même que je serai sympa. Mais maman ne revient pas. Et j'ai le cœur qui pleure. Je chiale tellement que lorsque les filles regagnent la chambre, elles me serrent dans leurs bras. Je ne les connais pas, je ne sais même pas si elles seront encore là dans quelques heures, mais ce sont mes meilleures amies. «Pourquoi t'es ici?», elles me demandent d'une seule voix. Je les regarde pour la première fois.

La plus petite a des yeux griotte, une courte frange qui rebique sur un front couleur pain d'épice, elle s'appelle Pia. La boulotte brune qui grignote ses joues, c'est Louise, et la dernière, la plus maigre, pâle comme une asperge, c'est Aurélie. « Pourquoi je suis ici ? » Je suis triste, mais on n'enferme pas des enfants parce qu'ils pleurent. Leurs yeux se font insistants. « Parcequejemangepasassez », je réponds finalement. Les filles échangent un regard et leur silence me rappelle à quel point je ne suis pas des leurs.

Pia et Aurélie sont diabétiques. Elles me racontent les malaises, les piqûres dans le gras du ventre et me montrent leurs doigts, perforés comme des feuilles, tout ça pour mesurer leur taux de sucre dans le sang. Elles me parlent des tranches de pain qu'elles doivent bouffer à longueur de journée, y compris la nuit, parce que la maladie ne dort jamais. Je ne savais pas qu'on pouvait avoir des maladies de grands quand on était enfant. Le sourire de Pia disparaît. Elle a dix ans et sera comme ça jusqu'à ce qu'elle soit trop vieille pour plus savoir se piquer. C'est à elle de verser des larmes. Louise, à côté, emmitouflée dans un pull Nirvana trop grand, mordille ses doigts sans ongles. Ses yeux tournicotent dans la pièce. Elle ne dit pas pourquoi elle est là. Je sens ses mots se cogner à ses dents. Un abîme se crée entre ses gencives et le réel. Il faut croire que la langue ne peut pas tout dire. Et il y a parfois des choses qui ne se disent pas, y compris dans le silence des blouses blanches.

Quand le jour tombe, je ne dors pas. Il y a trop de lumière, trop de bruit. À toute heure, c'est un défilé de blouses et de lampes torches, les machines ronflent et les chariots roulent. La nuit n'existe plus. L'ascenseur *ding*, les téléphones sonnent. Dans l'ombre de la chambre commune, je regarde traîner contre les murs et le sol les bêtes que j'ai dans ma tête, partout des fantômes insomniaques, des limaces et des serpents somnambules.

« Sissi… », je chuchote. Mais il n'y a que le nez de Pia qui me répond. Je me lève sans bruit, traverse la guillotine de lumière qui s'échappe de la salle des infirmières et m'enfonce dans le couloir. Les vitres sont tapissées de dessins, de peintures et de posters. Il fait presque noir mais je les vois ces carcasses d'enfants, ces toutes petites vies presque invisibles dans les lits, ces fils comme des guirlandes qui recouvrent leurs corps endormis. Je les vois ces têtes sans cheveux, ces tuyaux dans les bras, ces nourrissons aux yeux rouges qui froissent leurs draps et crient. Je le vois, le vrai nom de la maladie.

La nuit est sans rêves et sans étoiles. Le premier matin, j'ouvre les yeux comme si je ne les avais pas fermés. Sur la table, au pied du lit, un bol de lait fume. Je ne touche à rien. Une infirmière y a glissé deux morceaux de sucre. À côté de moi, Louise engloutit une baguette de pain. La croûte craque comme une coquille de noix sous ses dents. Mon regard croise soudain le sien. « Faudrait que tu manges pour sortir de là », elle prononce, en passant un ongle entre ses gencives. « C'est simple, tu vois. Un bout après l'autre. » C'est vrai. Mais le peu que j'ingère me donne la nausée. J'ai la bouche pleine de sable. Et puis, Sissi a raison, il ne faut pas que je mange. *T'as un corps comme un cerf-volant et tu voudrais te transformer en éléphant ?* elle m'a engueulée quand j'ai tenté de boire une gorgée. *Tu mérites pas de bouffer, et toi, tu voudrais tout gâcher?*

À midi, le bifteck est une sorte d'éponge marron macérant dans son jus d'eau et d'huile. Faudrait être un chien pour accepter de bouffer ça. Je dépiaute trois haricots et revient dans le lit. Les parents d'Aurélie, assis sur une fesse chacun de l'autre côté de la chambre, me regardent sans broncher. Pourquoi maman ne revient pas? Aurélie n'a pas touché à son plateau et personne ne lui dit rien à elle. Mais elle, elle s'en va aujourd'hui. Trois haricots mêlés de larmes me remontent dans la gorge. Je la regarde partir dans le couloir, la vie sortir d'ici. Ses draps ne sont pas encore froids qu'on les jette dans un chariot. Aurélie qui?

Ils ont lavé les draps, ils ont volé le soleil.

L'air est lourd, brûlant. Les infirmières ont confectionné des éventails avec des feuilles volantes, leurs gestes sont mous et lents. Quelque chose macère dans l'air. La colère est moite. On s'agace pour une chemise qui traîne, un rouleau de papier qui n'a pas été jeté. Un seul mot pourrait déclencher une guerre. Mais la chaleur a un avantage : on se plaint d'elle et on se plaint plus d'être là.

Louise et Pia retroussent le bas de leur pantalon, attachent leurs cheveux comme des samouraïs en haut de leur crâne et quand il n'y a plus rien à remonter, font des va-et-vient entre leur lit et le robinet, avant de se fatiguer de leur fatigue et de revenir s'allonger. Leurs yeux se ferment et le ciel s'ouvre en deux. Des vagues tombent des nuages. Soudain, un éclair déchire le silence. La pluie bourdonnante frappe le carreau. Je regarde la vitre veinée de gouttes et le ciel devenir flou. De l'eau s'écoule depuis la fenêtre mal fermée. Quelqu'un a dû tenter d'empêcher la pluie d'entrer, il reste des bouts de scotch sur le métal.

« Et si on allait à la plage ? », je lance soudain. Les filles, le front perlant de sueur, se tournent vers moi sans comprendre. « On pourra se baigner, ça nous rafraîchira », je continue toujours avec entrain. Louise saisit mon clin d'œil et finit par réagir. « Mais oui, et on f'ra plein de bombes ! » Pia se relève sur les coudes, tourne la tête vers moi puis vers Louise qui parle de crabes et de nuages, elle voit dans notre regard la mer bleue et ses montagnes jaunes. « Et on fera des châteaux de sable ? » Je me penche vers elle. « Plein. » Pia se met à rêver de baignades froides et de coquillages. Elle n'a plus du tout chaud. « Quand on sortira, on ira à la plage ! », elle glousse. Et le dortoir se transforme en rivage, où nous restons le corps écrasé sur nos matelas comme sur des serviettes, nous perdant dans les bruits de l'orage, du ressac des respirateurs et du pépiement des machines.

Les roulettes rouillées d'un chariot résonnent dans le couloir. Un pas vif et léger s'approche. Dos au mur, je jette le cahier sous l'oreiller et fais la morte. Des clés cliquettent dans une main dansante. Une petite femme, la quarantaine déjà bien avancée, les épaules tombantes comme un cintre, arrive. Sans un bruit, elle se hisse sur ses courtes jambes pour observer la chambre depuis le hublot de la porte. De là où elle se trouve, elle ne peut voir que deux lits et une chaise, un bureau, tous vides. Une chambre calme, sans histoire. Elle avance l'une de ses longues oreilles, ferme ses petits yeux noirs et tente de capter un bruit, l'évidence d'un son suspect. De l'autre côté du mur, je ne vois rien de tout cela, mais je n'en ai pas besoin. C'est Catherine. J'ai deviné son pas de lutin. Je vois sa face de maïs jaune et son tipi de cheveux bruns. Je sais qu'elle va donner trois petits coups timides avant d'entrer pour poser des questions inutiles. Tac-tac-tac. La porte s'ouvre.

« Tout va bien ici ? »

Catherine ressemble à un dessin d'enfant dont on aurait exagéré la taille des oreilles et rétrécit les jambes. Je ne réponds pas. L'infirmière me souffle son haleine putride de café dans le nez.

« Tu fais quoi ? »

Catherine tourne la tête pour voir ce que je regarde. Elle va du mur blanc à mes globes blancs, tournés vers le plafond.

« Tiens, je t'ai apporté tes médicaments du matin. »

Ses doigts aux ongles noirs me tendent un carnaval de pilules. Une blanc et jaune, le Diffu-K, c'est le potassium. Une rose bonbon, le Tardyferon, c'est le fer. Un sachet de Mag 2, le magnésium. Un losange crayeux, le Seropram, l'antidépresseur. Du Risperdal et du Zyprexa dans un gobelet.

« Tu veux un peu d'eau ? »

Tous les matins de tous les jours, Catherine me pose cette question avec son petit sourire de poupée pétée. Et tous les matins de tous les jours, je la regarde sans lui répondre, tends le bras, gobe les médicaments comme des Smarties sans avaler la moindre goutte d'eau. Avec quelle salive je les avale? Ma gorge est dure. Catherine garde les yeux sur ma bouche, vérifiant bien que je n'en ai pas caché sous ma langue. Elle sait très bien que le goût des anxiolytiques est dégueulasse. Une fois j'ai essayé de ne pas les avaler en les coinçant contre mes gencives. Mais au bout de trente secondes, j'avais commencé à baver une espèce d'huître blanche et plutôt que de reconnaître mon erreur, j'avais été obligée de les avaler, les larmes aux yeux, sous le regard amusé de Catherine.

« Alors? Tu faisais quoi avant que je rentre? »

Rien, je réponds d'un geste de la main, et Catherine pince les lèvres. Elle déteste le silence. Il lui faut le bruit, les clés qui résonnent dans sa poche, partout, tout le temps. Catherine écrase le gobelet de médicaments entre ses doigts.

« Tu veux pas me parler? »

Déjà trois minutes qu'elle m'observe. Catherine ne faiblit pas. Elle m'assomme de questions, décidément, elle veut s'assurer que j'ai bien avalé ses médocs. Il faut lui accorder ça, dans le genre parasite, elle a du talent. Sa voix nasillarde déclencherait chez quiconque l'écouterait assez longtemps des envies de se frapper. Mais j'ai appris à lui résister. Je m'évade par la pensée. Aujourd'hui, je me suis construit un petit scénario dans lequel elle harcèle quelqu'un d'autre : est-ce qu'elle est comme ça aussi avec son mari ? Du genre à répéter cinquante fois la même question ? J'imagine bien la tronche des dîners. La vieille et le vieux à table. Les assiettes fumantes, les fourchettes qui raclent la porcelaine et la vieille qui dit : « Tu peux me passer le sel ? » Cette phrase si banale, si innocente qui contient toutes les nuances de la haine entre deux corps à un mètre de distance. Le vieux qui répond rien en mâchant la bouche ouverte et la vieille qui insiste. Le pouce qui appuie sur le bouton de la télécommande pour augmenter le son. La vieille qui hausse le ton avec cette voix toujours mielleuse et le vieux qui boit son vin. Sa main qui tremble sur son couteau. La vieille qui finit par harceler le pichet et le vieux qui se met à couper sauvagement sa viande en imaginant trancher le cou de sa femme qu'il n'a plus touchée depuis dix ans. Il suffirait d'un rien pour que ça dérape et que la cervelle tombe dans la vaisselle. Je vois d'ici le fait divers. « Une infirmière en psychiatrie assassinée par son mari parce qu'elle lui posait trop de questions. Photos en p. 3. » Et puis je reviens au présent. J'observe la Cathy, sa pustule velue au-dessus de la lèvre et son sourire mécanique. C'est quand même dingue qu'on ait mis une cinglée dans un service pour fous. Est-ce que c'est pour achever le travail plus vite?

« Ouhou ! Alice ! »

Catherine vient se placer à côté de moi, les mains dans le dos, comme moi. Je connais la technique. Imiter pour copiner. Je bouge pas.

« Ça doit être fatigant quand même, toute cette colère à porter toute seule... »

Catherine se décolle du mur puis s'en va en refermant doucement la porte derrière elle. J'attends quelques secondes et récupère mon cahier.

J'en étais où déjà ? Catherine salit tout. Hier après-midi, j'étais contre la fenêtre, je regardais les nuages, et elle est entrée en me mettant sous le nez son shot d'anxiolytiques, un « si-besoin », comme ils l'appellent ici. Tout ça pour que je devienne débile et qu'elle ait sa journée tranquille. « Si tu le prends pas, je m'arrangerai pour que tu le prennes quand même. Mais on va pas en arriver là, n'est-ce pas ? » J'ai plié les genoux pour me mettre à sa hauteur et, sans la quitter des yeux, je l'ai regardée verser ses médocs dans ma bouche.

Tous les matins de l'hôpital commencent par la même phrase : « Allez, on y va. » Pia et Louise dorment encore quand une infirmière me demande de la suivre jusque dans une salle sans lumière pour me peser. Elle ne prend jamais la peine de se retourner quand je me déshabille. Je me souviens que ça m'a choquée la première fois. Je me disais que c'était pas normal qu'une adulte puisse regarder comme ça le corps d'une enfant et je cachais comme je le pouvais mes petits seins avec mes bras. Mais c'est parce que j'avais encore des réflexes du monde de dehors. Et puis, avec le temps, j'ai fini par m'en foutre. Tout l'hôpital a vu mes tétons et mon cul. On apprend vite à perdre toute pudeur dans une chambre sans murs.

Quand l'infirmière me demande de monter sur la balance, je regarde mon poids s'afficher en lettres rouges. Elle hachure sa feuille et y va de son commentaire : « 200 grammes en moins... C'est pas joli joli. » Sissi me félicite. Ça me rappelle quand j'étais chez maman, que je me pesais dix fois dans la journée et qu'on regardait les chiffres baisser. J'adorais ça. Mais comme pour beaucoup d'autres choses, je vais apprendre ici à détester ce que j'aimais.

Après la pesée vient la prise de sang. On me tapote la peau, on garrotte mon bras, on pousse l'aiguille, on trifouille, on cherche le sang. Grosse fourmi grouillante. Et on recommence. Faut croire que j'ai de la vase dans les veines. On me pique à gauche, à droite. Rien. Mon corps bleuit à vue d'œil. Deux infirmières s'y mettent, quand une troisième entre et décide de me percer le bout du doigt.

Après ça, c'est au tour de la visite de Rebecca et de son peloton d'internes, d'externes ou je ne sais trop quoi de « ternes » qui viennent m'ausculter. C'est le spectacle. On se pousse du coude pour me regarder, on penche la tête, on plisse les yeux, manque plus que les cacahuètes. Mais je ne donne rien à voir. C'est ennuyeux. Devant tous ces yeux vitreux, sous ces doigts de plastique froid, j'ai l'impression d'être un steak et mon lit, une barquette. Mais je ne devrais pas écrire « mon » lit, ce « mon » bourgeois comme si quelque chose m'appartenait encore. Il n'y a plus rien à moi ici, même ma langue, je dois la réapprendre, je découvre des mots, une autre géographie. L'hôpital est l'espace du non-lieu. C'est un continent à la dérive, où l'on passe et transite comme dans une gare, au milieu d'autres voyageurs et d'autres bagages, on attend chacune notre heure. Des filles entrent et partent sans que j'aie le temps de connaître leur prénom. Je pourrais demander où elles vont. Je ne fais rien. Ne pas poser de questions. Ne pas réfléchir. J'ai le corps presqu'île, je me défais de moi-même. On me déshabille, on me trimballe, on me pose, on me dépose, on me tourne, on me retourne, on me palpe, on me ponctionne, on me rhabille et ça recommence. J'habite le 4 juillet.

À la fin de la visite, deux infirmières apportent ce qu'elles appellent un « scope », une machine qui doit mesurer ma fréquence cardiaque. D'un coup, elles soulèvent ma chemise, j'ai les tétons qui pointent. Elles tirent une cagette pleine d'électrodes, puis m'en collent trois au niveau de mon sein gauche, avant de me brancher au moniteur. Bip-bip--bip-bip----bip-bip… Une série de lignes et de chiffres s'affichent à l'écran. J'aimerais qu'on m'explique ce qui m'arrive, mais personne n'a le temps pour ça. Pia observe mon armure de fils gris. « C'est Robocop ! », elle s'exclame en tapant des mains. Oui, c'est ça… Je tente de me redresser dans le lit mais je vois bien que je suis empêtrée dans un barbelé de câbles. Même me tourner dans les draps devient intenable. Dès que je fais un geste, l'appareil crie et une blouse rapplique. Combien de temps je vais devoir attendre comme ça ? « Tu verras avec l'interne Rebecca ! » Depuis que je suis entrée à l'hôpital, je ne fais que ça, attendre. Dieu ou le médecin, ici c'est pareil.

Quand j'étais petite, maman m'avait inscrite au catéchisme pour faire comme toutes les bonnes familles. Elle pensait sûrement que grâce à moi elle rencontrerait de bonnes mamans. Mais elle oubliait qu'avec nos gilets en polyester et nos pantalons achetés chez Gémo, on puait la classe moyenne. Et quand j'arrivais dans le petit bâtiment de pierre triste où se déroulaient les cours, j'étais la seule à porter un pull *made in China*. On avait beau parler de Dieu, de sœurs et de frères, il y en avait toujours pour mieux s'agenouiller et prier. Les bancs de l'église empestaient ceux de l'école. Les lieux changeaient, pas les gosses.

C'est pas pour accuser maman que je raconte tout ça, mais c'est quand même à cause d'elle si je n'ai jamais été foutue de croire correctement. Toutes les semaines, elle jetait du sel sous notre paillasson. Un jour, elle disait que c'était pour « chasser les mauvais esprits », le lendemain, « pour nous protéger du mauvais œil », alors que je la surprenais cette fois-ci à canarder la fenêtre et les volets. J'étais peut-être pas plus grande que le vélo d'appartement, mais je comprenais tout parfaitement. Maman croyait dès qu'elle angoissait. Et les parents qui mettaient leurs gosses au cours de cathé étaient pas différents. Suffisait de voir leur dos voûté et leurs doigts bouffés par leurs dents. La croyance n'a rien à voir avec l'amour, mais avec la peur. On croit parce qu'on est humain. Quelque chose nous manque et nous lui donnons un nom. Certains l'appellent Dieu, maman, c'est le gros sel.

Mais moi, comment je pourrais croire en un dieu qui laisse souffrir des enfants ?

Un matin, je suis en train de parler avec Pia quand elle s'écroule sur son matelas. Je pense d'abord qu'elle se moque de moi, parce qu'elle a la blague facile. Mais quand je commence à l'appeler et qu'elle ne me répond pas, je m'affole, je hurle. « Infirmière ! Infirmière ! » D'un coup trois blouses débarquent, tapotent les joues de Pia, inerte, enlèvent son oreiller et la mettent à plat sur le lit. L'interne Rebecca arrive aussitôt, ordonnant à Louise de sortir et à moi, d'un geste franc, de ne pas bouger. « Pia ! Tu m'entends ? Pia ! » Elle trifouille sa chemise blanche et demande quelque chose à l'une des infirmières qui ressort en courant. Je ne sais pas quoi faire de mes mains ni de mes yeux, je ne sais pas si je dois regarder ou me tourner.

L'infirmière revient avec une seringue. Les gestes sont précis, rapides. Rebecca déculotte Pia, plante la piqûre dans le haut de son cul et la replace sur son dos, alors qu'elle gémit déjà. Vingt secondes, c'est le temps que ça aura pris pour que Pia frôle le coma. Les infirmières repartent, Rebecca se repasse un coup de gel sur les mains et Louise revient sur son lit. Les yeux dans le vague, grignotant je ne sais quoi, elle chuchote : « On a de la chance d'être là. »

C'est quelque chose que j'ai du mal à comprendre au début. Beaucoup d'enfants que je croise dans les couloirs semblent heureux d'être malades. D'une certaine façon, la douleur les élève. Les enfants qui souffrent ne font plus vraiment partie du monde des vivants. Ils ont leur propre soleil, leur propre temps. Ils sont intouchables, vénérables. On les regarde avec ce respect propre aux choses qui nous dépassent, dans leur art et leur secret. Les parents, à leur chevet, se mettent tous à genoux. Ils doivent penser que dans toute part d'insaisissable se cache la trace d'un dieu et ils se mettent à l'invoquer. Qu'ils soient athées ou non, la maladie devient leur religion. Ils cherchent, dans la beauté angélique et les taches de rousseur de leurs enfants, un signe. N'importe quoi. Ils leur offrent toutes sortes de cadeaux, du simple ballon au dernier téléphone à la mode. Évidemment, ces enfants en pyjama n'ont rien choisi, et à choisir, ils préféreraient être dehors, courir, mais sous les mains de leurs parents, ils deviennent ces pantins de cathéter. Et ils jouent bien le jeu.

Midi sonne. Je regarde les filles manger du pain. C'est curieux, je me dis. En dehors de la maladie, qui sommes-nous ? Nous vivons les unes à côté des autres et nous ne savons rien les unes des autres. D'où viennent-elles ? Est-ce qu'elles ont des frères et sœurs ? De quelle couleur sont leurs yeux ? D'un commun accord silencieux, nous avons considéré que ces informations n'avaient aucun intérêt. Mais ça me peine. On remplacerait Louise par Pia et Pia par Louise, je ne le verrais pas. Les mots sont toujours les mêmes. Même voix. Même sourire. « Ça va ? Oui, et toi ? Oui. » Et je me fais cette affreuse impression de vivre tous les jours le même jour. Il faut croire qu'à l'hôpital il n'y a que le présent qui compte. Mais le problème de ce temps, c'est qu'on ne peut pas vivre dedans.

Le temps bégaie.
Un tic devient un tac.

C'est pour ça qu'il n'y a pas d'horloge au mur?
Au fil des heures, je me trouve des repères.

Sueur fraîche.
L'infirmière est une heure.
Prise de sang, médicaments.
Calcium, fer, potassium, vitamines.
Le chariot sonne.
Midi, 18 heures.
La télé devient ma montre.
L'horizon, un placard.
Demain est hier.
Les matins sont rouges.
Les après-midi, bleus.
La nuit, j'avale la lune.
Qu'est-ce qui se passe dehors?
Quatre étages plus bas, nous n'existons pas.
Est-ce qu'on peut s'échapper d'un calendrier?

Louise m'a parlé d'une salle de jeux au bout du couloir, mais je n'ai pas le droit d'y aller car mon poids n'est « pas convenable ». Je ne sais pas ce que ça signifie, je pourrais poser la question mais j'accepte seulement la punition. Quand Louise va s'amuser, je lui demande de me rapporter ce qu'elle a vu. Des tapis jaune et bleu, des posters de girafes et de crocodiles, ça sent la craie et cette odeur de caoutchouc chaud qu'ont les gymnases quand les enfants y courent en chaussettes. Louise devient l'architecte de mon imagination. Je lui demande de répéter encore et encore ce qu'il y a dedans. Des jeux de société. Un Monopoly, un Twister, un Puissance 4, un Simon. Elle prend un cahier et revient avec des notes. Des trains en bois, des petits fauteuils et un ordinateur gros comme une table. Des caisses et des chaises, des jouets, plein de jouets. Parfois quelques enfants s'échangent des ballons en plastique. Je ferme les yeux. Il leur arrive de rire. Je les entends même glousser. Ils se lancent des blagues. Je souris. Les infirmières peuvent toujours m'interdire de rejoindre la salle de jeux. J'y suis déjà allée.

L'hôpital est une boîte à rêves.

Les jours passent, dans l'ombre et la lumière des néons. Les filles s'en vont, elles ont des activités, des soins, j'attends. Je louche vers le plafond, puis vers leurs draps, puis vers mes pieds et encore vers leurs draps, et je me dis que j'aurais préféré ne jamais les connaître, rester dans une chambre vide, où rien ne m'aurait rappelé leur absence. Je m'ennuie. Terriblement. Je me sens couler. Impression de me diluer dans ce bocal bleu d'eau. Qu'est-ce que je fais là au fond ? C'est parce que c'est la guerre sous mon crâne ? Et quoi, il faudrait me briser, qu'on me retape le cerveau ? Que quelqu'un, peut-être l'interne Rebecca, décrète que je suis enfin docile, que je peux y aller, oublier tout ce qui s'est passé une fois qu'on m'aura limé le crâne ? Qu'ils essayent. Je ne changerai rien. Je resterai ce que je suis. Personne ne peut me dire ce que je dois faire. Plutôt mourir que me trahir. Qu'on me laisse fêlée, mais qu'on me rabote pas l'âme.

J'ai une haleine de pourri dans la bouche, un goût de pomme macérée. J'ai soif mais je ne boirai pas, Sissi me l'a interdit. J'ose même plus avaler ma salive, je la crache dans le lavabo.

Il y a une mouche qui se bat avec la vitre. Elle fait tellement de bruit que c'est impossible de ne pas l'écouter. J'écris mais je ne sais plus ce que je dis. C'est un jet de pierres qui n'en finit pas. Qu'est-ce qu'elle fait là, depuis tout à l'heure, à s'éclater la tête contre la fenêtre ? Ses ailes s'épuisent, je la vois perdre de l'altitude et elle continue encore. Elle me fait de la peine. Une si petite chose écrasée par une si grande chose. Elle bégaie, une aile sur deux, avant de tomber sur le dos. Elle zozote encore un peu, puis plus rien, rien qu'un zézaiement par terre.

Je n'ai rien à faire alors je m'occupe. J'ouvre mon agenda à la page de la carte du monde, j'apprends par cœur le nom des capitales et m'invite sur le plateau imaginaire de « Questions pour un champion ». Me voilà derrière le buzzer en forme de champignon. L'animateur tient ses cartes jaunes dans une main, je me dandine prête à crier. « Je suis une ville africaine. La capitale du Tchad. Je suis, je suis… ? » J'appuie sur le bouton. « N'Djamena ! », je lâche. Et le public applaudit dans ma tête. Je lève les bras. La caméra s'approche de mon sourire et l'animateur me félicite. Il dit qu'il n'a jamais vu quelqu'un d'aussi rapide et me donne une tape sur l'épaule. C'est l'éclate.

Mais on va pas se mentir hein, c'est ça ou je deviens dingue. Je m'oblige à réfléchir, penser, regarder. Je désosse tout ce que je vois. Scotch, estomac de plastique. Pantoufles, intestins de mousse. Je leur ouvre le bide, je leur déchire les entrailles. Pareil pour les blouses blanches. J'établis une typologie de l'infirmière en pédiatrie. Plutôt petite, souvent forte, la peau jaune, épaisse, pelure d'orange, des cheveux gras et des cernes mauves. On voit le vide dans ses yeux. Elle porte une chemise avec deux poches sur chaque côté. Elle a un crayon ou un stéthoscope, mais d'ordinaire elle n'a que ses deux mains qu'elle frotte en permanence avec du gel. Elle porte des Crocs, ces chaussures à trous roses ou bleues qui couinent sur le sol jaune. Elle a des petits yeux et des grandes oreilles. Elle sourit peu, voire jamais. L'infirmière est toujours fatiguée. Harassée. L'hôpital n'a pas de moyens pour elle. Pas d'argent. Pas de temps. Elle soupire. Elle s'agace facilement. Elle dit rarement « bonjour », mais elle ne dit pas non plus « au revoir ». Elle est une blouse interchangeable ou presque.

Depuis le lit, j'étudie ses mouvements, j'observe ses réactions, son chantage au fil des repas. Il y a la culpabilisante : celle qui s'assied à côté de toi, les yeux mouillés, et qui crèverait presque si tu prenais pas sa cuillerée de riz. « Fais-le pour moi. » Il y a la menaçante : celle-là, elle tape tout, le plateau, l'assiette, les couverts et crie en bouffant ses mots. « T'sors pas d'table tant que t'as pas fini t'barquette ! » Il y a la je-m'en-foutiste : la démarche nonchalante, les seins ballants, elle note ce que t'as mangé et te balance ses loches à la gueule. « Moi, quand je sors d'ici, j'ai ma vie, je reviens à la VRAIE vie et toi t'as quoi ? » Il y a l'intimidante : c'est un spectacle à elle toute seule. Elle a un calepin et un crayon à la place des mains. À la fin du déjeuner, elle lèche son index, soulève sa feuille, coche ses cases et te lâche d'un air méprisant : « Voilà ! L'interne verra que t'as rien mangé. » Et puis il y a la désabusée, celle-là, c'est ma préférée. Elle vient comme elle repart avec le plateau : sans un commentaire. Elle a compris qu'il n'y a rien à dire.

J'ai besoin de courir, j'ai besoin de fuir. Il faudrait que je me calme mais j'ai la vie qui me démange les jambes. Mon corps devient un immense ressort. Je n'arrive plus à m'arrêter de bouger. Je saute sur le matelas, je fais glisser mes chaussons sur le sol, je danse derrière la porte du placard. Je suis devenue « hyperactive », dit Rebecca. Plus je dois rester au lit et plus Sissi crie. *Allez feignasse ! On bouge son cul ! Bouge ton gros cul de grosse !* Mais comment perdre du poids alors que j'ai à peine le droit de dépasser des draps ? C'est là que je trouve l'idée de me mettre sur le ventre pour battre des jambes. Une révélation. Toute la journée, je pédale à l'envers. La nuit est une route. Je traverse des pays étrangers. J'ai le dos cassé, les coudes rouges couverts d'escarres moites, mais il me faut ça. L'ivresse de la souffrance. Je m'anéantis par la douleur. À quoi je pense? L'effort me vide le cœur. J'oublie le lit, j'oublie les repas. L'air est flou. Je m'anesthésie. Enfin, pour un temps seulement, car très souvent une infirmière me gaule et m'attrape les pieds... Rebecca a donné comme consigne de m'arrêter dès que je commence à battre des jambes. Je m'en fous. Qu'est-ce qu'elle peut me faire de toute façon?

Pia a les yeux ronds comme deux grandes bulles de savon. «Comment tu fais pour battre des jambes toute la journée?» Je ne sais pas. Même moi, la résistance de mon corps me fascine. Tous les jours depuis des mois, je tue la vie en moi, et toujours elle persiste. Je recommence sans comprendre par quelle force ou par quel mauvais miracle j'arrive à me détruire, comme s'il y avait une raison ou quelqu'un, et que ce quelqu'un m'aidait à aller jusqu'au bout de mon anéantissement. *Plus vite, sale merde!* crache Sissi. J'accélère. «C'est pas normal, non?» Curieusement, l'ahurissement de Pia me rend fière. J'ai l'impression que cet effort impossible fait de moi quelqu'un de hors norme et je me sens contre nature. Je ne ressens rien, ni le bien ni le mal. Tout ça se mêle à une épaisse couche d'indifférence. Est-ce que ça fait de moi un monstre ? Il me faut le pire pour ressentir. Je parle pas d'effort ni de sueur, mais de sang et de larmes. J'ai les pensées monstrueuses, la douleur hémorragique. Je m'accroche à ma souffrance parce qu'il n'y a plus que ça qui m'appartient, c'est tout ce qui me reste de mon corps. Et c'est pour ça que j'ai besoin de maigrir. Je n'ai que ce mot en tête. Je n'entends que ça.

Sissi.

Sissi me répète que je suis immonde.

Une jambe après l'autre, j'écrase le ciel avec mes pieds.

Immonde.

Pia a les yeux immenses. Elle me regarde comme un enfant le ferait d'un funambule au cirque. Le plafond est ma corde et je me balance. J'écarte les cuisses, je fais sauter mon cul.

Énorme.

Je pleure de douleur.

Je m'effondre.

Pia applaudit.

ÉNORME.

Toutes les nuits, je rêve de m'endormir sans souffrir.

Je finis d'écrire cette phrase et ferme les yeux. La crampe. Putain de crampe. Je courbe légèrement le dos et reste comme ça pendant un temps qui me paraît infini. Mes cuisses fléchissent. Ça doit bien faire cinq heures que je suis debout, mais je m'assiérai pas. Sissi me l'a interdit, alors je reste droite, du matin au soir. Je tourne la tête vers le monde qui s'arrête à la fenêtre. De ce côté du pavillon blanc, il n'y a guère mieux à voir que des arbres alignés comme des croix de cimetière. Mais ça me suffit. L'ordinaire a depuis bien longtemps le parfum de l'extraordinaire.

Dire que j'aimais encore manger avant d'atterrir ici… Je n'arrive plus à rien, à peine plus de deux cuillères de légumes par jour. Tout fout le camp, mes pensées, ma vie, mes cheveux. J'ai une espèce de rat crevé à la place de ma frange et un menton hérissé de poils brun et blanc comme une peau de kiwi hirsute. Ma mâchoire est lourde et rigide, elle pèse le poids d'un animal mort. Ouvrir la bouche est devenu un supplice. Le mouvement même de ma langue dure et épaisse me répugne. Je me fais l'impression d'être un serpent chaque fois que j'essaye d'enfourner une fourchette de petits pois. Je ne mâche plus aucun aliment, je les gobe comme des proies et les laisse se désintégrer sur ma langue. Mes dents se dandinent quand je les touche. J'ose même plus les brosser et depuis, il y a une sorte de pâte granuleuse et jaunâtre qui les recouvre.

Où est maman ?

L'infirmière note 33,6 kilos. Je perds du poids mais j'ai une bonne excuse. Ce qu'on me sert à manger ne se mange pas. Le riz est aussi épais que du polystyrène, les pâtes tiennent toutes droites dans leur barquette, le poisson n'a jamais vu l'eau, la sauce au beurre est raide comme une omelette et les oranges sont aussi rachitiques que des pruneaux. Quand même ! Le médecin qui s'est dit « Tiens, on va donner envie aux anorexiques de manger en leur servant de la merde » était un grand malade. « Mais un grand malade qu'on a écouté ! » s'esclaffe Louise quand j'expose ma théorie. Pia nous trouve dures. « C'est pas si horrible », elle répond, avant de déglutir en grimaçant, un morceau de viande coincé entre la joue et les dents.

On est pliées de rire quand une infirmière déboule dans la chambre. D'un coup, la pièce redevient triste, la blouse m'attrape par le bras et m'amène jusqu'à mon plateau. « Tu te débrouilles, mais quand je reviens, je veux que le pain ait disparu ! » « Vos désirs sont des ordres, *mein* capitaine », je réponds avec un mauvais accent allemand alors qu'elle est déjà partie. Les filles se pincent le nez, la gorge pleine de hoquets. Je fais quelques miettes et jette le morceau de baguette dans la poubelle. Panier ! Il n'en faut pas plus pour que Louise et Pia m'imitent et que ça dégénère en partie de basket. Sur ma lancée, prise d'un élan de créativité, je coupe quelques bouts d'œuf que je tasse sous des épinards à la crème, je soulève des parts de cake et y glisse des rondelles de fromage. On dirait une œuvre d'art contemporain. J'ai déjà le titre : *Rendre invisible le visible*.

Quand l'infirmière arrive pour admirer ma performance, je souris à pleines dents. Mais pas dupe, la kapo secoue la barquette et fait tomber mon chef-d'œuvre. « Tu sais que c'est pas parce que tu caches ta bouffe qu'elle va disparaître ! » Il faut croire que je ne suis pas la première à me prendre pour une artiste. L'infirmière retire mon pain de la poubelle et me le plante devant le nez. « C'est pas à moi », je dis. Louise et Pia repartent dans un fou rire.

Et je recommence le lendemain. L'hôpital chatouille mon imagination. L'ennui, c'est qu'à force de chercher de meilleures cachettes, je finis par boucher l'évier. Et puis le camembert emballé vieillit mal dans les vêtements. Quitte à ne rien bouffer, je décide de ne plus toucher au plateau. Mais à chaque repas, une infirmière se met à tourner autour de moi à la manière d'une grosse mouche asthmatique. Elle s'agite, fait des bonds, me colle, me harcèle et devant elle, je me transforme en sirop à la fraise. J'ai l'impression qu'on ne me laisse plus le choix. Et quoi ? On ne peut pas me forcer à manger.

Ce jour-là, j'ai senti quelque chose mourir en moi. Le ciel est d'un bleu presque blanc. Si l'on se penche bien à la fenêtre, on peut voir la lune. Les filles lambinent dans leur lit quand l'interne Rebecca me demande de la suivre dans le couloir. Je m'entends lui dire « pourquoi » sans aller au bout de ma question, trop contente de pouvoir me dégourdir les jambes. Mais on ne fait pas dix pas qu'elle m'ordonne de m'asseoir sur une chaise dans la salle des infirmières, où m'attendent cinq ou six d'entre elles. Leurs manches sont toutes retroussées. D'un coup je me retourne, prête à bondir vers la porte, mais il y en a trois autres derrière moi. Mon sang se retire de mon corps. C'est un piège.

J'ai les doigts moites rien que d'y repenser. L'air est lourd. Ma gorge est sèche. J'aimerais avoir tout oublié mais je me souviens de tout. Le bruit de leurs corps flasques contre le mien, les semelles qui couinent, les gouttes du robinet, les secondes qui éclatent dans ma tête. Je les revois encore se jeter sur moi.

Je crois qu'il y a des moments qui se vivent et qui ne se racontent pas. Et si quand même on voulait les dire, on cherchait à les exprimer, on emploierait des mots, des mots des autres, alors qu'il faudrait d'autres mots, des mots qui seraient comme des êtres vivants, uniques et indépendants, des mots qui pourraient voir, sentir, penser, donner la vie comme la mort.

Des mots de bourreaux.
C'est ça…

Je me bats contre une langue morte.
Je veux mettre la langue à feu et à sang.
Je veux en faire un bûcher.
Tout brûler.

Il y a deux tables sur la gauche, des tiroirs avec des clés, quelques étagères d'où débordent des feuilles, deux longues fenêtres avec des stores de travers et une chaise seule en plein milieu, la mienne. Le sol est bleu. Rebecca s'assied derrière l'un des bureaux, comme un réalisateur qui se préparerait à filmer la scène. Les trois infirmières dans mon dos n'ont pas bougé. Les six autres devant restent muettes. Un clap retentit, le stylo de Rebecca.

Une infirmière s'approche de moi avec une espèce de long tuyau transparent dans les mains. Le truc doit bien faire un mètre. Elle m'explique que c'est une sonde qu'elle va me passer par le nez et qui descendra jusque dans mon estomac. « C'est comme ça qu'on va pouvoir te nourrir. » Ses lèvres bougent mais je ne comprends rien. Je n'entends plus rien. Elles n'ont pas le droit, je me dis. On nourrit pas les enfants comme ça. Aucun mot ne sort de ma bouche. Elle s'approche. Je me recule. Les autres s'avancent. Je suis repoussée contre le mur. « Non », je souffle enfin. C'est d'abord un non étouffé, un non de honte, un non de supplication puis un NON immense, un non de sommation qui résonne jusqu'au fond du couloir. Sans effet. Je tourne le menton quand l'une d'elles vient me tenir la tête. Je me débats. C'est le geste de trop.

Elles m'attrapent le torse, les bras, les jambes, le cou et me plaquent contre la chaise. Elles sont à six sur moi mais je ne crie pas, je couine. Tout se fait dans un bruit de pieds et de froissements de blouses. C'est un chaos silencieux. La tarentule est tout entière sur moi. Derrière, l'infirmière tient la sonde immense, serpentale. Et ça va entrer à l'intérieur de moi ? Elle humidifie l'embout en le trempant dans un verre d'eau et l'approche de mon nez. Je garde les yeux ouverts, mais quand ses doigts me pénètrent avec le plastique froid, la douleur m'écrase les paupières. L'infirmière fait monter le ver dans mon naseau gauche, j'ai l'impression qu'on me fore le crâne.

Un brusque renvoi de vomi me fait pencher la tête que l'une des infirmières vient immédiatement rabattre contre ses mains. « Déglutis bien, faut pas que la sonde aille dans le mauvais trou. » Mon corps va exploser. On m'assomme sous des seins mous et lourds. Je crois m'évanouir chaque fois que l'infirmière avance un peu plus loin la sonde, mais mon buste se soulève, mon ventre se débat, je respire. L'instinct de survie. J'ai beau tenter de ne pas respirer, de crever, le souffle revient comme la putain qui enfonce ses doigts dans mon trou. Elle pousse. Encore. Toujours plus fort. Ne pleure pas, ne pleure pas, je me répète. Ne leur donne pas ça. Des papillons verts passent sous mes paupières. Je veux mourir. « On y est presque », assène l'infirmière, satisfaite. Maman ! je crie dans ma tête. Un cri préhistorique. Maman !

Quand ça y est, je ne ressens plus rien. C'est la nuit noire. Est-ce que je suis morte ? « Un dernier effort », lâche l'infirmière avant de s'arrêter. « C'est bon », elle dit en scotchant ce qui reste de la sonde à ma joue pour éviter qu'elle ne ressorte. L'infirmière plaque un stéthoscope sur mon estomac et, de son autre main, branche à l'embout de la sonde une seringue remplie d'air. Elle la pousse dans le tuyau. Un gargouillis se fait entendre dans mon ventre. Je rote malgré moi. La sonde est au bon endroit. L'infirmière enlève ses gants. « C'était pas si terrible, hein ? »

Quel crime horrible ai-je bien pu commettre ?

Quand j'étais petite, j'avais plein de poupées. C'étaient des princesses, des fées ou des reines, de celles qui portent des robes en forme d'artichaut rose ou violet. Je leur parlais beaucoup, elles ne me répondaient jamais. On s'entendait bien. Un jour, je leur ai proposé un tour de magie. Je suis allée prendre un petit seau jaune que j'ai placé au-dessus de leurs têtes en plastique, puis j'ai prononcé un gloubi-boulga de syllabes aux consonnes fantastiques. Lorsque j'ai soulevé le seau, elles n'étaient plus là. Elles avaient disparu… Je les ai cherchées durant des heures, en vain. Et depuis, j'ai toujours pensé que j'étais magique. Que si jamais il m'arrivait un truc grave, quelque chose ou quelqu'un viendrait me sauver.

J'avais tort.

Je me prenais pour l'enfant d'une obscure divinité, alors que je ne suis que la fille d'un homme et d'une femme. Lorsque les infirmières se sont jetées sur moi, il n'y a rien eu, ni Dieu, ni personne. Pas même Sissi. J'étais seule. J'avais douze bras sur moi et pas un pour m'aider. Je n'avais jamais ressenti un tel vide.

Le vide, ce n'est pas le rien et ce n'est pas non plus le néant comme on le croit souvent, mais l'absence, la perte. C'est ce qui nous rappelle que quelque chose est parti. C'est la trace d'un fantôme.

Comment j'ai fait pour retourner dans le lit?

Pia et Louise avaient mis leur main sur leur bouche.

Le ciel était d'un bleu impitoyable.

J'ai pleuré des heures et des heures, à la fin je ne savais plus pourquoi. Je suis tombée de sommeil comme tomberait un homme mort. À mon réveil, j'ai cru que j'avais tout inventé et puis, j'ai porté la main à mon nez. Empaqueté. Glacé. J'ai toujours pensé que j'avais un démon dans le ventre.

Et voilà. Il n'a ni grandes dents, ni oreilles velues. C'est un simple tuyau. Un ver de terre. Un ténia qui défèque dans mon estomac. C'est l'ennemi intérieur. L'ultime terreur.

J'étais une enfant en entrant ici. J'avais peur de mes monstres, mais c'est parce que je ne connaissais pas vraiment les adultes.

Si je leur avais posé la question, les infirmières m'auraient dit qu'elles n'avaient pas le choix, qu'elles ne faisaient qu'obéir aux ordres, que je n'écoutais pas, qu'il fallait me protéger malgré moi... Mais ça, c'est de la soupe qu'on sert aux gosses ! C'est de la conserve, des phrases toutes faites. Et je devrais tout gober parce que je suis une enfant ? « Mais tu es une enfant ! » m'a rétorqué maman quand elle m'a vue avec ça dans le nez. Pour une fois qu'elle avait du répondant, ça me l'a coupé. Je me suis entendue trente fois hurler, pas une fois sortir un mot de ma bouche. J'ai baissé le front comme une petite fille.

Un jour, on a le même âge pour toujours. On ne grandit plus, on vieillit.

Rebecca a vraiment l'air désolée. Assise au bord du lit, elle a les yeux tristes et la voix moite. Ses phrases sont courtes, les syllabes lentes. Ses lèvres s'écartent démesurément pour prononcer ce qui suit. « La sonde est là pour te maintenir artificiellement en vie. » Je ne réagis pas. « Sans elle, tu mourrais... » Toujours rien. Rebecca paraît étonnée que je ne pleure pas, elle qui avait même préparé le paquet de mouchoirs, mais ce qu'elle ne comprend pas, c'est que j'ai depuis si longtemps la conviction que je mourrai jeune que ça me rassurerait presque d'entendre que ça va enfin arriver.

Récemment encore, je jouais à mourir. Je m'inventais un monde dans lequel on m'aurait aimée. On m'aurait aimée parce que la mort, comme un torchon, permet d'effacer la plus tenace des crasses. Et je suis une tache. L'erreur de mes parents. Ce n'est pas moi qui le dis. Quand je suis née, papa et maman ne s'aimaient plus. Ils avaient eu leurs années de joie, leurs photos et leurs albums. Celui d'Armand était épais comme un dictionnaire. On y voyait Armand en costume de chevalier, Armand à la piscine, Armand sur la balançoire, Armand dans sa salopette. Ils avaient bien eu cinq ans pour s'aimer. Et puis... La colère était venue habiter chez eux. Ils ne savaient plus se parler. Maman m'a dit qu'elle était tombée enceinte de moi pour essayer de sauver notre famille. Ça n'a pas marché. Quand elle a divorcé et qu'elle a fait les cartons, mon album était encore tout petit, si petit... Je suis l'enfant de l'échec. Essayez donc de vivre avec ça.

Rebecca se lève et fait entrer un pied à roulettes au bord du lit. Il faut imaginer une sorte de portemanteau métallique fixé sur quatre roues noires et, en son milieu, un petit engin blanc et rouge. Elle appuie dessus, un bip retentit. « Voilà la machine à laquelle on va connecter ta sonde. Tu y seras branchée toute la journée pour le moment et puis, au fur et à mesure, seulement la nuit. L'urgence, pour l'instant, c'est de te renutrir. On va te faire passer des poches de gavage. Tu ne sentiras rien, ou peut-être que tu seras un peu ballonnée. Mais ce sera normal. Au début, le débit ne sera pas très élevé pour que ton estomac se réhabitue doucement à recevoir de la nourriture. »

Sa voix se fait plus lente. Les mots plus simples. « La sonde va te nourrir à ta place », « Tu as perdu trop de poids », « Il faut que tu continues de manger en plus du gavage, sinon on l'augmentera »…

Et tout ce que j'entends ce sont mes mots.

Je suis pas malade.

« Il faut que tu comprennes ça Alice, tu es en DANGER. »

JE SUIS PAS MALADE.

« La sonde est là pour t'aider. »

M'aider ? Les yeux bleus de l'interne me fouillent. Quand je pense que j'ai prié pour qu'elle me sorte d'ici. Mais je hurle ! Rebecca n'a rien d'un dieu. Les dieux n'attendent rien des hommes, ce sont les tyrans qui attendent tout d'eux. Elle secoue une poche de liquide marron. Le gavage. Quel mot de torture… Ses gestes sont froids, appliqués. Elle déplie un long câble en plastique transparent, la tubulure, plante son embout dans le sachet boueux et l'installe à la potence.

« Tu sais que je fais tout ça pour que tu retrouves ta vie. »

Rebecca voudrait que je sorte et elle m'enferme.

« Tu as envie de revoir tes amis, non ? »

Elle m'enlève le peu que j'avais pour m'obliger à le retrouver.

« Pense à ton avenir... »

Je n'appartiens plus à ce monde-là.

Survivre.

C'est pire que la mort.

Rebecca me demande de m'allonger et commence à tâter mon ventre. Sous ses doigts gelés, j'ai l'impression d'être déjà un cadavre. Je devrais lui en vouloir, et je me rappelle lui en avoir voulu d'ailleurs, elle et ses yeux de truite, je te les aurais fait sauter de leurs orbites... Mais je n'ai rien dit, rien fait. Rebecca n'est qu'une interne. Elle ne connaît de la maladie que ce qu'elle en a appris dans ses cours de médecine. Elle débite son texte, elle parle comme dans un livre.

Rebecca ne comprend rien à ce qu'elle dit parce qu'elle ne sait pas ce que ça fait d'être là. Elle ne sait pas ce que ça fait d'avoir un ver dans le nez. Elle ne sait pas ce que ça fait d'être traitée comme un objet. Elle peut bien marquer des pauses, parce qu'il est précisé dans un encadré de sa leçon de pédiatrie qu'il faut rassurer l'enfant, elle ne me dupera pas. Je ne lui parlerai pas. Elle n'obtiendra rien de moi. Je ne serai jamais sa patiente, elle que je mépriserai jusqu'au vouvoiement.

Rebecca hoche le cou, enfoncé dans ses bourrelets, et mime un soupçon de compassion comme si le simple fait d'opiner lui accordait la légitimité de me tenir à genoux. Ce n'est rien moins qu'une petite femme dans une petite chemise au milieu d'une petite chambre avec un petit crayon. Ses lèvres dessinent un sourire. Rebecca donne un rapide coup sur ses cuisses et se lève, attrape l'embout de ma sonde et la branche à celui de la tubulure. La machine se met en branle. Vvvv-vvvvv-vvvvvv. Le barillet tourne et le gavage marron pénètre lentement le tuyau transparent. Vvvvv-vvvv-vvvv. Les gouttes éclatent dans la tubulure. Je les vois monter jusqu'à la sonde, monter encore, monter jusqu'à mon nez. Vvvv-vvvv-vvvv. Rebecca époussette sa blouse et s'en va. Elle me transforme en oie et maman a signé pour ça. Tout va bien. Tout est propre. Tout est calme.

Je ne m'aimais pas avant, désormais je me déteste. Et l'hôpital va me donner les raisons que je cherchais pour me bousiller.

Avec la sonde, je change de visage. J'acquiers la parfaite gueule qu'on se fait des malades à l'hôpital et les quelques parents qui passent ne s'en cachent pas. Une mauvaise grimace s'imprime sur leurs tronches. Ils ont beau détourner les yeux, sûrement aussi gênés que lorsqu'ils croisent ceux d'un clochard dans la rue, je les vois. Je lis sur leurs lèvres la même prière secrète, pourvu que mon enfant ne devienne jamais comme ça. S'imaginent-ils un instant la violence de leur indifférence ? Je ne suis plus qu'un corps, réduit à mes besoins primaires. Dormir, manger, déféquer. C'est tout ce qu'il me reste, et encore, je n'ai pas le droit de choisir quand le faire. Même le temps, on me l'a enlevé.

Branchée en permanence à ma potence, je suis une bagnarde rivée à son boulet, sitôt que je me mets debout, je dois le traîner partout. Je deviens un bruit. Un bruit de roulettes. Une mobylette dans une rue déserte. Impossible de me cacher. « Hé ! On t'entend, Alice ! Retourne au lit ! » Trois infirmières font des rondes toutes les demi-heures pour me surveiller. À chacun de leurs pas, je les imagine prêtes à se jeter sur moi. Je me couvre les yeux, je me prends dans les bras. Je n'obéis pas, j'ai peur. Je ne sais toujours pas ce que j'ai fait. Et la souffrance sans raison est la pire des douleurs.

Je commence à développer des comportements que je n'avais pas. Je me sens le corps fiévreux. Je regarde la machine s'ébranler dans un bruit de mixeur et me griffe la gorge. De la boue tapisse mon estomac. J'ai de la merde plein le corps. Je m'érafle les bras, les jambes, je me pèle comme une pomme.

Comment peut-on me gaver ? Je suis déjà énorme ! Sissi a raison. Je suis un tas ! Un tas de boue ! Je me mords les mains au sang. Comment Rebecca peut-elle ignorer que la sonde va me faire souffrir, alors que je serais prête à vendre père et mère pour perdre 30 grammes ? Comment peut-elle me déchirer, mettre d'un côté le corps et de l'autre l'esprit, comme si j'étais deux? L'hôpital renforce cette scission qu'a créée l'anorexie, alors qu'il devrait justement combler cette faille, cette fissure, s'y couler comme du béton pour les réunir et les réconcilier. Mais Rebecca doit soigner mon corps, elle n'est pas là pour prendre soin de moi.

J'attrape le fil de la sonde, l'entortille autour de mon cou, écrase ma trachée, serre jusqu'à voir flou, jusqu'à ce que mes mains deviennent molles, jusqu'à ce que le gavage se coince dans la tubulure. J'appuie sur vingt-cinq boutons pour tenter d'arrêter l'alarme de la machine, trop tard, une infirmière débarque. « La sonde est bouchée », elle dit platement. « Il faut la changer », elle ajoute comme si ce n'était rien. Et je me rassieds sur le lit, tranquille, attendant qu'on m'écrase encore la tête pour 500 calories.

Je crois que c'est ce jour-là que pour la première fois j'ai pensé au suicide.

Avant l'hôpital, la souffrance avait un sens. Je me levais chaque matin avec l'envie de me recoucher. Je traînais mon sac lardé de livres alors que mes amies bondissaient comme des balles dans la rue. Je détestais leur légèreté. Pour moi, tout était si grave, si dense, si sérieux. Je leur disais « mes fleurs sont mortes hier » et elles ricanaient. Elles ne comprenaient pas l'épaisseur de cette phrase. Elles ne voyaient pas la neige, cette neige tourbillonnante comme des lucioles, que je suis la seule à voir tomber du ciel. Je lève les yeux de mon cahier et je la vois. Les flocons s'arrêtent où commencent les toits, la terre. Je ne sais pas ce qui s'est passé pour que je me réveille toujours en hiver. Mes amies disaient « t'es bizarre », comme elles disaient à d'autres « t'es drôle ». Elles n'y voyaient pas de mal. Je leur répondais que c'était pas grave alors que je me serais tuée pour une phrase de plus comme celle-là. Sissi me consolait. *Il ne faut pas s'attacher aux gens à moins de vouloir s'attacher à des regrets. Tout ce que l'attachement offre, Alice, c'est de la souffrance. Or, la seule souffrance qu'on peut accepter, c'est celle qu'on se donne.*

J'étais l'enfant étrange, qui marchait dans la neige en plein été. Je regardais les arbres et je voyais le bois moisi, je cueillais une fleur, elle saignait dans mes mains, j'avançais dans la terre, les pieds dans des champs de boue, la cour de l'école était un cimetière, tout puait le macchabée. Le monde et son immensité m'effrayaient, et ma liberté m'encombrait parce que trop vaste, trop irréelle. Les jours me renvoyaient perpétuellement à ce que j'étais, trop petite. J'aurais aimé qu'on me dise quoi faire, quoi manger, quoi penser. J'étais seule avec ce trop-plein, les pensées trop grandes, monstrueuses. Je sentais ma folie contagieuse et je voulais me faire pardonner. Je me disais qu'en souffrant je laverais mes péchés. Je me suis donné le tisonnier pour devancer la souffrance que je pensais mériter. Je croyais que Dieu me testait et que comme tous ceux qu'Il avait envoyés sur terre pour répandre sa douleur, je devais saigner. C'est ce que Sissi me répétait, *tu es une plaie, l'échec de tes parents, un boulet*, et c'est comme ça que j'ai commencé à me couper. Pour couper court à tout ça. Pour aller mieux.

Au début, quand je le faisais, c'était le coup d'un soir. Je me coupais pour évacuer ce désespoir. La vie faisait diversion sur mes bras. Et je me sentais mieux. Mathilde souriait de me voir sourire. Elle me « retrouvait enfin ». Maman me trouvait plus gentille. Armand me parlait. Tout le monde préférait cette Alice qui cachait ses bras. Mais, très vite, trop vite, le soir n'a plus suffi. J'avais besoin de coups de ciseaux à la pause du matin et puis le midi, dans les chiottes du collège, et à la pause encore. Je coupais, je coupais, je coupais. Je n'en avais jamais assez. La mutilation ne me console pas, elle ne comble ni le vide ni la douleur du cœur froid. C'est même l'inverse, la mutilation est la preuve du néant de l'être, chaque trait creuse entre les fissures d'autres fissures, ce sont des tranchées, des murs : la certitude de la solitude. Mais sa conscience heureuse.

La joie de la plaie se rétractait comme une huître citronnée. Il fallait que j'enfonce le doigt dans ma chair huileuse pour garder les symptômes de cet abrutissement. Je cherchais le sang, je cherchais la vie. Rebecca se trompe quand elle dit que se couper, c'est vouloir mourir. Au contraire, la douleur assassine les mauvaises pensées. Elle rend absolument vivant. Et puis d'abord, si j'avais voulu en finir, il y a bien longtemps que je me serais coupée comme du saucisson !

Quand Rebecca m'a dit que je risquais l'infarctus, je m'attendais à des trompettes, des petits anges au cul brioché ou des diablotins dansant le hula hoop dans des cerceaux de flammes. Mais il faut croire que Dieu a choisi un script moins enflammé pour moi. Avec la sonde, je vis une sorte d'agonie lucide. C'est comme si les jours n'étaient plus qu'une longue salle d'attente. Quelqu'un appelle des numéros et j'attends le mien. En vain. Tous les jours, je me transforme en tournesol, je regarde le ciel se cogner à la vitre et je me dis que c'est cruel quand même cette gueule de lumière juste assez grande pour rêver mais pas pour s'évader.

Alors oui, j'ai menti.

J'ai rêvé ma mort comme les grands romantiques, et avec une certaine jouissance, imaginant les regrets et la souffrance que j'allais causer. Le suicide, c'est jouer sur une scène de théâtre devant une salle vide. On espère toujours que quelqu'un va venir. C'est ce que je pensais, mais la mort réelle n'est pas belle. Qu'est-ce que ça m'a fait quand Rebecca m'a dit que je risquais la crise cardiaque ? que j'avais une péricardite ? que j'avais bloqué ma croissance et que je ne grandirais plus jamais ? que j'aurais des os de vieux à vingt ans ? que mes dents resteraient jaunes ?

De la colère.
Une immense colère.
Une immense colère bleue.

Le bleu comme un précipice. Toute ma vie, toute ma petite vie s'effondrait. Je me suis mise à trembler, je ne sais pas si c'était de peur ou de rage, mais je manquais de courage. Pourquoi moi ? J'aurais voulu que ce soit Rebecca qui se prenne tout ça, j'aurais voulu me venger, ou non, j'aurais voulu qu'elle me protège, qu'elle m'aide, qu'elle m'aime, qu'elle me rassure, ça va aller, promis, qu'elle essuie les larmes sur ma joue, qu'elle s'empare de ma douleur, qu'elle prenne pitié, je me serais jetée à ses genoux comme on supplie un bourreau, je lui aurais tout promis, tout donné, ma peau, mon âme, mes os, je l'aurais mordue aux jambes, aux mains ou aux seins, je me serais accrochée à elle comme on adore une sainte, je l'aurais implorée et, dans nos bras ennemis, alors qu'elle m'aurait rejetée, j'aurais tout massacré, les chariots, les médocs, les calepins, j'aurais hurlé d'une voix qu'on ne connaît pas, des mots d'animaux, j'aurais tout fait pour qu'elle me sauve de moi, mais non, je me contentais de chouiner. J'avais les yeux bouffis de larmes. Je suis rien qu'une gosse. Je ne comprends pas pourquoi on me fait ça et surtout, pourquoi mon corps s'acharne.

Pourquoi je résiste ?
Mes cheveux tombent.
Les filles m'abandonnent.
Sissi m'empêche de dormir.
Je la supplie d'arrêter.
Je suis l'esclave d'un démon.
Mais je ne suis pas seule.
Je renie le ciel et les roses.
Je complote contre la Voie lactée.
Et Sissi s'en va.
Je n'ai plus de mots fléchés.
Je suis seule.
Et tout ce qu'il me reste,
c'est ce que je n'ai jamais eu.
Peut-on pleurer pour ce qu'on ne connaîtra jamais ?
Je ferme les yeux, je me réfugie dans mes souvenirs.

Maman est douce, elle me caresse les cheveux, je suis assise sur ses jambes, je fais semblant de dormir pour pas qu'elle parte, maman est belle, elle a le parfum des grands jours, Trésor de Lancôme, maman sort, maman est grande, elle porte des talons bleus, du fard bleu, des ongles bleus, elle les a peints avec moi, elle m'en a mis sur les doigts, maman m'aime.

J'ouvre les yeux.

Maman n'est pas douce. Ses mains sont incapables de me toucher, elles restent vides sur les draps. Toutes les mères sont folles de leurs enfants et la mienne est juste folle. Maman semble s'être habituée à l'idée de venir ici, elle ne se plaint pas, elle attrape mon linge qu'elle plie et replie entre ses mains, ses gestes sont aveugles. Je voudrais lui hurler de me serrer dans ses bras. Je lui pardonnerais tout si elle le faisait. Mais elle ne fait rien. Depuis que je suis à l'hôpital, une ride est née au milieu de son front. Elle est devenue vieille. Elle pleure. Pourquoi elle pleure ?

« Pourquoi tu manges pas, Alice… ? Il faudrait juste que tu fasses ce que te disent les médecins… Je voudrais tant que tu ailles mieux. »

La colère m'égorge. Bientôt elle finira par se lasser elle aussi, considérer que franchement je fais un caprice, qu'il faut avancer, que c'est pas si difficile de manger quoi putain, mais j'y arrive pas. Même l'aimer je peux pas.

« Tu veux que j'aille mieux ? Alors sors-moi d'ici ! TU m'as enfermée là, TU dois m'en faire sortir. »

Je garde les yeux dans les siens. Des larmes bleues en coulent doucement. Arrête ta comédie ! Arrête de faire l'enfant ! Maman se contente de baisser le front et de pleurnicher. Tout est de sa faute. Maman époussette son pantacourt mouillé et finit par ouvrir la bouche. Elle me raconte le kilo de tomates qu'elle a acheté moitié prix, la pluie qui est tombée, son parapluie qui s'est encore retourné, et pose la tête entre ses mains, maman n'a plus rien à dire alors elle se met à répéter tout ce qu'elle entend, à lire tout ce qu'elle voit comme font les vieux quand le silence revient. Mais je m'en balance ! Dis-moi que tu m'aimes ! Un mot, maman. Dis-moi un mot que tu me donnerais à moi, rien qu'à moi ! Un mot qui s'emploie pas, un mot qui vaudrait rien sur ton marché, un mot qui sert à rien maman, rien qu'à nous. Mais plus elle parle, plus elle ajoute des mots qui m'éloignent d'elle.

Au fond, je ne sais pas grand-chose sur maman. Elle n'a jamais vraiment voulu me parler d'elle. Tout ce que j'en sais, c'est ce que j'en vois. Maman engourdie dans son corps mou, le gras qui danse comme une Hawaïenne autour de ses bras, Maman qui colore ses cheveux gris pour 50 euros tous les mois, Maman qui fait tous les jours le même chemin jusqu'à la même boulangerie pour demander le même « pain pas trop cuit », maman qui rentre à la maison et qui s'affale devant la télé-poubelle, maman qui se saoule de sucre et de cris.

Comment elle était avant moi ? « Mince. » Maman m'a dit ça un jour au petit déjeuner. « Avant toi, j'étais mince. Depuis ta naissance, j'ai jamais réussi à perdre le poids que j'ai pris. C'est ta faute. » Mais elle avait aussi ajouté : « Ça en valait quand même la peine. »

Quand même.
Le passé de maman est une taille de pantalon.
Deux enfants, taille 44.
Un enfant, taille 38.
Un mariage, le ventre plat.
Une adolescence légère.
Une enfance maigre.
Maigre ? Est-ce que maman a crevé la dalle quand elle était petite ?

Je sais que maman n'est l'enfant d'aucun parent. Elle a fait partie d'une portée de huit, neuf, dix ou onze mioches. Elle-même ne sait pas. Un géniteur polonais et une génitrice française, ou l'inverse, ont envoyé leurs gosses comme des cartes postales un peu partout à travers la France. Est-ce qu'ils fuyaient ? Maman s'est retrouvée placée « chez les sœurs ». Qui étaient ces femmes ? Est-ce qu'elle les aimait ? Est-ce qu'elle priait Dieu ? Jamais vu la moindre croix à la maison. Est-ce qu'elle a perdu la foi ?

Maman ne m'a jamais parlé de son enfance en robe. Je ne peux que l'imaginer. Une brune, plutôt petite, déjà myope, des yeux d'abeille, et l'habit bleu marine, la couleur qu'elle porte encore aujourd'hui, sa préférée comme elle dit. Parce que ça lui rappelle son passé ? Je m'invente des nefs et des dalles froides, la vie à la bougie, du pain et de la soupe pour tout repas, l'estomac qui fait mal, un truc à la Oliver Twist dans une église, des pas qui claudiquent dans des chaussures trop grandes, les bancs qui grincent, les sœurs pareilles à des pruneaux voilés, leurs mains violettes et veineuses. Qui était ma mère à mon âge ? Le cœur retient tout. Il doit y avoir une sorte de trappe sous le plancher de l'aorte, où l'on enferme les mauvais souvenirs mais qui parfois, à cause d'un mauvais coup, d'un mot ou d'une odeur, s'ouvre et relâche les traumatismes comme des bêtes sauvages.

Aujourd'hui, maman mange beaucoup trop. Est-ce que ça lui réchauffe le cœur de s'empiffrer ? Peut-être qu'à chaque bouchée elle bouffe son passé. Et moi alors, est-ce que je porte le poids de cette peur ? Est-ce que je suis née de la faim ?

Est-ce qu'elle m'abandonne comme on l'a abandonnée ?

À la fin, maman se lève en chuchotant un « à bientôt, ma fille », sans une caresse sur ma joue scotchée. Ah bah voilà ! Vous avez vu les infirmières comme elle est bonne ma chrétienne de mère ! Elle se pointe pour verser trois larmes et peut reprendre sa vie jusqu'à ce qu'elle se souvienne de la mienne.

Tout ça, c'est la faute de son mec, Pascal. Maman s'est amourachée de cet homme, un médecin, évidemment. Rien de tel pour soigner ses problèmes qu'un bon vieux Freud dans son lit. Elle fait ce qu'elle veut. Là où je lui en veux, c'est de ne pas assumer ses choix. Son cœur plutôt que sa fille. Je ne dis pas que je n'aurais pas fait pareil. Mais moi, si j'avais abandonné ma gamine, je lui aurais pas fait croire que je pensais à elle dans les bras d'un autre. Parce que moi j'y ai cru au début. Je l'attendais tous les jours dans le service. Quand c'était l'heure des parents, je faisais comme si je n'attendais rien ni personne, mais j'avais le cœur tout mou. J'entendais les papas et les mamans qui embrassaient leurs enfants dans mon dos et moi… Il n'y avait que Sissi pour me balancer des atrocités. *Ta mère t'a jamais aimée, t'es qu'un poids, un énorme poids*… Bla-bla-bla. Les minutes passaient. Les filles rigolaient, les papiers cadeaux défilaient et elle n'était pas là.

Je me disais que maman voulait me surprendre au dernier moment, qu'elle se faisait désirer. Mais chaque fois que les parents partaient et que le silence reprenait sa place dans les lits, je ne croyais plus en rien, je mettais la tête sous les draps et je laissais mes larmes couler. Je ne voulais plus ouvrir les yeux pour ne plus voir à quel point j'étais seule.

Malgré tout, on aurait tort de croire que ma mère est la seule à me décevoir. Il y a mon père aussi. Quand je pense à lui, quelque chose se tord dans mon ventre. Ses colères imprévisibles, ses sourires navrés, ses gestes secs… Je ferme les yeux et je le vois fulminer dans le salon, secouer les coussins, la nappe, le tapis. Il retournerait la maison s'il le pouvait pour trouver la télécommande. Il crie « tu l'as mise où ? », il beugle « où elle est ? », il hurle « mais bordel, t'en as fait quoi ? ». Quand papa est comme ça, j'aime à dire que moi et Armand nous jouons à « un, deux, trois, soleil ». On baisse les yeux, on se colle aux murs, et dès qu'il a le dos tourné on court. Je n'ai jamais été bonne à ça. C'est toujours sur moi que ça tombe. « C'est toi qui l'as bougée ? » rugit papa, la main haute. Et quand enfin il trouve la zapette, il ne s'excuse pas. Il s'affale dans son fauteuil, décapsule sa bière et rigole en causant à l'écran, devant la F1.

Mon enfance a une odeur d'essence. Papa adore les voitures. Il en a changé au moins une dizaine de fois depuis que je suis petite. On a eu des sans-toit, des rouges, des bleues, des fusées et des paquebots, des bagnoles si grandes que parfois les sièges étaient plus longs que mes jambes. Qu'est-ce qu'il fait dans la vie ? De l'argent. Papa aime comme il possède. En plus de ces bolides, il a eu une dizaine de baraques, de piscines et de jardins entre la France, le Luxembourg et la Suisse. Chaque fois qu'on arrivait chez lui, Armand et moi n'étions plus les enfants de maman, on devenait des petits-bourgeois. Du moins, on vivait dans ce décor. Papa ne nous achetait rien.

Pendant un long moment, comme tous les enfants je crois, j'ai pensé que papa menait une double vie et qu'il avait une autre famille. Quand l'un de ses trois téléphones sonnait, il répondait toujours en anglais. Je l'imaginais trafiquant d'armes ou agent secret. Est-ce qu'il était du côté des gentils ou des méchants ? Papa pouvait disserter sur la Bulgarie en prenant un épais accent russe, puis parler de mécanique quantique ou de Jean-Michel Jarre. Chaque fois, il trouvait une nouvelle anecdote pour qu'on l'écoute. Et papa aime être au centre des attentions. C'est pour ça que tous les soirs, alors que le dîner était prêt comme toujours à 19 heures, il disparaissait. C'était un rituel auquel chacun se pliait. Il fallait l'appeler trois fois, puis aller le chercher dans son bureau pour lui montrer qu'on l'attendait.

Je crois que mon père s'est toujours pris pour un personnage de roman. Un peu comme maman. À force de se raconter des histoires, ils ont fini par y croire.

Papa est fort. Dès le matin, qu'il pleuve ou qu'il vente, il enfile le même tee-shirt gris depuis dix ans et sort dans le jardin. Papa n'a jamais froid. Papa n'a jamais mal. Même quand, d'après la légende, un serpent l'a piqué au mollet, il n'a pas bronché. Papa est fort. Ouais, c'est un homme. Il a un corps, un vrai. Il va avoir cinquante ans mais répète depuis vingt ans qu'il va sur ses trente ans. Il a tant de choses à faire. Le terrain est grand. Des sapins, des chênes, des haies… Papa aime bien les couper. Ça lui permet de se faire les bras avec le sécateur ou la scie. Et puis, surtout, ça lui évite d'être coincé avec sa femme.

Véronique, c'est la femme qui rêvait d'être Bardot mais qui n'a jamais eu d'elle que la fausse couleur de cheveux. Été comme hiver, elle se balade en pull moulant et minijupe. Vous la verriez défiler sur ses sabots verts de 20 centimètres, les lunettes de soleil rivées sur son nez, entre les rayons d'olives et de harengs à Leclerc. « C'est parce que j'ai les yeux sensibles. » Je ne l'ai jamais vue sans son rouge à lèvres et son teint d'orange. Sauf un jour, quand son rimmel a coulé. Véronique avait ruiné une voiture de papa, son maquillage dégoulinait comme de la peinture chaude, traçant sur ses joues moites des rigoles rose écarlate. Elle m'avait serrée très fort dans ses bras. Je me souviens que ça m'avait étonnée, mais pas plus que sa paire de seins, lourds et durs, que je m'étais pris dans la gueule. J'avais la sensation de toucher des pierres. Quand j'étais petite, je lui disais qu'elle ressemblait à une poupée. Véronique détestait ça. Je pense que c'est parce que ça lui renvoyait l'image de ce qu'elle n'aurait jamais : une beauté qui ne peut pas mourir.

D'ailleurs, Véronique a toujours refusé qu'on la prenne en photo. Ç'aurait été la preuve qu'elle vieillissait.

Véronique fait du sport devant la télé. Des haltères, des poids, de l'élastique. Elle repasse, elle aspire, elle fait la vaisselle. Elle cuisine. C'est son travail. Papa l'entretient. Hormis pendant les repas, ils ne se parlent pas. Papa mastique son pain de riz et Véronique boit son jus de betterave. Il n'y a que Nagui dans « Tout le monde veut prendre sa place » qui cause. Matin, midi, soir, la télé est branchée. Véronique déteste le silence. Le vide. Même la nuit, elle la laisse tourner. Le plus souvent, ça crache de la télé-réalité. Véronique dit qu'elle trouve ça drôle. Moi je trouve ça triste.

Après le déjeuner, papa fait du ping-pong avec Armand, il joue aux échecs avec Armand, il coupe la haie avec Armand. Depuis la fenêtre de ma chambre, je les regarde rire. Je vois ces yeux que je ne vois jamais avec moi. Et je pense : moi aussi j'aimerais être son fils. J'enfile des gants et je ramasse les feuilles mortes. Je prends la scie et je coupe. Quelques branches tombent. J'attends son sourire, cette main sur mon épaule qui pourrait me donner l'amour ou la mort, mais rien ne vient. Juste ce souffle. Cet énervement. Cette phrase. « Laisse ton frère. » Et je retourne à la fenêtre. J'attends.

Je t'attends. Mais tu ne viens pas. Tu t'endors et ta colère reste dans les murs. Je garde un œil ouvert. J'apprends à marcher sans toucher le sol, à ne réveiller ni le bruit ni la nuit qui ne sommeillent jamais totalement en toi. J'ai peur, papa. J'ai peur de cette colère qui a grossi en toi, et en nous maintenant. Quand tu n'es pas là, Armand a ta bouche, ta voix, tes mains. Et moi ? Qu'est-ce que tu m'as donné à moi ?

Papa achète des montres, des bracelets, des frigos à Véronique. Une fois, je lui ai demandé un livre. Nous étions dans une rue commerçante, il y avait une librairie et je me suis entendue lui dire que j'aimerais bien un roman. Sans me regarder, presque sans s'arrêter, il m'avait répondu : « Tu veux pas plutôt du rouge à lèvres ? » Je crois que c'est ce jour-là, engoncée dans mon épais anorak violet, que j'ai pensé : j'aimerais tant être une vraie fille. À la fenêtre de ma chambre, je me peigne les ongles, je me maquille, je me coiffe. Je change de jupe et de robe deux fois par jour. J'essaye de montrer à papa que je peux être ce qu'il veut que je sois. Mais je ne suis pas Véronique. Véronique ne porte que des jupes courtes. Papa n'aime que les jupes courtes, donc papa ne peut pas m'aimer.

C'est peut-être pour ça qu'il n'est venu qu'une fois me voir à l'hôpital.

Ce matin-là, papa pleure. Ses lunettes sont pleines de buée. Il tient dans ses mains un bouquet de fleurs. Il porte ses mocassins marron à glands. Il est entre deux avions pour New York ou Sofia. Il n'a pas beaucoup de temps mais il le prend pour venir me voir. Ses semelles accrochent au sol. Il attrape le pot d'eau sur la table et met les roses dedans. Il a trouvé quelque chose à faire. Quelque chose pour ne pas me regarder. Son silence me déchire le cœur.

Il s'adosse, plus qu'il ne s'assied, au bout du lit. « Qu'est-ce qui s'est passé… ? », il bredouille. Ses yeux sont rouges. Trois mois se sont peut-être écoulés depuis la dernière fois où l'on s'est vus et j'ai l'impression qu'il m'observe comme une étrangère. Son regard va du drap à ma peau, il me cherche.

Il ouvre la bouche puis la referme. J'ai mis une jupe pour lui faire plaisir. *Pas de noir*, Sissi a dit. *Il sera content.* J'ai même enfilé un tee-shirt vert, ce qui n'était pas simple avec la sonde. Il a fallu le faire passer par les jambes à cause de la tubulure accrochée à la potence.

Papa secoue la tête. Il n'a pas l'air de savoir ce qu'il fait là. Il retient un sanglot. Il se tourne, fait trois pas en arrière, dit qu'il a oublié quelque chose dans la voiture en bas, loin, sans lever les yeux, il grimace plus qu'il ne sourit, il ouvre la porte sans un bruit et part. « Papa ? », je couine. Il ne se retourne pas. Je bondis vers la porte. Je crie : « Papa ! Papa ! » Louise plaque sa main contre ma bouche. Je la frappe, « PAPA ! ». Je me brise la voix, « PAPA ! ». Je la supplie de me lâcher, « papa ! », mais elle ne me lâche pas, « papa, papa », j'ai des cendres dans la gorge, elle me serre dans ses bras et je m'effondre.

Les roses coupées infusent dans leur pot.

Qu'est-ce que tu m'as donné, papa ? Je suis la fille de ta rage, l'enfant sauvage, je crie aussi, à maman qui prend tout, qui accepte tout, je ne sais pas quoi faire de ta colère, cette colère qui me fait chavirer le cœur, ce magma dans ta voix, cette lave maintenant qui coule dans mon sang.

Papa m'a dit qu'il était fort. Il m'a menti. Il est comme maman. Il m'a laissée tomber. Comment tu peux m'abandonner ici ? J'ai quatorze ans, papa. C'est ton rôle de me protéger. Pendant des heures, des jours, je tourne ces mots sans plus les comprendre. Sissi a raison.

Ils t'ont abandonnée.

Plus je reste là, plus je crois que je n'existe pas et, curieusement, cette impression flottante d'être un cadavre me sauve. À défaut d'avoir mon corps, ils n'auront pas ma mort.

Pourquoi je me barre pas ? Qu'est-ce qui fait que je reste là ?

La peur.

Cette peur qui t'écrase et te comprime les poumons comme un gros mec penché sur toi qui te taloche la gueule dès que tu te débats pour que ça rentre dans ta tête : « Toi, ta place, c'est là. » C'est cette peur qui te fige, le point de côté quand tu voudrais courir mais que tu te plies, que tu supplies ton corps de te laisser respirer alors que tu crèves, que tu cherches l'air partout sans le trouver, c'est elle, la peur qui te cloue le cul sur tes cuisses, la peur qui rend flou, le monde qui se retire comme une vague avant la prochaine, le tsunami, le corps en alerte, le sang qui bout, la guerre dans les oreilles,

les trompettes, l'hallali, la sensation de mourir sans y parvenir, le combat qui se répète, la même défaite, la peur en embuscade, le cœur qui attend les coups, c'est ça la peur, la peur au fond de toi, la peur qui devient toi.

Un jour pourtant, malgré la peur et l'espoir, je me lève et je pars.

Je longe les murs, dépasse les portes en caoutchouc du service et arrive dans la salle des ascenseurs où tout a commencé. Une fenêtre sans filet me regarde. C'est la première fois depuis des semaines que j'en vois une comme ça. Dehors, le ciel est d'un bleu insolent. Je marche vers le soleil quand Sissi me hurle dessus. *Mais cours!* J'ouvre soudain les yeux sur la porte des escaliers de secours. Je bondis vers elle quand une infirmière m'attrape par l'épaule.

D'un coup, je sombre dans l'ombre, comme avec le passage d'un nuage, la gravité s'inverse, je pense me retenir au mur quand je m'effondre au sol. À demi endormie, j'émerge dans des bras, sur une vague de pierre. L'eau est froide et chaude à la fois. Mon corps est picoré de frissons. Le silence se retire comme le ressac de la mer. Des bruits confus me reviennent de loin. Je veux bouger mais je me sens empêtrée dans des algues, un flot de mains blanches et vertes. La marée m'emporte. Je dérive pendant une éternité, quand ce doit être à peine quelques secondes. La peur revient avec la lumière. Une vitesse d'avion. Tout revient dans un bruit de réacteur. « Allez chercher le dextro. » Je suis dans le lit, on me soulève les jambes, on me pique le bout du doigt. Quelqu'un gémit. C'est moi, je crois.

Je ne peux pas partir alors je décide de me pourrir. Je cherche la meilleure planque pour vider les poches de gavage. La chambre entière devient le terrain de jeu de mon immense gâchis. Je vole des sachets plastique dans les tiroirs, je vidange la tubulure derrière le radiateur. Puisqu'ils sont du côté du bien et moi du mal, tout ce que je fais est coupable, donc tout est permis. Une odeur de charogne se répand partout. On dirait qu'un clodo a pissé derrière un rideau. Les filles se plaignent, leurs parents aussi, les infirmières s'agacent. Je jubile. J'expérimente.

Mais Rebecca a compris que je vidais ma sonde en voyant ma courbe de poids stagner et elle s'est énervée. Elle a demandé au personnel de redoubler de vigilance. Les infirmières ajoutent du scotch sur la tubulure, elles tracent des traits au marqueur, certaines font même preuve de zèle et collent plusieurs sparadraps. Je m'en fous. Chaque fois qu'elles s'en vont, j'arrache tout. Je vide le gavage dans un sachet plastique et m'enterre sous les draps comme dans un terrier, avec l'impression d'être un lièvre au milieu d'une forêt de chasseurs.

À l'heure où j'écris ces lignes, avec les radiateurs enclenchés, ceux que j'ai aspergés de gavage, la chambre doit puer le rat crevé.

Je me marre. Louise aussi. Je finis par lui dire que c'est à cause de moi que tout pue la mort dans cette chambre. Les rides autour de ses yeux forment un rayon de soleil. « À ta place, j'en aurais même versé dans leurs tiroirs ! » Pourquoi elle est là ? Qu'est-ce qu'elle cache sous ses sweats immenses ? Son rire est fou. Est-ce qu'elle est folle ? À la troisième ronde des infirmières, alors que je les défie du regard, Louise prend un air sévère. « Tu sais, c'est pas comme ça que tu sortiras. Tu t'donnes des airs de méchante, tu t'donnes beaucoup de peine pour le faire croire, mais au fond, t'es pas comme ça. Faut juste que tu leur fasses plaisir et ils te laisseront partir. » Elle ajoute comme pour elle-même :

« Ils sont tous fous ici d'façon.

– Pourquoi tu dis ça ?

– Je suis allée au sixième aujourd'hui.

– Et ?

– C'est l'étage des fous. T'es même pas encore arrivée là-bas que déjà y a cette odeur qui te prend à la gorge. Je sais pas ce que c'est... t'entres dans des vapeurs sulfuriques de javel et de flétan, c'est Tchernobyl, j'te jure... Rien que d'y penser, j'ai envie d'gerber. Et puis... tout est fermé à clé, portes, tiroirs, placards... Y a pas de poignées aux portes.

– Y a pas de poignées ?

– Ouais, je sais, t'as une sorte de trou à la place. Je crois que c'est pour éviter de t'y pendre ou un truc dans le genre... Me regarde pas comme ça, y a dû y avoir un mec qui a essayé... Et puis y a du grillage partout aux fenêtres. Toute la journée, t'as cette lumière jaune qui te fore le crâne. Y a pas un pète d'air là-bas. Tout est mort. Même les gosses, on les assomme de calmants. Y pensent plus clair, moi je te dis. Mais c'est pas le pire encore... Je sais qu'il y a une chambre où le lit est fixé au sol, les vitres sont incassables. Ils l'appellent la chambre d'isolement.

– D'isolement ?

– C'est là qu'ils attachent les enfants.
– Arrête tes conneries.
– Je te jure !
– Mais qu'est-ce que t'y faisais d'abord ? »

Louise arrête de parler. Elle arrache un bout de peau à son pouce qu'elle laisse tomber au sol comme une pelure d'orange et me saisit soudain par les épaules.

« Faut vraiment que tu manges, Alice. Quand tu vas là-bas, tu sais jamais quand t'en sors. »

Depuis qu'on m'a mis cette sonde, j'ai la certitude que je vais accoucher d'un monstre. Peut-être que c'est moi le monstre. Peut-être que je suis en train de me révéler. Peut-être que je suis en train de me réveiller.

Un matin en tout cas, je m'en souviens, j'ai la sensation d'être monstrueuse. Je marche dans la chambre quand mon reflet dans le miroir m'arrête. J'ai quelque chose au milieu du nez. Un truc énorme. Une cible. Un panneau. Un astéroïde. C'est tellement grand que lorsque Rebecca arrive, elle porte une main à sa bouche. « Mais qu'est-ce qui est arrivé à ton nez ?! » Si ce n'était que ça. Mon oreille droite a gonflé. C'est une montgolfière. « Tu l'as grattée pour la faire saigner comme ça ? »

Rebecca me tourne et me retourne. La mine de son stylo fait des va-et-vient entre ses doigts. Je la vois hésiter, ce qui est peut-être sa façon à elle de paniquer. « Il ne faut plus que tu touches à ton visage ! »

Enfin j'accomplis mon destin. Je suis devenue laide. Toute la journée, je me regarde. Je me dissèque. Dans le miroir, j'assiste à la décomposition de mon corps. Voilà le monstre que j'étais au fond. À force de me nourrir de liquide, je suis devenue liquide. Une flaque floue. Je ne peux plus cacher l'horreur que je suis, et puis d'abord je ne le veux pas. C'est aussi l'œuvre de Rebecca. Je veux qu'elle admire ce cratère qu'elle a créé, elle ne peut pas m'échapper, partout où elle va, le furoncle remplit la chambre, elle me voit.

« Le monstre… » Soudain je me souviens.

Quand j'étais enfant, j'ai eu une infection à l'oreille. Mon lobe avait doublé de volume. Il s'était transformé en prune. Violette. L'une de mes boucles s'était incrustée dedans. Je n'avais rien vu, rien senti. C'est mon père qui, en soulevant mes cheveux, avait trouvé l'énorme quetsche. Il avait laissé filer un petit cri. Bizarrement, il n'avait pensé ni au docteur ni aux urgences, mais à la pince à épiler. Il avait trituré mon lobe à la manière d'un dentiste avec une dent cariée. Et puis, finalement, il avait trouvé cette fichue boucle. Il l'avait arrachée de la chair sanguinolente et jetée dans le lavabo. Je n'avais pas pleuré. Je n'avais rien senti. Mon père m'avait regardée, interloqué, l'air de dire « tu n'as pas eu mal ? ». Non. J'avais vécu avec ce parasite sans aucun problème. Signe qu'on peut très bien vivre avec un monstre sans s'en apercevoir.

Toutes ces images que je pensais oubliées remontent soudain à ma mémoire. Qu'est-ce qui s'est passé ? À quel moment ça a merdé ? Peut-être que ça ne sert à rien de se souvenir, vu tout ce qu'on oublie. Mais quoi, je n'aurais vécu que quelques secondes ? Quatorze années réduites à de l'à peu près. C'est à ça que tient la vie ? Je caresse mon lobe duveteux. La mémoire de la peau est une chose étonnante. J'ai l'impression qu'il n'y a que la douleur pour éprouver le temps. Je veux dire, le retenir. La souffrance tient comme du sable dans les mains, alors que la joie s'évapore sitôt qu'on l'effleure. Est-ce que l'oubli est une condition au bonheur ?

Je reprends mon cahier et commence une nouvelle feuille. Mais mon bras reste suspendu dans le vide.

Les mots sont huileux, ils ne se mélangent pas aux lignes bleues. J'ajoute des mots sur des mots, et plus j'en ajoute, plus j'ai le sentiment de m'éloigner de la vérité. Peut-être parce que je suis trop dedans et qu'on n'écrit jamais vraiment sur la douleur mais sur son souvenir. J'aimerais parler des autres patients, sauf que je me sens creuse. Les mots tombent en moi, sans trouver de fond. Est-ce que je devrais tout inventer ? Parler de ces enfants comme de personnages de papier ? Non. Je les veux vivants.

Je m'en vais à la fenêtre et reviens au mur, soulevée par une émotion contradictoire. Mes jambes veulent partir et mes mains écrire. Oui, non, je jette le cahier et le reprends. Peut-être que c'est ça la folie. Croire qu'on peut tout dire. Les mots qui ne se taisent pas. Les pensées qui ne cèdent pas. Je me sens terrassée, comme possédée. Tant pis si ce que je dis est affreux et faux.

Il n'y a que les cons pour juger la beauté de la langue… Ils voudraient que les mots soient lisses, bien douillets, bien proprets, comme l'eau d'un bain. Que tout soit propre surtout. Trop gentil. Trop mignon. Ils voudraient que rien ne dépasse, pas d'éclaboussures, pas de ratures. Bien sûr que l'écriture est dégueulasse. C'est un charnier, un monceau de cadavres ! Une fosse commune ! C'est l'eau dans laquelle on s'est lavé. Il faut que ça sente la sueur, la crasse. Chaque phrase doit être un accouchement. Des draps blancs devenus rouges. Une douleur. On n'écrit pas en pensant. Et ceux qui disent le contraire écrivent avec du savon. On ne maîtrise rien. On ne sait pas comment les mots sortent. C'est un cri. Un vol. Un rapt. Toute écriture est une blessure. Soit on la cicatrise, soit on la creuse. Mais c'est toujours dans le sang qu'on plonge la plume. La beauté ne surgit qu'à cette condition-là. Parce que la beauté est un mémorial. Dieu nous a donné le temps et le temps nous a donné la mort. Et quand la beauté surgit, que les heures sont suspendues, nous le tuons à notre tour. Toute écriture est une lutte contre la mort.

Un jour, mamie quitte son village pour venir me voir à l'hôpital. Son sac est plein de photos de papa et de maman. Elle les dispose sur la table de chevet à roulettes. « C'est important qu'ils soient là, avec toi. » Ses mains sont pleines d'amour, elle les met dès qu'elle peut sur ma peau. Mamie se glisse contre moi dans le lit. Mon cœur se serre. Ses pieds dépassent de chaque côté. Elle caresse mes cheveux comme quand j'étais petite et me raconte ses souvenirs, la guerre et les rutabagas, la faim et la soif, les tickets de rationnement. Elle s'est toujours juré que tout le monde dans sa famille aurait de quoi manger. Mamie ne peut donc pas croire que je sois maigre. « Ma petite-fille n'est pas malade, elle a besoin de repos », elle dit quand des parents lui demandent ce que j'ai.

Mamie a ses petits mots à elle pour parler de ce qui m'arrive. « Tu recharges les batteries », « Tu es fatiguée »… Quand elle a posé ses yeux ronds et noirs sur moi, j'ai tout de suite vu qu'elle ne me voyait pas moi, mais quelqu'un d'autre. Papi. Pendant des années, elle s'est occupée d'un mari malade, elle a fait des allers-retours entre l'hôpital, le travail et la maison, où elle devait s'occuper de ses enfants. Mamie a beaucoup pleuré, prié aussi, mais les églises étaient trop grandes, les homélies trop belles, et elle n'a jamais rien trouvé de beau dans l'agonie de son époux. Quand on lui a dit que papi allait s'en sortir, mamie s'est accordé un sourire, mais c'était le temps que la maladie avait pris pour voler le peu d'espoir qui lui restait. Elle a brisé papi juste assez pour qu'il supplie sa femme de l'achever puis, un matin, c'était fini.

« Ton papi avait toujours rêvé de voler, alors quand on m'a confié ses cendres, je l'ai amené dans notre village, à l'endroit où les parachutistes se jettent dans le vide. Il s'est envolé pour l'éternité. » Mamie sourit un peu puis tourne son visage vers la fenêtre, ses épaules se mettent à trembler. Le temps ne guérit pas les blessures, il leur donne juste une autre profondeur. Et les cicatrices sont des trous dans lesquels il est si facile de retomber.

Mathilde vient aussi. Elle s'assied sur une petite chaise face au lit. Ses cheveux blonds sont devenus longs. Elle sent bon la lessive. Ses yeux me scrutent. Elle me demande pourquoi j'ai un tuyau dans le nez. « Un problème au cœur », je réponds. Mathilde sait très bien que je lui mens mais nous n'avons pas besoin de nous parler pour nous comprendre, l'amitié est ainsi faite qu'elle existe dans ces respirations muettes. Elle n'insiste pas. Elle me parle de ses vacances, de la pluie et du beau temps, de ses escapades sur la plage, dans les bois. Moi aussi, avant, quand je parlais de liberté, je le faisais comme elle, avec le dédain des gens de mon âge. Je ne savais rien. Mathilde évoque aussi la rentrée qui arrive à grands pas. Quand est-ce que je reviens ? Je baisse les yeux. Elle baisse le menton. Sa montre sonne. Mathilde esquisse un si grand cercle avec ses bras autour de moi qu'elle ne me touche pas. Elle repart sans se retourner. Le regard perdu dans le filet de la fenêtre, j'essaye de me rappeler ce qu'on vient de se dire, mais déjà j'ai oublié. Quand on passe des jours et des semaines entre les mêmes murs, la javel efface tout. Le temps devient du détergent.

« C'était qui ? demande Louise.

– Un souvenir. »

Armand, lui, ne vient jamais. Parfois il m'arrive de demander à maman de ses nouvelles. Chaque fois, elle s'excuse pour lui, elle me dit qu'il a du travail, un problème de bus ou de lacet. Et puis elle finit par hausser les épaules, excédée que je ne change pas de question, l'air de dire « mais tu sais bien… ». Non, je ne sais pas. Au début, je lui trouvais des excuses, je me disais qu'il avait raison de pas se pointer dans ce mouroir où toute la journée les familles pleurent leurs gosses dans un lit. Mais avec le temps, je n'ai plus la force de lui pardonner. La souffrance est égoïste. Maman m'a abandonnée, mais elle revient. Elle vient chercher les coups, prendre ma colère et ma douleur, elle s'inflige cet effort. Je suis sa douce douleur.

J'écris ça et Sissi me traite de cinglée. *T'as pensé une seconde que c'est à cause d'elle que t'es là ? Elle se pointe en Mère Teresa et toi, tu voudrais tout lui pardonner ?* Bla-bla-bla. Je suis fatiguée. Le temps me manque, je croyais que l'urgence d'écrire me permettrait de savoir comment trier les mots, les souvenirs, mais je ne sais plus vraiment pourquoi j'écris. Est-ce que je fais mon testament ? Il n'y a rien à sauver. J'ai tellement l'impression de me trahir. Est-ce que c'est ça écrire, mentir ? L'écriture est forcément un échec, une défaite, un malentendu entre ce qu'on veut dire et ce qu'on écrit. La vie ne peut pas tenir dans un cahier. Il restera toujours du blanc, entre les mots, entre les lignes.

Les marges, ce sont vos questions, vos doutes, vos accusations.

L'écriture est du dedans regardé.
Je suis surveillée quoi que je fasse.
Une porte ou un papier.
Tout pareil.
Je ne peux pas tout dire.
Si je ne me suicide pas, qu'est-ce qui m'arrivera ?

Je deviens énorme. Rebecca a fait changer les poches de nutrition classique par des poches hypercaloriques. Elle sait que, de cette manière, même si je vidange le gavage, même si je m'affame, ce ne sera jamais assez pour que je maigrisse. Toutes les nuits j'ingurgite l'équivalent de sept cheeseburgers. Parfois, au réveil, je me sens tellement lourde que je suis persuadée que je ne peux plus passer la porte. Je m'imagine le corps gros et gras, un ballon de cirque. Et pourtant, quand l'infirmière vient pour la pesée du matin et me tire par la main, j'arrive à rouler hors de la chambre pour entrer dans la salle aux chiffres rouges porno. Je me déshabille en tournant le dos à la balance. Je n'ai pas besoin de savoir mon poids, je le sens. Ma culotte me serre le cul.

Les infirmières me surveillent partout, dans le lit comme dans les chiottes et la salle de bains. Elles me regardent me torcher. Elles me regardent me laver l'entrejambe. Je suis nue, en culotte ou habillée. Et tous les jours, je dois me retenir comme on retiendrait un chien enragé de bondir. Mais je n'en peux plus, je dis non, je refuse de montrer mon cul aux internes, externes ou je ne sais plus quoi de «ternes». Évidemment, ce n'est jamais contre elles que je suis en colère, elles ou quelqu'un d'autre, tout ferait l'affaire. J'ai besoin d'un bouc émissaire. Alors, où que je pose les yeux, je trouve la guerre. Rebecca l'a bien compris et c'est pour ça qu'elle répond à mes provocations par d'autres provocations. Sauf qu'elle, elle n'a rien à perdre.

«Tu manges toujours rien. Je crois c'est le bon moment pour qu'on commence ton contrat de poids, m'expose Rebecca dans la salle des infirmières. C'est simple, si tu prends un kilo, tu as droit au courrier, un de plus, c'est le téléphone, puis les visites, la sortie de la chambre, la sortie dans la salle de jeux, un de plus, c'est une permission, c'est-à-dire une sortie pour aller voir tes amis ou ta famille, un de plus, et c'est la sortie définitive.»

Mais ?

« … Mais à chaque kilo perdu, c'est retour à la case départ. Plus d'appels, plus d'amis, plus de soleil. Adieu la vie, adieu le vent ! Tu comprends ? D'ici là, tu n'auras plus droit à aucune visite de ta famille SAUF si tu manges au moins un des plateaux. À toi de voir. »

Je crois que j'aurais tout cassé en rentrant dans la chambre si je n'avais pas vu que Pia avait disparu.

Où elle est ? Où sont ses habits ? Son sourire ? Pia est partie comme une voleuse. Elle a tout emporté, sa brosse, ses seringues et même son parfum. La nuit s'est déshabillée sur sa chaise. Je me suis effondrée sur le lit. *Tout le monde te laissera tomber, je te l'avais bien prédit…*, me chuchote Sissi. Mais je croyais qu'on était amies… *Tu n'as pas d'amies.*

Après elle, je me suis juré que je n'aimerais plus jamais rien ni personne. Que le monde entier était un putain de mensonge. Que la mort était préférable à l'amour, même si aimer, c'est déjà un peu mourir. Et puis j'ai entendu un rire. Un de ces éclats de voix qu'on trouve indécents lorsqu'on pleure. Je me suis levée pour voir qui osait troubler ma peine.

Maria a des yeux noirs comme la pierre, de longues guirlandes rousses lui tombent sur une sorte d'armure bleue. Une carapace qui part de ses épaules jusqu'au bas du ventre. Maria ne peut pas sortir du lit. Ses jambes cachées sous les draps ne bougent plus. « C'est arrivé comme ça », elle m'a tout de suite dit pour balayer mes questions. Elle était dans sa piscine, elle nageait tranquillement quand ses pieds puis ses mollets se sont changés en grosses masses molles. Elle a tenté de se débattre mais son corps la noyait et son père s'est jeté à l'eau pour la sauver.

Maria rit beaucoup. Elle rit tellement que parfois j'oublie qu'elle souffre. J'écris ces mots et je l'entends encore comme si elle était au fond du couloir. Son rire est un tremblement de joie. Maria est « paralysée », comme disent les infirmières. Peut-être que les sensations vont revenir, « peut-être pas ». Mais, dit-elle, depuis « l'accident », sa famille n'a jamais été aussi gentille avec elle. « Parfois, je me dis qu'il faudrait pas guérir, juste pour être sûre qu'ils soient tous toujours comme ça... » Elle ajoute « je rigole », mais curieusement là, ça ne la fait pas rire. Dès que je peux, c'est-à-dire quand les infirmières ont fini de me fliquer, je la retrouve sur son lit. Et elle parle, parle, parle. Ses cheveux de feu s'enroulent autour de ses doigts.

Avec elle, je retrouve la légèreté de l'adolescence, sa bêtise et son insouciance. Je ne suis plus une patiente mais une amie. On fait la course dans le couloir, elle dans son fauteuil roulant, moi avec ma potence. Les infirmières ont les joues rouges. Ça jure un peu. Mais on s'en fout. On a le cœur qui bat fort. On est plus libres que des délinquantes. On s'invente des circuits invisibles et on roule. « Imagine qu'on est sur la route, me dit Maria, au bord de la mer, il y a les mouettes qui piaillent, le soleil est chaud, on transpire et il y a un parfum de gaufres qui remonte de la côte, on dévale les dénivelés, quelques cailloux se jettent dans le vide, il n'y a que nous et ce chemin immense qui monte encore, on volerait presque. Tu le vois avec moi ? Tu les entends ces vagues qui s'écrasent en bas contre les rochers ? Tu le sens ce vent sablé qui nous mord la peau ? Allez viens ! » Maria roule les yeux fermés. Elle ne met jamais les mains devant elle. Elle ne craint pas de tomber. La chute ne ressemble pas à ça.

« Alice ! Alice ! Ils vont m'emmener !

– Qui ? Où ça ? De quoi tu parles, Louise ?

– Les fous ! Les fous !

– Quoi ?

– Ils viennent me chercher !

– Mais pour aller où ?

– Au sixième ! »

Louise s'essuie les joues avec ses bras. Pour la première fois depuis qu'elle est là, elle ne porte ni pull ni gilet, mais un simple haut sans manches qui dévoile ce qu'elle me cachait. La raison pour laquelle elle est là depuis le début. Un bandage blanc descend jusqu'à son poignet.

« Qu'est-ce que t'as fait ? »

Louise renifle fort, l'air de ne pas comprendre ma question. Elle ne sait pas. C'était après le déjeuner. Elle s'ennuyait, elle aurait pu faire autre chose mais elle a fait ça. Elle relève son bandage et j'ai l'impression de me transformer en chien. J'ai la bouche pleine de salive. Quelque chose de préhistorique me remonte du fond du ventre. Le goût du sang. « Où est-ce que t'as trouvé de quoi te couper ? » Louise tend le menton vers la commode dans le couloir. « C'est là, dans le premier tiroir, le bleu. Y a plein d'aiguilles. Surtout dis à personne que je te l'ai dit ! » Louise se rassied sur son lit, caresse ses bandelettes de momie quand des hommes en blanc viennent la prendre par les bras.

Quand je pense que la solution était sous mes yeux.

Quand on se coupe, il n'y a pas de mode d'emploi. Personne n'est là pour te dire comment faire. Est-ce qu'il faut commencer par le bras gauche quand on est droitier ? Le poignet plutôt que l'épaule ? Le gras ou la veine ? Un coup sec ou prolongé ? Tu as la peur du débutant, la peur d'aller trop loin ou pas assez, c'est selon, même si au fond tu sais. Tu sais ce que tu vas faire. Tu sais que tu vas commettre un crime. Surtout si tu es une femme. Ton corps, c'est le corps de tout le monde. On le regarde, on le juge, on le convoite. Pas le droit de l'abîmer. C'est l'œuvre du musée. Bas les mains. Une femme qui se fait mal, c'est un scandale. La seule violence qu'on admet contre soi, c'est la violence sociale. Tous les soirs, c'est le défouloir sur les terrasses, on liquide des bouteilles, on fait des bûchers de clopes, on entasse les cadavres de bières. C'est marrant tout ce vocabulaire d'assassin. Tous ces petits mots pour dire qu'on se flingue le foie, les poumons ou l'estomac. Ouais. Par contre, si cette violence s'infiltre dans la solitude et le silence d'une chambre, là, elle fait moins rire.

Je m'assieds en tailleur devant la fenêtre, je sors l'aiguille de son étui, une petite épée de 5 centimètres, l'éclat d'un éclair, je l'admire un instant, retrouvant dans la douceur du métal le souvenir d'heures rouges dans ma chambre, avant de la faire glisser doucement sur mon mollet gauche. Il faut voir l'élégance de ce geste. La coupe comme un coup d'aile. Brusquement, par la volupté, je reprends corps avec cette région de moi-même. La souffrance est un territoire bien étonnant quand on commence à l'explorer. Les coups secs ont tendance à créer une fente, une bouche à la langue jaune de graisse. En plus d'être répugnantes, ces plaies ne sont pas douloureuses. Elles n'ont aucun intérêt sauf si l'on a envie d'atteindre une artère et de se tuer. Mais souffrir !

Souffrir demande du temps. Plus la coupe est lente, plus elle est douloureuse. Quand la souffrance monte, on ne se contente plus d'habiter son corps, on en prend possession. On voit comment il réagit, on interagit avec lui, on devient deux. La peau a si mal qu'elle délire. On voit double. Oh, délice du crime ! Suave plaisir. Je veux voir la chair, les tendons, le gras, l'or, des jonquilles dans un champ de sang.

On ne pense pas aux traces qui resteront là. On cherche l'émotion comme une étoile filante dans la nuit et c'est ce que les scarifications deviennent, des traînées de comètes. On se coupe avec les intuitions d'un funambule. Se sentir partir. Chuter sans tomber. La fulgurance, le silence, la grâce. C'est un bras de fer entre le saint et l'assassin.

On dit souvent que les personnes qui se mutilent veulent en finir. Je crois au contraire qu'il faut connaître le goût du sang pour aimer la vie.

La sonnerie des barquettes retentit dans le couloir. C'est l'heure. Catherine va ouvrir la porte brûlante du four, tirer un chariot qu'elle aura préparé, poser les plats dans leur immense barquette blanche, tandis qu'une autre infirmière ou une éducatrice, sûrement Martine, comptera fourchettes et couteaux, avant de venir chercher les patients. D'un bond, je jette mon cahier dans l'armoire quand :

« Alice ? chantonne Catherine. Tu viens ? On va manger. »

Mon cœur bat à cent à l'heure. Je crois qu'il pourrait sauter de ma gorge mais Catherine ne voit rien. J'opine les joues brûlantes. Catherine sait très bien que je ne mangerai rien, mais elle insiste quand même. La dernière fois que j'ai refusé de la suivre, j'ai dû me la coltiner en tête à tête pendant une heure dans la chambre. Nous allons à table où nous attendent déjà Martine et les filles. « Qui veut de la purée ? » Bruits de couverts. Verres qu'on remplit d'eau. Odeurs de patates chaudes. Si un visiteur passait par là, il ne verrait rien d'autre qu'un petit groupe d'ados et deux infirmières qui s'apprêtent à déjeuner.

Pourtant, derrière ce décor de colonie de vacances, les couteaux ne coupent pas, même les dents des fourchettes ne piquent pas. Pourquoi il y a autant de chaises vides ? Qui sont les absents ? Ceux qui sont partis ou ceux qui ne sont pas encore arrivés ? Pourquoi Catherine est la seule à porter une blouse blanche ? Luce a la tête qui penche comme une fleur morte au-dessus de son assiette. Les petits pois verts baignent dans l'eau jaune. Luce va comme d'habitude jouer aux billes, avant de croquer un à un chaque légume. Ça lui prendra dix minutes pour en avaler six ou sept. Ni Catherine ni Martine, qui déjeunent avec nous, ne feront de commentaires. Candice non plus ne dira rien. Elle penchera la tête et gobera tout ce qu'on lui aura mis sans rien dire. Elle est passée par là aussi. Les morceaux de viande hachés au couteau, les compléments alimentaires, la pesée… Mais elle est sur le départ. Il faudrait d'ailleurs que je lui trouve un cadeau. Est-ce que j'en aurai le temps avant de mourir ? Ses joues renaissent à la faveur de ses mâchouillements. Elle a décidé d'exister autrement que par son poids. Je la regarde mastiquer, entre l'envie et l'effroi. Il suffirait de manger comme elle pour sortir. Ça semble si facile. Mais Sissi me rabroue : *N'y pense même pas ! Sale truie !* Je suis malade de peur. Qu'est-ce qu'on devient quand tout ce qui nous constitue est une maladie qui a disparu ?

À la fin du déjeuner, je récupère mon verre, mon assiette et mes couverts propres pour les déposer dans l'évier. Sans un regard pour Catherine ou Martine, je retourne dans la chambre, et la porte à peine fermée, je m'empare de ma lame dans l'armoire. Le rouge inonde ma peau sélénite et salope le pvc. J'attrape du papier dans les toilettes et éponge le sol. Je me suis pas ratée… Le tissu colle à ma peau gluante. Je fais couler l'eau en mordant ma manche. Il y en aurait bien pour cinq points de suture, tant pis, je rabats mon pantalon. Mais alors que je relève la tête, mon sang tombe à mes pieds. Dans le miroir, derrière moi, des ombres noires. Elles sont dix ou trente. Je retiens un cri et bondis hors de la salle de bains.

Je saigne de la jambe. Je saigne si fort que je manque de mouchoirs pour tout éponger. Le sang se débine, c'est un serpent, il se défend, il se tortille, il me passe entre les mains, dégouline, je m'essuie en passant les doigts contre ma joue, y laissant sans le savoir des traces rouges comme celles d'une Sioux, je me prends pour une tueuse, la bête me résiste. C'est l'hémorragie. Il faut en finir et vite, d'un coup, je mets les mains autour de mon mollet et serre fort comme si je voulais m'étrangler le genou, et en quelques instants tout est fini. Ou presque. Par terre, je découvre une flaque rouge et ronde. Je sais qu'il faudrait que je me dépêche de faire disparaître ce cadavre de sang, mais comment ? Je ne peux pas aller aux toilettes sans être accompagnée… Je n'ose pas dire comment j'ai procédé.

Je crois le pire passé quand une « terne » vient me chercher pour la douche. Je me déshabille tant bien que mal, tentant de cacher le massacre. Mais dans la baignoire, la plaie de mon mollet se dilate sous l'effet de la chaleur comme un œuf au plat. J'ouvre plus fort le robinet pour chasser les éclaboussures huileuses de mes pieds, mais déjà je sais, la terne a vu. Elle a vu et elle va le dire.

« C'est où ? » J'ai à peine le temps de sortir de la salle de bains que Rebecca déboule dans la chambre. « C'est où ? », elle répète la bouche tremblante, avant de me tourner dans tous les sens jusqu'à trouver la preuve du crime. « Avec quoi tu t'es fait ça ? », elle me secoue. « Avec quoi ? » Pourquoi elle est si enragée ? De quoi elle a peur ? Que je me tue ou que je flingue sa carrière ? Je ne comprends pas pourquoi elle se répète alors qu'elle a déjà toutes les réponses à ses questions. « Fermez tous les tiroirs à clé », elle jette à l'intention des infirmières. « Plus rien d'ouvert, c'est compris ? »

Je croyais que Rebecca en resterait là, que j'allais m'en tirer avec quelques coups de clé, qu'on en parlerait plus, comme une enfant qu'on a sermonnée après une bêtise.

Évidemment, je me trompais.

Après ça, une femme en blouse blanche est venue s'asseoir au bord du lit. Elle avait des mains qui avaient vécu. Elle m'a posé plein de questions sur ma vie, mon père, mon frère, ma mère surtout. J'ai oublié sa tête, pas son expression. Elle était curieuse. De cette curiosité qui allume les yeux. Ça a duré quelques minutes, puis elle a hoché la tête, l'air de dire « c'est bon, j'ai tout ce qu'il faut ». Dans le couloir, elle a échangé trois mots avec Rebecca. Je ne pouvais rien entendre depuis ma place, mais j'ai vu le regard de Rebecca se tourner vers moi, ce regard qu'on a quand on a fait quelque chose de mal.

Qui est descendu du sixième étage en premier? Le docteur Carré? Quand je l'imagine devant moi, je le vois dégouliner de sueur, sortir un mouchoir en tissu comme les vieux quand ils se mouchent, s'essuyer les tempes et ranger son petit carré moite dans la poche de sa veste. Le Carré porte toujours la même chemise blanche trop grande et le même pantalon chair qui le boudine. Ses cuisses énormes remplissent toute la pièce. Il est rose. Il est gras. Il a un nez ou plutôt un groin. Il n'a pas de mains mais des pattes. Ses yeux sont deux trous noirs. Il a la voix basse, un accent épais qui donne l'effet d'une colle pâteuse dans sa bouche. Il ne dit pas « oui » mais « ui ». Il parle et des bulles de bave blanche éclatent à la commissure de ses lèvres.

« Je suis le chef de service de pédopsychiatrie au sixième étage, du côté des postaigus. Il y a deux services : les aigus, dans lequel les patients ne restent guère plus d'une ou deux semaines, et les postaigus, service qui requiert des soins disons plus longs pour certains adolescents. » Les fous, quoi. Dans quelle aile se trouve Louise ? Pourquoi il vient me voir ? Le Carré ne répond pas aux questions. C'est lui qui les pose. « Je sais que vous vous êtes fait du mal. » Je me souviens d'avoir trouvé l'expression curieuse et de m'être dit qu'il faudrait écrire à ce sujet. « Je sais avec quoi mais je ne sais pas pourquoi. Pourquoi vous vous êtes fait ça ? »

Sissi débarque dans ma tête en même temps que Louise. Elles se chamaillent pour me dire quoi répondre. « Tais-toi, tout ce que tu diras se retournera contre toi », me chuchote Louise. *L'écoute pas. Réponds-lui par une question*, me murmure Sissi.

« Pourquoi la Terre est ronde ? », je réponds finalement.

Sissi soupire. Louise se marre. Le Carré penche la tête.

« Comment ?

– Pourquoi la Terre est ronde ?

– Je ne sais pas.

– Moi non plus. »

Sa tête sans cou glisse sur ses épaules. Le Carré pose d'autres questions auxquelles je n'ai pas de réponse, tandis que Sissi et Louise continuent de se disputer.

« Je vais vous prescrire de l'Atarax, c'est un anxiolytique qui vous permettra de diminuer vos angoisses. »

Quelles angoisses ? répondent d'une seule voix Sissi et Louise.

« Et si je veux pas ? », je dis à la place.

Le Carré sourit. Il soulève son cul, son cul d'obèse, un cul de porc dans un costume de carnaval, un cul immense qui renverse presque sa chaise en se levant. Le Carré est parti mais la chambre porte encore son odeur. Mélange de patchouli et de sueur. Ses questions tournent dans ma tête : « Vous avez des idées noires ? », « Comment vous vous entendez avec votre mère ? ».

J'écris ça et je comprends soudain pourquoi le Carré n'a pas attendu mes réponses pour poser ses questions. Le peu que j'ai lu sur l'anorexie avant de débarquer ici me revient. J'ai quatorze ans, je suis une fille, bonne à l'école, je ne mange pas, je suis « trop maigre », je calcule toutes les calories, j'ai des problèmes avec ma mère. Je suis un cliché. Il n'a pas besoin de m'entendre parce qu'il me connaît déjà.

L'Atarax est blanc, deux fois plus petit que mon ongle. L'infirmière me le présente dans un gobelet au milieu de mes autres médocs. Je le regarde entrer dans la ronde, danser dans ce pot que je fais tourner dans ma main, c'est un manège arc-en-ciel, les pilules se transforment en petits biscuits, comme ceux qu'Alice au pays des merveilles doit manger pour s'échapper de la pièce où elle est coincée. Voilà ! C'est ça, je suis dans un dessin animé. J'ai tout imaginé et je vais finir par me réveiller. Je tourne la tête vers la femme aux cachets, elle s'est métamorphosée en chat, le chat fou de Lewis Carroll, avec son sourire de lune, sa fourrure est poilante, elle rit, sa bouche immense s'avance, je ferme les yeux, j'avale tout.

Un jour de plus est un cachet en plus.

Je fonds dans le lit, je ne me débats pas, je me laisse avaler par le matelas. Une fatigue insoutenable me rend incapable du plus simple geste. Les heures immobiles s'écoulent entre l'envie de me lever et le dégoût de sortir des draps. Je ris, je pleure, je veux maman, je la hais, je ne veux plus rien, enfin si, je voudrais juste que tout s'arrête. Et le Carré revient. Il écourte ses questions. Il écrit une autre prescription. L'Atarax rigole dans son gobelet toute la journée. « Est-ce que le médicament fait son effet ? » Lequel ? La chambre n'a plus d'odeur. Les repas non plus. Moi non plus. « Est-ce que c'était mieux avant ? » Avant je ressentais les choses. Je savais dire si j'aimais, si je n'aimais pas, il y avait la pluie, il y avait les roses, il y avait de la couleur, de la profondeur. Avec le comprimé, tout est plat, tout est pareil, d'un gris de ciment. Je vois le monde derrière une vitre. Peut-être que je suis devenue Sissi, peut-être qu'elle est devenue moi.

« Nous allons augmenter le traitement. »

Un Atarax. Je fais des bulles avec ma bouche. Deux Atarax. Les infirmières font une pause, l'une d'elles a oublié de fermer le tiroir, je me coupe le bras. Trois Atarax. Sissi crie. Le Carré est de retour. On est mercredi déjà ? C'est le jour de la chemise à carreaux. Nappe de pique-nique. Il reste de la tomate sur son col. « Est-ce que le médicament fait son effet ? » J'aimerais penser. PENSER. Mais dès que j'essaye, les mots s'effacent, j'oublie tout ce que je dis. Je cours après. Je ne suis plus Alice mais le lapin blanc. Je suis en retard sur toutes mes phrases. « On va tester un autre médicament. » Un cousin apparemment. « Le Xanax. » Il prononce ce nom et dans ma tête, après l'Atarax, tous ces « x » font des batailles d'épées. J'entends des rixes, j'imagine des serpents en casque blanc. Xsss-xsss. Tous ces anxiolytiques s'excitent. J'hallucine encore. Il repenche la tête, attend ma réaction, mais je n'en ai pas. Il pose les mains sur ses grosses cuisses et se barre.

Plus les patientes viennent et s'en vont, plus je vis avec l'impression d'avoir bâti au fond de moi un caveau dans lequel je les aurais toutes jetées. Et j'attends dans un cimetière. Je regarde les nouvelles s'allonger et pleurer. J'aimerais parfois parler à l'une de ces allongées, mais à quoi bon ? Elles finissent toujours par me quitter. Et à la fin, je n'ai qu'une envie, c'est de me couper.

D'après le Carré, je me fais du mal parce que je pense mal. Je marche sur la tête. Je serais montée à l'envers et il faudrait me remettre en place. *Les psys détestent les rêveurs comme toi.* C'est ce que me dit Sissi. Chaque fois que le psychiatre vient, il se badigeonne de gel hydroalcoolique comme si c'était de l'eau bénite. Le gars se prend pour un saint dans sa chemise blanche. On fait la queue pour lui parler dans le couloir. Son hostie est un comprimé de Xanax. Ah les fous, ils avalent tout ! *La psy, c'est pas une science, c'est une croyance*, pouffe Louise dans ma tête. Un peu ouais ! Et sa plus grande ruse, c'est de nous faire croire que le bien et le mal existent. *Mais le mal*, me chuchote Sissi, *c'est un maléfice, c'est le fait d'un démon, pas d'un médecin.*

En tout cas, le Carré connaît bien sa bible de psy. Il débite sans arrêt les mêmes phrases. « Vous savez, il y a toujours le beau temps après la pluie », « Vous vous coupez, mais ça vous passera, vous pouvez me croire »... Descends un peu de tes nuages, gars. « Il faut croire au soleil, vous savez. » Et dès qu'il a fini sur la météo, voilà qu'il enchaîne sur ses médocs : « Le traitement vous aidera à vous apaiser », il explique la voix basse, presque endormi. C'est une chose que je remarque vite, ici, les blouses blanches parlent toutes avec une espèce de coton dans la bouche, jamais un mot plus haut que l'autre. Comme s'il ne fallait surtout pas ressentir quoi que ce soit, comme s'il fallait avoir les émotions horizontales, les mots aussi morts que leur corps. Il faut « se repooooooooser ». Se calmer, tout calmer.

Sissi s'agace à côté de moi.

Est-ce qu'il a deviné pour elle ?

Je n'ai jamais vu Sissi comme le symptôme d'une quelconque folie. Je dirais qu'elle est une projection de mes pensées, comme je crois que les gens ne sont que des parties de moi, des territoires étrangers, inexploités, auxquels mon cerveau a donné un nom et une émotion. Sissi me parle la langue de la vérité. C'est pour ça qu'elle est terrible avec moi. Il y a un prix à payer pour la connaître. Je mérite de souffrir, je dois lui obéir, j'ai besoin d'elle. Même si je la hais. Je veux qu'elle se taise quand je l'entends et je veux l'écouter quand elle ne me parle plus. Sans elle, je me sens perdue. Elle me rassure même si elle me torture.

Je suis sûre que si le Carré apprenait pour elle, il me dirait que Sissi ne fait qu'incarner mes mots et mes angoisses. Moi, je veux croire qu'elle est plus qu'une simple peur. Je veux croire qu'elle m'attend quelque part quand elle ne me parle pas. Peut-être que le monde entier a son ange, mais qu'à force de vouloir raisonner l'irraisonnable, à force de remplacer les prêtres par des psys, on a fini par tous les tuer. Moi, je veux croire qu'elle existe parce que si je l'invente, ça veut dire que le Carré a la raison qu'il cherche pour me faire monter au sixième.

Qu'est-ce que c'est être folle d'abord ?
Le monde est à l'envers.
On voudrait lui donner un sens.
Mais parfois les phrases commencent par la fin.

Maria s'en va. Comme Pia.
Tout recommence encore.
On ne perd jamais quelque chose mais son souvenir.

Je pense à Louise qui ne revient pas. Je pleure et je ne sais pas pourquoi. Depuis le matelas, je regarde les lits se vider et se remplir avec le parfum de l'été. Déjà deux mois que je suis là. Mes nouvelles voisines ont la peau caramel et les cheveux qui sentent bon la vanille. Je les regarde fondre dans les draps blancs pareilles à des boules de glace dans leur assiette. Elles se lamentent. « Quoi ? Il faut que je reste deux jours alitée ? » dit l'une. « C'est trop long. Je vais devenir dingue ! » répond l'autre. Leurs larmes fondent comme de la chantilly sur leur visage crémeux. Deux infirmières entrent. « On relève la manche, c'est l'heure de la prise de sang. » Elles redoublent de pleurs. J'aurais envie de les détester, au lieu de ça, je décide de me lever et de leur mettre une main sur l'épaule. Elles ont mal, un mal étrange qui ne se limite ni au corps ni à la tête, c'est un mal que seuls comprennent les malades. Je regarde dehors, la pluie tombe d'un ciel radieux. La souffrance n'a aucun sens au soleil.

À la télévision, les informations tournent en boucle sur la rentrée scolaire. Le pays tout entier se prépare à revenir travailler. Partout dans les supermarchés, les Gibert et les Fnac, on assiste aux mêmes scènes de parents d'élèves égarés dans les rayons, des listes de fournitures à la main. Acheter des copies doubles, format A4, est devenu une mission. Les cahiers 21 × 29,7 commencent à manquer. On se plaint qu'il est bien plus facile de trouver du poulet. La caméra se déplace dans la rue. Cette fois-ci, on voit des ados rire bêtement, la gueule écrasée sous des mèches immenses, indifférents aux opérations commandos de leurs parents. Ils racontent tous d'un air à claquer qu'ils se foutent bien de l'avenir. J'éteins l'écran. Il y a quelques mois, j'étais comme ça aussi. Je coulais des heures tranquilles avec Mathilde. On discutait de la manière dont on s'habillerait pour la rentrée, à côté de qui on s'assiérait. La vie s'annonçait légère. Tout ça c'est si loin maintenant…

Est-ce qu'on a chuchoté quelque chose lorsque la proviseure a prononcé mon nom et que personne ne s'est levé ? J'aimerais avoir l'orgueil de le penser. Combien de temps ça prend pour oublier quelqu'un ? Une semaine ? un mois ? un an ? Qu'est-ce qui resterait de moi si je mourais demain ? Je n'ai rien à léguer que des bouts de papier, des tas de mots, des termitières de mots.

Un jour que Rebecca n'est pas là, maman reste un peu dans la chambre. Elle sait bien qu'elle n'en a pas le droit selon le « contrat », mais qu'est-ce qui se passe, elle s'assied sur le lit et déplie le linge qu'elle m'a apporté. Quand elle n'a plus rien entre les mains, elle me propose de me dégourdir les jambes dans le couloir et je m'élance, trop contente de pouvoir perdre 2 calories. Mais alors que je fais trois pas, mon pantalon trop grand glisse sous mes genoux et me laisse déculottée. Je hurle de rire. Maman prend sa tête entre ses mains, l'air de dire « non mais franchement… ». Je la vois se mordre la langue, plisser ses petits yeux, croiser les miens et finalement rire, d'un rire immense comme un miracle.

J'ai jamais trop fait attention au nombre de fois où je riais avant, mais à l'hôpital, on se marre pas facilement. Peut-être que certains croient que le rire n'y a pas sa place. Mais je pense que ça, c'est l'idée que se fait une personne du dehors.

Oui, j'ai décidé de vous appeler comme ça. Il y a nous, « les gens du dedans », et vous, « les gens du dehors ». Vous, on vous reconnaît de loin. Vous avez l'odeur du dehors, vous sentez la lessive, le vent et le pot d'échappement. Vous avez une autre couleur, du sang dans les joues qui vous donne ce ton beige, un peu rose, un mélange de pêche et de mirabelle. Vous êtes libres, vous avez les yeux comme des terrasses ouvertes sur le ciel. Pour les gens du dedans, ceux qui comme moi regardent le monde depuis des fenêtres, notre champ de vision, ce sont des portes, c'est l'odeur des poches à merde et des sondes, des barquettes de choux et des serpillières, c'est le bruit des téléphones qui s'arrêtent jamais de sonner. Vous qui venez, vous avez le choix. Cette visite qui vous prendra environ une heure de votre temps, c'est notre vie. Quand vous nous dites que vous venez, on est comme des chiens à la vitre. Toute la journée se passe à lever une oreille puis à la descendre, bâiller et trépigner dans l'attente de ce moment. Rire, c'est détruire la banalité de la maladie.

Quand le Carré ne passe pas, l'infirmière Houda descend du sixième pour venir me voir. « Comment tu hen hes arrivée là ? Souviens-toi de là hoù ça ha commencé. » Houda a cette diction qui me rappelle celle d'un poisson qu'on a eu chez maman. Il est mort trop vite pour qu'on lui donne un prénom, mais je me souviens qu'il avait cette curieuse façon de gober l'eau, comme s'il se noyait dans son aquarium. Houda aspire toutes ses voyelles. Elle dit « houi », elle dit « houais » et glousse à la fin de chacune de ses phrases. C'est une espèce de Tourette du rire.

« Halors ? » Elle repousse ses lunettes violettes sur son nez caramel. Houda blottit son gros bassin dans sa chaise en plastique et reprend son sourire délectable. Elle aime être là, dans cette cage de néons, ces couloirs surchauffés, emmitouflée dans son manteau couleur sac-poubelle, elle aime la lenteur des lits à roulettes, elle qui marche au pas d'une vieille alors qu'elle a la petite trentaine. Comment elle en est arrivée là, elle ?

Houda m'accompagne de la tête chaque fois que je prononce une phrase. J'ouvre la bouche et elle fait pareil, comme un enfant à qui on donnerait sa cuillère d'épinards. Je cherche mes mots. Houda me dit qu'il ne faut pas que je m'empêche de les sortir sous prétexte qu'ils ne sont pas exactement ce que je veux. Mais elle ne comprend pas que tout mon drame se joue là. On me juge sur le vernis de mes mots comme le font les pétasses sur les apparences. Tout ce pour quoi je suis là tient justement dans cette faille, ce qui m'échappe. Je ne peux pas manger, Houda, car je ne peux pas parler. C'est par la bouche qu'entrent tous les crimes. Je ne peux pas m'expliquer ce que je fais. Qu'est-ce que je fais d'abord ? Comment je le fais ? Pourquoi je le fais ? Dans quel sens ? Quel sens ça a ? « Ça va ? » J'ai dû partir loin dans ma tête, mes joues sont chaudes. Houda me regarde par en dessous ses lunettes. Une mèche de ses cheveux tigrés d'un blond tirant vers le jaune tombe sur son front.

« Oui, c'est vrai, j'ai déjà pensé à… partir.

– Partir ?

– Me suicider.

– Tu l'has pensé hou tu l'has henvisagé ?

– Je peux vous dire que j'ai pensé à l'endroit et avec quoi, j'ai pas peur, je suis prête. Je le ferai à un moment où j'aurai ce qu'il faudra, où il faudra.

– Tu hen has encore henvie haujourd'hui ?

– Oui.

– Depuis quand ? »

Houda plisse les yeux. J'ai l'impression qu'elle m'écoute. Est-ce donc de la bêtise, devant ses yeux muets, je décide de me vider. C'est d'abord un filet de mots, puis le robinet d'eau.

« Je me souviens qu'un jour, je devais avoir sept ans, j'étais dans ma chambre. C'était à cette heure où le jour hésite encore avec la nuit. Je flottais dans une sorte de demi-rêve, j'avais les yeux ouverts, mais c'était comme si je dormais. Je me contentais plus de regarder les volets fermés, je les regardais vraiment, vous voyez. Je saurais pas vous dire pourquoi, mais j'étais hypnotisée. Ils s'imprimaient sur ma rétine, comme quand on a regardé le soleil et que son fantôme nous poursuit partout.

À un moment, des dizaines de points blancs se sont mis à flotter dans la pièce. Tout s'est constellé de poussières lumineuses comme des lucioles. Je voulais fuir mais j'étais cernée par quatre murs. J'étais dans une prison de verre et j'étais en train de tomber. Pas de m'évanouir ni rien, mais de chuter. J'étais aspirée dans un trou. Et je me suis sentie partir, loin, loin… Y avait plus rien ou plutôt, y avait que ça, le noir. Du noir comme de l'eau. Un lac. Un océan. Et dans ce noir, même si j'étais plus sûre d'exister, je me sentais bien. Voilà.

Après ça, je me souviens plus. Le jour est revenu, je me suis levée, je suis partie à l'école mais je pouvais plus faire comme avant. C'est comme si ce rêve, ou ce cauchemar, appelez-le comme vous voulez, était en fait un souvenir. Je faisais plus la différence entre ce que je vivais et ce que j'imaginais. Est-ce qu'il y avait des gens autour de moi ? Est-ce qu'ils existaient sans moi ou est-ce que c'est moi qui leur donnais vie ? J'avais vu des choses qui n'existaient pas, et ça vous savez, ça s'oublie pas.

Et depuis, je peux pas m'empêcher de penser que je suis dans le faux, que tout ce que je vois est faux, vous, moi, tout le monde. On est dans un mirage, nous sommes des mirages, des putains de supercheries, des putains d'ombres dans le noir. On vit dans un désert. Vous comprenez ?

Vous dites rien. Comme quand je parlais à maman, parce qu'elle pensait déjà à ce qu'elle ferait après. Personne n'écoute personne. Je vous raconte tout ça, mais vous vous en foutez sûrement. Les trucs importants, on sait pas les entendre. Toute la journée, on court après des trucs débiles, à faire des trucs débiles, avec des débiles, on est petits, si petits, des mioches jamais sortis de la cour de récré, mais je les vois, moi, tous ces gosses dans des costumes à épaulettes, ces filles, la tronche tirée dans du vomi à paillettes, de la crème contre les rides qui a jamais enlevé aucune ride, on masque le temps à coups de fond de teint, on essaye de combler les trous, mais au fond on est creux, des putains de cimetières !

On dit qu'on a jamais le temps de rien, on est fatigués, le monde entier est fatigué de sa journée, fatigué de sa vie, tout le monde fuit la réalité parce que la RÉALITÉ est INSUPPORTABLE, et le pire, c'est qu'on recommence chaque nuit le même délire ! On s'éteint et on oublie de voir.

Mais moi je peux pas ! Ça fait sept ans que je vis pour retrouver ce que j'ai vu. Qu'est-ce que j'ai vu ? Un avant-goût de ce qui nous attend. Et ça me flingue de rester coincée dans ce taudis de vie. Pourquoi je pourrais pas devancer le truc ? Moi, je vois l'âme, l'auréole autour du corps. Vous la voyez, vous ? Vos lunettes sont des paravents. C'est un éventail sur un champ de flammes. Je peux plus vivre comme ça. Mais vous, vous tous depuis que je suis là, vous m'empêchez de m'envoler. Et maintenant je dois attendre, mais attendre quoi ! ? »

À la fin, je me souviens, je tremblais d'épuisement. Houda avait eu ce chevrotement dans la gorge, je m'étais attendue à un truc long et fastidieux, au lieu de ça, elle avait simplement dit : « Ça te dirait de voir à quoi ressemble le sixième ? »

J'ai répondu oui.

Le lendemain matin, je retrouve Houda dans les mêmes habits que la veille, une odeur de nuit en plus. « On y va ? » Je ne sais pas. Soudain je doute. Je ne quitte pas le lit, je m'y arrache. Et si c'était pire là-bas ? « Tu sais, ce n'est que transitoire, chuchote Houda, comme si elle m'entendait penser. Pour le moment, tu ne viendras que quelques heures l'après-midi. Et quand ton poids le permettra, tu nous rejoindras pour de bon. » Il est trop tard pour dire non. Nous prenons l'ascenseur.

C'est une porte orange saumon comme toutes celles que j'ai déjà croisées, sauf que celle-ci a une serrure. Sous l'œil rond d'une caméra, Houda sort un immense trousseau de clés, trouve celle qu'il faut et la tourne dans la serrure. *Clac-clac*. « Voilà, hon y est ! », elle prononce, satisfaite, tout en poussant la lourde porte.

Quand on arrive au sixième, les infirmiers ont toujours trois phrases : « Mets tout ce que tu as dans tes poches sur ce plateau », « Pour sortir d'ici, il faudra en discuter avec le docteur », « Ne te fais pas d'amis ici ».

Devant moi, une salle vitrée, la « salle des visites », un long couloir orange qui s'étend à gauche « vers les aigus », ceux qui ne restent pas longtemps, à droite, « vers les postaigus », les cas désespérés. Houda tourne mécaniquement de ce côté, dérivant lentement à la manière d'un gros céphalopode. Je la suis en retrait, fixant avec crainte la porte qui se referme derrière nous. Ça y est, je suis chez les fous.

Je suis folle. J'ai attrapé la folie. Ou du moins, elle m'a rattrapée. Je l'avais dans le sang, je l'avais dans mes veines. Au Moyen Âge, on pratiquait des saignées pour se purifier. Combien de fois je devrai me couper pour me libérer de maman et de papa ? On est pétés jusqu'à l'os dans ma famille. Je sais pas pour combien de générations je vais payer… Houda avance. Je m'attendais à des cris, mais il n'y a rien. Personne ou presque, une silhouette au loin comme un fantôme passe la serpillière. Ça sent les restes de bouffe réchauffés, le poulet, le déodorant. J'ai le nez qui pique. Il n'y a pas d'air. Il n'y a pas de poignée aux fenêtres. Aux portes non plus.

« Halors voilà, hici, c'est la salle des hinfirmiers. » Houda s'improvise guide, comme si je visitais un musée, en jouant du tambour avec ses poches et ses clés. Nous faisons deux pas vers une porte jaune. « Voilà hà quoi ressemble hune chambre. » C'est un rectangle aux murs blancs et au sol jaune, mais c'est étrange, s'il y a bien de la lumière, il y fait sombre. Houda glousse. « Henfin là, c'est hune chambre pour deux. Donc hil hy ha deux harmoires hencastrées, deux lits, deux tables de chevet het puis, là sur la droite, la salle de bains. Si tu has besoin de ciseaux pour te couper les hongles, d'un rasoir hou d'une pince hà hépiler, hil faut les demander ! Ce qui fait qu'hil hy ha plein de jeunes filles poilues hici ! » Elle ferme la porte sans poignée et ajoute en continuant sa marche : « Hen ce moment, le service hest très calme, c'est hun peu vide. »

Nous avançons encore, dépassant une autre porte sur la droite, cette fois-ci fermée. Houda ne me dit rien et sur le coup, je n'y prête pas attention. « Voilà la salle commune ! », elle annonce, toujours trop enthousiaste. « C'est là hoù tous les jeunes du service viennent se rejoindre. » Je tends le cou. Il devrait y avoir les traces d'un monde, son passage, son bruit, des pulls jetés sur les canapés, des chuintements de chewing-gums, une odeur rose et ronde, tout est vide. Un épais grillage gris filtre la lumière, les tables ont toutes des coins arrondis, les fauteuils aussi. Les placards ont une serrure. Rien ne s'ouvre, tout se ferme. Est-ce vraiment pour nous protéger du monde du dehors ou pour le protéger de gens comme moi qu'on enferme des enfants ?

Sous le plafond des postaigus, le soleil est un néon. Pourtant, dans la bouche d'Houda, le lieu paraît merveilleux. Quand je regarde l'étagère de livres, elle me parle de « bibliothèque », le meuble blanc verrouillé juste à côté devient la « télé », le sofa rouge défoncé et ses trois coussins se transforment en « beaux canapés », quant à la table blanche avec ses chaises en plastique jaunes, « c'est la partie salle hà manger hoù tout le monde se rejoint pour prendre ses repas, matin, midi et soir. Tu hy viendras hévidemment hein ! ». Houda sourit de toutes ses dents, quand elle s'aperçoit qu'une jeune fille nous observe depuis les superbes canapés. « Ah Solène ! Je te présente Alice. Je crois que vous hallez bien vous hentendre... » Et Houda s'en va.

Qu'est-ce qu'on se dit quand on se voit pour la première fois dans un asile ?

« Ça fait longtemps que t'es là ? » Solène m'observe. « Depuis hier, et toi ? », elle me répond. Je l'ausculte en haussant les épaules. On se reconnaît. Elle a beau être assise et cacher ses jambes sous un épais jean bleu, je vois ses cheveux bruns cassés et sa peau jaune qui se ride au coin de la bouche. Elle doit faire 35 ou 36 kilos. Solène se penche. Elle a le corps géométrique. Ses omoplates dessinent deux triangles dans son dos, ses côtes comme des droites parallèles saillent à chacune de ses respirations rapides. Je devine ses tendons, ses veines, sa trachée. L'ossuaire. « Toi aussi t'es là parce que tu manges pas assez ? », elle me lâche. Je plisse les yeux et lui retourne sa question. « Ouais, mais je mange du poisson et de la viande. C'est pas comme si je mangeais rien ! Je suis contente parce que j'arrive encore à me faire plaisir quand je mange. » Je ne sais pas ce qu'elle entend par « manger ». Je l'apprendrai à force de les côtoyer, les anorexiques ont leur propre langue pour dire qu'elles mangent quand en fait elles ne font que grignoter, picorer, mangeotter… Solène fait des va-et-vient entre mes yeux et mon nez.

« C'est une sonde, je lui réponds comme si elle m'avait posé la question.

– Est-ce que… ça fait… mal ?

– Ah oui, t'es arrivée hier, tu sais pas ce qu'est le quatrième alors ?

– Y a quoi là-bas ? »

C'est une chose que j'apprendrai aussi avec le temps, la conversation par question est le propre des anorexiques. Avec elles, on ne peut jamais parler, il faut discuter. Toujours tout discuter.

« La pédiatrie. »

Ses yeux louchent encore vers mon nez.

« Si tu manges pas, c'est ce qui t'attend.

– Mais je mange !

– Pas assez, sinon tu serais pas là.

– Ils le feraient pas…

– Ils le feront et ils s'en foutront. Et crois-moi, vaut mieux pas que tu descendes… »

Solène a l'air de ne pas comprendre. Elle croit que ce que je lui dis est un avertissement, mais c'est une promesse.

Solène caresse les os de ses poignets. Dans ses yeux, je vois celle que j'étais avant d'arriver. Solène va tomber, comme un vélo fauché par une voiture, son corps chutera et je ne pourrai pas la rattraper. Ses pieds touchent déjà le vide. J'essaye de lui faire peur, je prends une voix que je veux tragique et Solène me sourit. Elle ne comprend pas pourquoi je la regarde avec ces yeux mouillés. Je hurlerais : « Réveille-toi putain ! » Je la cognerais si ça pouvait la sauver. « Reste pas là, sauve-toi, t'es jeune, te gâche pas comme ça, la vie est si courte, regarde-toi, tu veux tout gâcher ? T'as l'avenir devant toi, tu peux t'aimer, t'en as le droit, personne peut t'enlever ça, personne mérite que tu te fasses du mal, aide-toi, aime-toi. » Je ferais tout ce que je peux pour qu'elle m'entende, je me sauverais… Mais je sais qu'il est déjà trop tard.

Pourquoi on n'écoute jamais les fous, il n'y a pas plus libres qu'eux. Ils n'ont plus rien à perdre.

Le lendemain après-midi quand je retourne au sixième, je suis seule pour la première fois depuis des mois. J'arpente le couloir à la recherche de Solène. En vain. Et Louise ? Introuvable. On a dû l'envoyer chez les aigus, et le temps de monter, elle est déjà partie depuis un long moment. Personne dans la salle commune. Je m'approche de la bibliothèque avec la sensation de violer un sanctuaire. Depuis quand n'a-t-on pas touché un seul de ces livres ? Picouly, Dumas, Balzac, Zweig, Alain-Fournier, Maupassant… Les tranches sont pleines de poussière. Je m'apprête à en ouvrir un quand un rire éclate au loin. Je me dis d'abord que le cri vient du dehors, mais au deuxième éclat, je comprends qu'il vient du couloir et décide de le suivre. Les sons se rapprochent, je dépasse la porte des infirmiers, la salle des visites, j'entends des gloussements, des mots aussi, je m'enfonce du côté des aigus, frôlant les portes orange qui délimitent leur entrée, et tombe sur une salle blanche, presque vide, dégarnie de deux canapés, une table et quatre chaises.

Deux patients discutent près des fenêtres. La fille de gauche est aussi fine que Solène. Elle a le visage creux et jaune, de cette couleur malade que laisse le tabac sur les doigts, des globes noirs enfoncés dans leurs orbites et des jambes invisibles, on dirait un cadavre. L'autre est en fauteuil roulant. Il a le teint gris, des petits yeux menthe à l'eau planqués derrière des lunettes aux verres énormes, tout son corps courbé sur ses roues forme une bosse, ce qui fait que de là où je me trouve je peux voir des trous dans ses cheveux, son crâne ressemble à un gros grain de beauté sur lequel auraient poussé quelques poils bruns. Je n'aurais pas dû venir, je veux partir, je fais demi-tour alors qu'ils m'ont repérée et me font signe d'approcher.

« Salut ! Je m'appelle Hélène. Lui, dans le fauteuil, c'est Bastien. Et toi ?

– Alice.

– T'es nouvelle ?
– Je suis au quatrième en pédiatrie, mais je viens au sixième du côté des aigus l'aprèm.
– Ah ouais, d'où la sonde… »
Je la regarde avec plus d'attention. Ses vêtements forment une tente autour de son corps. Son visage me résiste. Quelque chose m'échappe.
« T'y es passée aussi ?
– Ouais, j'ai d'abord été en pédiatrie, j'ai eu la sonde aussi, pas longtemps, mais quand même, ça m'a suffi pour me motiver à partir, je supportais pas qu'on me nourrisse comme ça… Et puis je suis montée. Et voilà, je pars demain. »
Hélène me sourit de ses dents jaunes. Elle est bien plus maigre que moi, c'est sûr. Et elle va sortir ? Comment elle a fait ?
« J'ai faim. C'est quand le goûter là… »
Bastien opine doucement, à la manière des chiens à ressort sur les banquettes arrière des bagnoles. Hélène salive à l'idée de manger des madeleines au chocolat. Est-ce que c'est à ce moment-là qu'elle a ajouté qu'elle était boulimique vomitive ? Je m'en souviens pas. Enfin, on s'en fout. Dès qu'elle m'explique ce que ça signifie, je peux plus m'empêcher d'observer

ses mains. Comme ça, Hélène se fait vomir… À chacun de ses gestes, mes yeux tombent sur ses doigts lilas, ses longues tiges hachurées d'écorchures comme si l'on avait donné des coups de pinceau sur sa peau. Hélène me parle, je réponds par oui ou par non, mais je ne pense plus qu'à sa main, terrible et grandiose, enfoncée dans sa gorge veinée, et je me demande pourquoi je ne le fais pas. Si ça lui permet d'être aussi maigre et de sortir, pourquoi pas faire comme elle ?

Hélène n'a pas l'air trop étonnée quand je veux savoir comment elle procède, d'ailleurs, elle ne rechigne pas à me livrer ses astuces. « Soit tu le fais avec l'index et le majeur, tu les fous au fond de ta gorge, soit tu prends ta brosse à dents, tu te la plaques sur ta langue et tu pousses. » Mais Hélène me menace quand même. « Enfin, je te déconseille, c'est pour ça que je suis arrivée là… » Bastien plisse les yeux. Ses lèvres violettes sont recouvertes d'une fine pellicule de peau sèche. Chaque fois qu'elles bougent, des petits débris blancs tombent de son visage en ruine.

« Et toi, t'es là depuis longtemps ?

– On est toujours là depuis trop longtemps…

– … Et tu t'en vas bientôt ? »

Bastien renverse la tête, ses lèvres bleues se déchirent en deux, son rire est sans bruit.

« Ça se voit que tu viens d'arriver ! On sait toujours quand on arrive ici mais on sait jamais quand on part. Alors mon départ… »

Hélène hésite à mettre une main sur son épaule. C'est un principe, une règle peut-être ici, on ne se touche pas, ni main, ni tape, ni câlin. Dehors, le soleil inonde la rue. C'est rien qu'un ciel bleu comme j'en ai vu des milliers, mais celui-là me donne envie de pleurer. Hélène tourne son visage de croque-mort vers la fenêtre et d'un coup se met à rigoler. Elle s'est souvenue d'une scène, un truc qui lui provoque un rire fou. Ses phrases sont des hoquets, on ne comprend rien à ce qu'elle dit, mais un simple regard entre Bastien et moi, et nous rions aussi.

Quand je redescends au quatrième en fin d'après-midi, le rire devient un cri. Une enfant hurle. Solène ? Solène est à côté ! Sans réfléchir, je bondis dans le couloir. Sa porte est fermée, mais un trou minuscule dans le mur de sa chambre me permet de l'observer. Elle est allongée là. Sondée. Solène fixe le plafond. Qu'est-ce qu'on lui a fait ?

Les jours passent et Solène est une bouche. À chaque plateau-repas, elle gémit, elle crie. Elle hurle des bruits, d'une rage qui déchire son visage. Sa voix inhumaine monte et monte encore dans les couloirs. Les autres enfants se terrent sous leurs draps qu'ils transforment en tipis. Qu'est-ce que je peux faire ? Je reste plantée devant la porte. « Retourne au lit, toi ! » Les infirmières entrent à deux ou trois dans sa chambre. Je n'ai pas l'image, seulement le son. Ça gesticule, ça cogne contre les murs. Solène lâche tout, ses bras, ses jambes, ses pieds, son estomac. De loin, mais c'est à côté, j'entends les blouses, le bruit de leurs pieds et quelque chose que je ne reconnais pas. Je regarde par le trou du mur.

Ce sont des lianes blanches, immenses, des bandages de zombie que les infirmières étirent et attachent au matelas. Elles répètent le mot « contention ». Solène soulève la poitrine, elle ne se débat pas, mais on l'écrase quand même, on ligote ses poignets et ses pieds. Solène s'abandonne, elle se soumet à sa douleur, cette terrible tortionnaire qui lui donne sa langue de sauvage. « On t'a dit d'aller au lit ! » Solène hurle encore quand, plus rien, les infirmières sortent en se badigeonnant les mains de gel, elles retournent déjeuner, c'est saucisse lentilles ce midi.

J'écris cette dernière phrase et je revois Solène agoniser, ramper dans le couloir. Je revois ses yeux d'ombre fixer le néant, sa bouche vide, un cadavre qui se tire à la force des bras. Elle doit faire une trentaine de kilos, mais par terre elle pèse le poids de ses os. Elle crie des râles que le français ne connaît pas. Le couloir gémit. Et personne ne vient. Solène, Solène, je suis là, je lui tends les bras, mais elle ne me voit pas, elle hurle encore quand les infirmières reviennent. Solène. Tes yeux immenses. Ils disaient : « Sauve-moi. J'y arriverai pas seule. Sauve-moi de moi. » Et moi, moi, je n'ai rien fait.

J'entends encore ce cri qui creuse en moi. Sa langue de feu. Chaque fois que je regarde la porte, je crois voir son corps. Solène me hante. Est-ce que j'ai assisté à la mort d'un fantôme ?

Un après-midi, maman vient me déposer du linge et Solène n'a pas fini de crier. Maman s'assied, les yeux écarquillés, l'air de dire « c'est quoi ces bruits ? », sans rien oser demander. Mais bientôt c'en est trop. « J'aurais honte si tu étais comme ça. » Maman me dit ça en pliant une culotte. C'est une claque, une baffe, un coup de poing. Madame a honte, elle a HONTE d'assister à ça, que je lui fasse subir tout ça, que je puisse devenir ça. Ce « ça », sale petit mot qui écrase et ratatine, guillotine de la langue française, d'un coup de lame, bam ! Maman a honte. Elle ferme la porte pour mieux entendre la télévision.

Mais maman, je suis comme Solène. Je suis la honte que tu as fait enfermer à double tour. Je suis la honte qu'il faut pas voir, celle que tout le monde connaît, que tout le monde cherche à cacher. Toi la première, quand tu bouffes jusqu'à plus pouvoir te lever. La honte qu'on ne devrait jamais voir s'expose à grands cris dans les couloirs. Solène ne se tait plus, c'est la seule chose qui vous sépare, elle et toi. La honte a un visage. Regarde, c'est ton miroir.

Solène pleure mais Solène mange. Non, elle ne mange pas, elle se venge. On dirait qu'elle étripe sa douleur dans son assiette. Elle ne découpe pas son poulet, elle le décapite, elle l'écrabouille, elle réduit à néant tout ce qui passe sous sa fourchette. Ratatouille de pâtes et de Vache qui rit. Cette boucherie lui prend chaque fois une bonne heure, mais elle y arrive. Et dès qu'elle a terminé, alors même que ses larmes n'ont pas fini de sécher, c'est le goûter, et elle recommence jusqu'au dîner. Lapider, manger, pleurer. Encore et encore. Pleurer, lapider, manger. Les heures sont des grains de riz. Pour une raison que j'ignore, les infirmiers ne nous autorisent pas à nous voir. Mais depuis le trou dans le mur je la surveille, peut-être que je la protège, je ne sais pas. La souffrance de Solène m'interroge. Est-ce vraiment si difficile de vivre? Je la regarde en plissant les yeux. Je me trompe. Ce que je prends pour un effort n'en est pas un. Solène s'abandonne, c'est une résignation, une abdication tranquille. Son corps ne pense plus, il devient réflexe, la main va à la bouche. Elle mange sans réfléchir.

Ce suicide lent, qui peut durer des mois ou des années, c'est le principe même de l'anorexie. J'ai eu le temps d'y réfléchir depuis que je suis ici et que j'en ai discuté avec Solène, Hélène et les filles dont je ne vous ai pas encore parlé. On a fait toutes sortes de romans sur l'anorexie. Ce serait une maladie de la faim et de l'image, tout droit sortie des magazines de mode, des diktats des podiums et des shootings, une maladie née de la mère et de la féminité. Les anorexiques refuseraient de devenir des femmes. Tout ça c'est un mythe. Mais comme dans tout mensonge, il y a du vrai dans le faux.

D'abord, l'anorexique ne refuse pas de manger. Elle ne ressent pas la faim, ce qui est bien différent. Or voilà l'une des mauvaises conceptions qu'on se fait d'elle : l'anorexique ne veut pas se nourrir. Comme si cette décision lui appartenait. L'anorexique ne décide pas de se priver de nourriture, elle ne fait pas de régime, elle ne fait pas. Elle se défait. L'anorexique n'est pas dans la privation mais dans la disparition. Il faudrait s'imaginer ce qui lui arrive comme un mauvais film d'horreur. L'anorexie prend possession d'elle. Quand l'anorexique parle, c'est l'anorexie qui répond. Quand l'anorexique ne mange pas, c'est l'anorexie qui le lui interdit. Bizarrement pourtant, on dit souvent que l'anorexique chercherait ce qui lui arrive. Elle serait non seulement responsable, mais coupable de se laisser mourir de faim. Après tout, dans une société de consommation aussi décadente que la nôtre, où il semble plus facile de crever obèse que la peau sur les os, l'anorexique paraît bien indécente. Mais pourquoi lui faire ce procès ? Il ne viendrait à l'esprit de personne de reprocher à un cancéreux d'avoir attrapé un cancer. Pourquoi serait-ce le cas avec une anorexique ? Ça ne se décide pas de tomber malade.

Mais l'anorexie est-elle une maladie ? Ici, à l'hôpital, on n'en parle que par sigle, TCA, trouble du comportement alimentaire. Qu'est-ce que je dois en déduire ? J'imagine l'anorexie un peu comme un monstre, un parasite, une ortie, une sorte de mauvaise herbe qui aurait poussé dans le corps. Le sang est sa sève. La douleur est son poison. Quelque chose pourrit à l'intérieur. Elle infuse, sédimente dans la peau. Elle creuse la chair. Et ses ramifications sont si obscures qu'on ne sait jamais vraiment jusqu'où elle prend racine. Dans l'enfance probablement, dans un souvenir. Elle est un passé qui ne veut pas se faire oublier. Un hier qui grossit. Moins qu'une maladie, elle est un symptôme, le nom d'un autre nom, mais quoi ? C'est une bête qui n'a besoin ni d'air ni de terre. Elle n'a ni bouche ni tête, mais une voix. Et cette voix est un ordre. La vraie maladie de l'anorexie, c'est la résignation, la soumission au malheur. Car cette chose, cette horreur, oblige sa victime à mentir, à la cacher, à la protéger au mépris de ceux qui l'aiment et veulent l'aider ; elle lui fait croire que sans elle, elle ne pourrait pas vivre, alors même qu'elle est celle qui la tue.

Au fond, je ne sais pas ce qu'est l'anorexie, mais je sais ce qu'elle n'est pas. Elle n'est pas un problème de nourriture. L'anorexique ne fait que ça, bouffer. Toute la journée, elle en parle. Manger, ne pas manger. Croquer, couper, gaspiller. Elle a du vomi à la place des idées, des grumeaux de pommes et de pâtes dans le cerveau. L'anorexique bouffe ses émotions. Elle procède avec elles comme avec une araignée, elle les tue. L'anorexique déteste ce qu'elle est au plus profond de sa chair, elle déteste ce corps qui lui rappelle qu'elle ressent malgré elle. Alors elle se venge, elle sait exactement ce qu'il lui faut pour se faire souffrir. La nourriture est un prétexte. C'est pour ça que l'anorexique est fascinée par les malades. Elle voudrait voler des maladies. Elle voudrait prendre leur douleur. Rien d'humaniste là-dedans. L'anorexique est égoïste. Quand elle voit un cancéreux famélique, elle ne ressent aucune pitié, tout ce qu'elle se dit c'est « Et moi ? ». Elle ne voit ni la peur ni la mort sous la peau, mais les os, le squelette. C'est son porno à elle.

Quand j'y pense, ça ne m'étonne pas que les blogs d'anorexiques soient truffés de photos de filles décharnées. L'anorexique a besoin d'un auditoire, « Regardez-moi », dit son corps dégoûtant, elle veut qu'on la déteste autant qu'elle se déteste.

L'anorexique veut toujours plus, prisonnière éternelle de son insatisfaction. De fait, elle n'est jamais assez maigre. Elle ne compte pas son poids en kilos mais au gramme près. Elle mourrait pour en perdre trois. Et bien sûr, dans ce décompte morbide, elle jalouse, déteste même, toutes celles qui sont plus rachitiques qu'elle. Vêtements, prises de sang, plateaux-repas... Les anorexiques se comparent tout le temps. Elles alternent comme ça entre dissimulation et exhibition, en jogging ou en legging, les yeux qui mesurent et qui pèsent. C'est pour cette raison que les regrouper au sein d'un même service est au mieux stupide, au pire criminel.

Hélène, Solène, Candice... Toutes pareilles. Toutes la même gueule : visage jaune et yeux vides, un tapis de poils sur les joues, des plis dans la peau, des haillons de cheveux, des trous partout. La même fissure entre les jambes, les mêmes veines bleues qui explosent des mains, le même goût fétide pour la mort. Elles se croient uniques, quand ce ne sont que des répliques. Toutes les mêmes réflexions. « Je sais pas. » Les mêmes réactions. « J'y arrive pas. » Il n'y a pas de filles derrière ces noms, seulement l'anorexie. La bête anorexique qui veut sortir de la peau de sa victime.

Le plus difficile pour les anorexiques n'est pas de manger, mais de «vouloir» aller mieux. Quitter ses oripeaux de fantôme et regagner le monde des vivants. Or, comment semer la bête anorexique dans ce labyrinthe qu'elle a elle-même créé?

Les anorexiques ne veulent pas qu'on leur dise :
– Tu as bonne mine.
– Tu as l'air en pleine forme.
– Tu as l'air mieux.
– Tu étais trop maigre avant, tu es plus belle comme ça.
– Tu vas manger tout ça ? C'est bien.
– Tu n'es plus en danger vital.

Elles veulent qu'on leur dise :
– Tu as perdu du poids, non ?
– Tu as l'air malade.
– Tu as l'air fatiguée…
– Tu es si maigre…
– Tu vas manger que ça ? Mais c'est pas assez…
– Tu es en danger vital.

Les anorexiques veulent mourir devant un miroir. Elles aiment tellement se détester qu'elles voudraient se voir crever. Toutes des Narcisse, toutes des obsédées de l'eau et du métal. Tout ce qui peut réverbérer l'œil et le mal.

L'image qu'on donne des femmes, partout, dans les magazines féminins jusque dans les vitrines, donne à voir une image du corps qui s'expose et inversement, celui qui ne se regarde pas. Dès leur plus jeune âge, on fait bouffer aux petites filles des brocolis plutôt que des nuggets ou des frites, non pas pour leur santé, mais parce qu'une fille se doit d'être mince. On a le corps stéréotype. Un gâteau est toujours accompagné des mots « attention », « pas trop », « une petite part alors ». Comme s'il fallait se justifier ou s'excuser. « Faudra courir après », « J'avais vraiment trop faim », « J'ai craqué »… C'est presque du théâtre. On rejoue les mêmes dialogues. Mais qui est l'auteur ? Qui a inscrit ces répliques au script ? Le corps féminin grandit dans l'empêchement. Il faut se restreindre. Être dans la mesure. La bonne mesure, le bon poids, la bonne couture. Si on dépasse cet équilibre fragile, on devient autre chose qu'une femme. Tout ça, ce n'est pas moi qui le dis, mais le regard des gens. Suffit de voir comment on culpabilise un gros qui bouffe une pâtisserie en public. Je ne sais pas si ce phénomène est conscient. Si on peut l'empêcher. Mais d'après ce que je vois, nous ne pensons pas, nous sommes pensés. Diktat du cliché. En tout état de cause, maman a arrêté les paris-brest en vitrine. Elle les bouffe à la maison maintenant. Dehors, elle donne le change et n'achète que du « diététique ». Elle trouve que les yaourts blancs ont un goût de plâtre. Elle n'aime pas non plus le pain sans sel ou les gâteaux sans sucre, pourtant, elle y revient chaque fois. Maman a bouffé tout le rayon « light » du supermarché, mais la seule chose qui ne s'est jamais allégée chez elle, c'est son porte-monnaie.

L'anorexie est un mal qui ne naît pas de l'image mais de l'œil. Il a besoin de l'autre et de son regard pour souffrir. L'anorexie est une maladie de l'autre. C'est la peur de ne pas être ce qu'il faut, ou plutôt la peur de voir ce que l'anorexique est : imparfaite. Elle a un problème avec ce qu'elle est. Ce n'est pas tant qu'elle ne supporte pas son corps, elle ne supporte pas d'être un corps. Le problème, ce n'est pas son rapport à la nourriture, mais son rapport au temps.

On dit souvent aussi que les anorexiques refusent de devenir des femmes. Mais le corps des femmes est une douleur. Toute leur vie, elles la passent à souffrir, le ventre en feu, elles enfantent ou perdent des litres de sang, engraissent comme des pêches gorgées de sucre et d'eau, la peau épaisse, le noyau toujours plus gros, elles s'assèchent et rabougrissent. Toute leur vie, les femmes ont mal. Leur ventre est leur tête. Elles aiment, pensent et meurent par lui. Si les anorexiques croient renier leur nature en arrêtant le temps, en vérité, elles ne font que s'en rapprocher. Elles découvrent seulement la féminité par sa saleté.

L'anorexique veut être Dieu. Oui voilà, en chaque anorexique se cache un Dieu contrarié. Elle veut contrôler tout ce qui la dépasse. Or, ne pouvant changer le monde, elle change le sien. L'anorexie est sa guerre intérieure, sa révolte contre l'absurde. Elle croit qu'elle peut infléchir son destin, son histoire, elle croit qu'elle peut faire péter la langue, tout réécrire, la vie, la mort, elle se vide de son langage, plus de mots, que du silence, elle se purge de son âge pour ne plus grandir, ne plus vieillir, elle se vidange le ventre, retour à l'intérieur. L'anorexie, c'est l'explosion d'une étoile.

Naître de nulle part. L'immanence. L'éternité. L'anorexique ne rêve d'aucun passé, elle souhaite l'immobilisme le plus parfait. Devenir une statue d'os. C'est pour ça que ses journées sont un éternel recommencement. Si vous déjeunez avec elle, elle prendra un temps monstre à finir son assiette. Une heure, deux heures, trois heures… L'anorexique deviendra sa fourchette. Elle ne pensera à rien d'autre. Son esprit sera pleinement vide. Et alors, totalement absente au monde, elle sera heureuse. C'est la différence fondamentale entre l'anorexique et la boulimique : l'anorexique ne s'ennuie jamais, la boulimique ne fait que ça.

L'anorexique n'a aucune limite. Gober des dizaines de laxatifs, marcher des heures et porter des sacs comme des rochers sur le dos... Si elle peut parcourir 10 kilomètres, pourquoi pas quinze le jour suivant? Tout devient calories. Monter sept marches, porter un livre, aller du lit aux toilettes. C'est aussi ça la pensée anorexique. Penser pour éliminer. Rien ne pourrait arrêter cette stakhanoviste du milligramme, sauf peut-être son corps, qui parfois s'effondre sous les coups de sa propre violence. Quand ses jambes la trahissent, la somnambule rouvre soudain les yeux. Elle revient à elle-même. Mais quand ça arrive, la panique la prend alors. Comme si en s'arrêtant quelqu'un ou quelque chose risquait de la rattraper... Il ne faut pas, elle ne doit pas. Et la vagabonde aux pieds de sang repart. Elle redescend dans son monde souterrain. Mais parfois aussi, elle résiste. Elle se demande comment elle a fait pour en arriver là, comme si tout ce qui se produisait était l'œuvre d'une autre. Et elle se dit demain j'arrête.

Mais l'anorexie est une drogue. Elle a pris goût à son massacre. Sitôt dit, sitôt oublié. Elle ne contrôle rien. Elle n'a jamais rien contrôlé. L'anorexique n'est qu'une Sisyphe, condamnée à pleurer les mêmes larmes. Et si l'envie de mourir était jusque-là inconsciente, voilà qu'elle se le dit enfin à haute voix : « Je veux mourir. » Car la mort est la seule délivrance à l'anorexie. C'est ce qu'elle se répète, ou du moins ce que la maladie lui dit.

Mon corps est en expansion. Rebecca a réussi, je m'arrondis. Je dois tirer sur mon pantalon, cacher ma braguette que je ne peux plus fermer. Chaque geste est un supplice que les larmes transforment en supplique. « Enlevez-moi la sonde, je vous promets que je mangerai sans elle. » Rebecca sait bien que les kilos que je prends sont artificiels, elle me gonfle comme un ballon d'air, mais ça ne l'empêche pas de m'envoyer au sixième. Elle sait aussi que même si je mens et que je ne mangerai rien, elle m'aura donné un poids suffisant pour que je ne me mette pas en danger. Alors je monte et je perds tout ce qu'elle a pris des semaines à me donner. Parfois plus. Jusqu'à un kilo par jour. Mon ventre se vide avec un plaisir orgasmique. Sissi me félicite et je me dis que rien que pour ça, la vie vaut la peine d'être vécue.

Et puis je redescends et je recommence. Une fois, deux fois, trois fois. Parfois, il m'arrive d'essayer de manger. Parce que, en vérité, je suis épuisée. Mes bras tremblent et mes paupières tressautent. C'est une pêche ou la mort. Je tente un bout. Mais si le morceau doit faire la taille d'un pépin, dans mon estomac, il fait celui d'un bovin. Je n'arrive à rien. La courbe de mon poids suit celle de mes allers et retours entre le quatrième et le sixième. Rebecca me regonfle dès qu'il le faut pour me renvoyer en psy. Pourquoi ne m'y laisse-t-elle pas avec la sonde si je suis condamnée à aller chez les fous ? Je crois que Rebecca veut me montrer que ces échecs sont la preuve que je ne m'en sortirai jamais.

Et les jours passent. Combien de temps encore avant le présent ? Hier ou demain, quand je suis ? Le passé n'en finit pas. Mais comment cet hier qui n'existe plus peut-il grandir ? Et comment ce demain qui n'existe pas peut-il s'évanouir ? Je m'enferme dans des habitudes de criminelle, à tourner en rond sur le lit, à border les draps, à ne rien laisser sur le rebord du lavabo, à ne surtout pas laisser de trace de mon passage… Mais bientôt, tout va changer.

« Salut, je suis ta nouvelle compagne de prison. »
La première fois que je vois Aurore, elle est en train de gueuler sur les infirmières pour une histoire de télécommande ou de télé qui ne marche pas. Elle a quelque chose de Maria, des cheveux de fauve et un physique d'allumette, petite, hautement inflammable. Aurore a quinze ans et la mucoviscidose. C'est une maladie des poumons qu'on ne guérit pas. Tous les matins, elle lutte contre sa prophétie. Elle tousse, elle avale par poignées ses médicaments sans eau, elle rit fort, parfois les mots se coincent dans une quinte qui l'oblige à se courber en deux, le temps de retrouver son souffle. Elle dit que c'est normal, comme si ce n'était pas grave de mourir. Il lui reste peut-être dix, quinze ans à

vivre si la science le lui permet. Elle ne sera jamais maman, elle n'aura pas de gosses, elle n'y pense pas. Aurore veut vivre au présent. Je ne rencontre pas une enfant, je rencontre la mort.

Aurore, c'est le nouveau monde. Le miracle de la vie qui revient. Sa folie et son bruit. Le mauvais goût nous réunit. Nous écoutons Marilyn Manson et nous nous peignons le visage en noir et blanc. Nous sommes deux gothiques qui dansons sur des lits d'hôpital. Un soir, une infirmière nous dit que tout ce maquillage fait « mauvais genre ». Aurore a des mains à éclater des noisettes, elle fait valser tous les meubles de la chambre. Il faut trois blouses blanches pour la calmer. Sacrée tête brûlée. Aurore parle peu d'elle. Je ne sais pas si elle a des frères, des amis, de la famille. Personne ne vient la voir. Des fils pendent de ses vêtements, ses chaussettes sont trouées. On dirait qu'un matin elle est entrée sans que personne n'ose lui poser de questions. Et depuis elle reste là. Chaque jour, Aurore dessine des croix sur ses joues, elle respire dans des masques transparents et j'observe avec des yeux d'enfant son corps rouge devenir blanc, son eye-liner couler au coin de ses paupières. Et le soir revient avec nos cris sur son lit. La nuit n'est plus une chambre vide. « Je t'admire Aurore, tu sais », je lui lance, haletante, alors qu'elle s'arrête soudain de sauter sur le matelas. « Dis pas ça, Alice. Personne voudrait de ma vie. Moi la première. »

Aurore vole des aiguilles. Elle m'en donne trois que je planque dans trois pantalons. Elle se coupe aussi. Mais Aurore ne se dissimule pas sous un gros sweat comme Louise. Elle porte des tee-shirts ou des gilets qu'elle remonte jusqu'aux coudes et se fout bien de ces yeux qui l'accusent de ne pas se cacher. « C'est ma peau, non ? Et mes bras aussi, non ? » Il faut voir son regard quand elle dit ça, cet orage qui gronde en elle, alors qu'à toute heure des mains se posent sur elle. « La seule chose qui t'appartient en ce bas monde c'est ton corps et ce qu'il y a dedans. » Aurore brandit l'aiguille et la foudre s'abat dans les draps blancs. Où va la nuit quand elle tombe de sa peau ? Ma colère s'effondre avec elle. Au collège, Aurore aurait été l'amie qui me manquait. Ses traits rouges sur ses poignets forment des barricades. Mais à l'hôpital, la révolte sur nos bras s'appelle une TS, pour tentative de suicide.

Et puis Aurore disparaît. J'entre dans sa chambre et le matelas est devenu blanc. Et nos nuits d'insomnie ? Nos matins d'assassins ? Elle ne peut pas être partie, pas déjà. Non, on a volé l'aurore. Je renverse les meubles et les draps, mais tout ce que je retrouve c'est ma solitude et je ne la supporte plus. *Ils t'abandonneront tous*, me chuchote Sissi. Je ne m'appartiens plus. Je deviens Sissi ou Sissi devient moi. Je tire une aiguille d'Aurore et je coupe, je ravage, je m'anéantis. Une terne crie alors que je veux le silence. C'en est trop. C'est fini. Je dois partir. Je vais partir, oui. Il est 22 heures quand le sixième vient me chercher. Je me fais avaler par la nuit.

C'est fini. Je ne retournerai plus jamais au quatrième.

J'avance comme une intruse dans le couloir. Une infirmière de nuit du sixième se tient à côté de moi. Est-ce que c'est Christine ? Sandrine ? Séverine ? Dans la pénombre, ses cheveux mal brossés coupent son visage en deux. On dirait un crâne sans yeux. Son corps se fond dans le noir, elle est gigantesque. J'imagine ses mains, deux gros marteaux, elle va me tuer, ça y est. Tant mieux. Mais non, elle ouvre une porte qu'on ne m'a jamais montrée. « La chambre d'isolement, tu vas y rester ce soir. »

C'est d'abord une porte en trompe-l'œil, elle donne à droite sur une minuscule salle de bains, à gauche sur un placard, et droit devant, une autre porte. L'infirmière la déverrouille et j'entre dans la chambre qui n'en a que le nom. C'est un cachot, un vrai : 3 mètres sur 3. Dedans, un lit en fer fixé au sol et deux fenêtres fermées. Ni table, ni chaise, ni rien. L'infirmière prend mon sac qu'elle range de l'autre côté de la porte. « Tu peux te coucher. » Je m'allonge sur le matelas glacial. Est-ce que ça ressemble à ça l'enfer ?

J'appelle Sissi, elle n'est pas là, et le noir, ce noir qui n'est plus une couleur, mais de l'eau, un océan, m'étouffe. Des étoiles sans ciel brillent dans mes yeux. Je me sens partir. Il y a quelques années, c'était il y a longtemps, une fille dans une piscine s'était amusée à me noyer. J'avais hurlé sous l'eau mais personne ne m'avait sauvée. J'avais vu la nuit, l'ours polaire, la Grande Casserole. Ce soir-là, la Voie lactée brille à nouveau, mais je ne me débats pas, j'accepte ses doigts qui s'enfoncent dans ma gorge, je me laisse sombrer sans plus rien tenter. C'est une noyade en silence, sans coups de pied ni mains qui griffent. C'est un naufrage tranquille. « Tu arrêtes tout de suite ! » D'un coup, l'infirmière m'arrache des mains la sonde que j'ai enroulée autour de mon cou. « Tu veux que je t'attache ?! »

Christine ou Catherine répète sa phrase alors que je n'entends que la fin de son dernier mot, « tache », « pistache », « pisse tache », « grosse tache »... Je rigole malgré moi. « Je te préviens, je plaisante pas. » Christine ou Catherine brandit un doigt sous mon nez. J'ai déjà vu de quoi ils étaient capables avec Solène, mais curieusement, dans cette chambre au lit fixé au sol, je ne crois plus en rien. Je souris.

« Tout va bien ici ? »

Gabriel frappe à la porte et entre en trombe, comme si j'étais sur le point de commettre un méfait. Je le regarde sans comprendre, étonnée qu'il me pose toujours la même question. Gabriel porte ses bras en arrière, dévoilant la rondeur de ses muscles sous son tee-shirt de coton noir. Il attend que je réponde, mais je me contente de le regarder sans rien dire. Les infirmiers ont terminé leurs « transmissions », ce qui signifie dans leur jargon qu'ils ont fait suivre toutes les informations de la matinée à l'équipe de l'après-midi. Gabriel ignore que je me suis coupée, puisque Catherine ne lui a rien dit. Mais comme les chiens qui reniflent la pisse, Gabriel m'observe, l'air soupçonneux. Il porte une main à sa barbe noire.

« Tu fais quoi ?

– Rien.

– Tu fais rien ?

– Oui.

– C'est déjà quelque chose, non ? »

Gabriel glousse doucement en voyant mes yeux rouler.

« Les filles vont bientôt partir pour leur perm de Noël. Tu veux pas les voir ?

– …

– Très bien, jeune fille. »

Et sur ces mots, Gabriel me lance un dernier regard méfiant et s'en va.

Le lendemain matin, le ciel blanc se confond avec le plafond. La lumière m'avoue tout. Je suis toujours dans la chambre d'isolement. Je la vois mieux maintenant, petit carré blanc parfait d'un silence terrifiant. Ici, je donne sur la cour de l'hôpital. Depuis la fenêtre, je vois un sapin vert haut comme trois clochers, les travaux qui ont bien avancé et la grue rouge qui danse toute la journée. Plus bas, sur le parking, quelques médecins en blanc et des visiteurs en noir se croisent sans se voir, quand Madeleine – ce n'est pas son prénom, mais tout le monde l'appelle comme ça parce qu'elle raffole du gâteau – me demande d'aller au lit pour me faire un électrocardiogramme.

Avec sa coupe à la Jeanne d'Arc et son cou tout mou, elle doit bien taper dans les soixante ans.

Madeleine tousse tout le temps, sa voix est pleine de cigarettes. Je regarde ses mains veineuses s'affairer sur mon buste. Mais alors qu'elle soulève mon bracelet au poignet pour y placer une électrode, mon cœur s'arrête. J'ai oublié d'enlever l'aiguille que j'y ai cachée et celle-ci tombe. Madeleine se penche pour la ramasser. Les doigts confus, elle chuchote: «On va t'attacher.»

Ce n'est plus une menace mais une promesse. Madeleine me tend un affreux pyjama vert et, alors qu'elle se retourne, je m'enfuis de la chambre.

Cours, Alice! Cours! crie Sissi. La folie, c'est l'éclat de voix dans le silence. *Elles t'auront pas!* Le couloir est long comme trois bras mais je crache mes poumons. Mes jambes ne me tiennent pas. Je titube contre les murs. La sonde claudique sur mon torse. «Reviens ici. Ça sert à rien de partir!» tousse Madeleine. Mon cœur bat tellement fort que je crois qu'il pourrait éclater. Je m'arrête derrière un pilier du hall d'entrée. Madeleine s'engouffre dans la salle des infirmiers. Est-ce qu'elle a abandonné? Je souffle. Où me cacher? La salle des visites est fermée. Je suis seule. Les chambres sont fermées. Je me rue dans la salle commune des aigus. Je regarde les canapés. Trop lourds. La table basse. Trop petite. Je tourne la tête, vite. Lavabo, placard, frigo. Tout est encastré. Impossible. La table à manger est trop haute. Je m'agrippe à ses pieds comme si c'était ceux de ma mère.

« Alice ? Qu'est-ce que tu fais ? » se moque Madeleine. Elle veut me prendre par la main. Je m'accroche. Elle tire. « Allez viens, on va t'attacher », elle s'agace maintenant. Une autre infirmière débarque et m'empoigne la jambe. « Allez, ça suffit ! » Ma tête râpe le sol. Tout mon corps se tord. Elles m'attrapent par le pyjama et me traînent comme un sac. Non, non, non, je répète dans ma tête. Elles n'ont pas le droit. Et puis je revois Solène. Ses traits défigurés. Ses yeux vides. Madeleine ouvre la chambre d'isolement. « Non », je souffle enfin. « Si, si », elles répondent, la bouche en cœur. L'infirmière pousse la deuxième porte. Trois lianes blanches barrent le lit. Je ne comprends pas. « Allonge-toi. Ça va bien se passer. »

Je me suis couchée comme on va au lit. Je les ai d'abord laissées me passer la ceinture blanche. Un jour, j'ai entendu dire que lorsqu'on mettait la selle au cheval, l'animal gonflait exprès le ventre pour avoir un peu de lest. Au moment où les infirmières ont serré la liane, j'y ai repensé et j'ai gonflé l'estomac. Je les ai laissées me menotter les pieds et les poignets. Les infirmières ne se servent pas de clés mais d'aimants. Tout se clique et se claque. Je les ai regardées faire comme si ce n'était pas moi sur le matelas. J'ai été parfaite. Même Madeleine l'a dit : « Tu vois quand tu veux ! »

Elles auraient pu m'attacher dans la position du Christ, ça aurait été moins humiliant, mais il fallait que ce soit dans celle de l'étoile de mer.

Pendant de longues minutes, je pense à un malentendu. Je me dis que c'est un test, une punition, qu'elles sont derrière la porte et vont la rouvrir. Alors je me calme. Je bats des jambes comme d'habitude pour perdre 3 grammes. Sinon Sissi me disputera. Où elle est d'abord ? Je vais vite. Très vite. Je me liquide le cerveau. J'essaye de ne penser à rien même si c'est l'inverse qui se produit. Tout me revient. Madeleine, ma poitrine piétinée, la porte qu'on claque, les clés, les clés encore. Je bats l'air, je me bats, je me débats. J'ai peur. Je tire sur mes contentions, mes mains virent au violet. Silence. Je pourrais hurler. Je devrais hurler. J'entends mon âme crier à l'intérieur. Je voulais être libre, débarrassée de corps et de peau. Et voilà où j'en suis, punie, un chiot en harnais. J'ai honte. Et cette honte crasse que je coinçais contre mon palais, cette honte que je cachais sous d'immenses pantalons, cette honte que je détruisais sur mes bras dort désormais à côté de moi. Le sixième lui a donné un oreiller.

Est-ce que quelqu'un sait que j'existe quelque part ?

Silence. Le matelas couine sous mon dos. Silence. J'entends les battements de mon corps. Je suis là. J'écoute les frétillements du sang dans mes tempes. Je le sens. Le froid au bout de mes doigts. Je vois. Les croûtes rouges sur mes bras. Mes poils qui se tordent comme des tournesols sans soleil sur le haut de mes poignets. J'étudie tout ce petit monde dans ma camisole de draps.

Combien de temps s'écoule ?

Je me raccroche à la fenêtre.

Le ciel est un rectangle bleu.

Je suis les fantômes d'un avion dans le ciel.

Les traces du soleil.

Je ferme les yeux.

Je suis dans ma chambre, je dessine sur l'armoire et la fenêtre, décroche un poster d'un magazine et le punaise au mur, hésite, le déplace, le range, écoute de la musique, téléphone à Mathilde ou Iris, chante du Green Day, ferme la fenêtre. Je ris dans le lit. Je pleure aussi. Mathilde jette des cailloux à ma fenêtre, on court dans la rue, on vole des boucles d'oreilles, je cours encore, je suis le soleil, c'est l'air d'hiver, la fenêtre est pleine de buée, je vais chez Iris, bois de la bière, dis que c'est franchement dégueulasse mais recommence, crapote à sa fenêtre, tousse la fumée, dis que ça aussi c'est dégueulasse et rigole avec Mathilde, on court encore, on s'allonge sur le capot d'une voiture, on imagine ce qu'on sera dans dix ans, on dessine des seins sur la vitre d'une bagnole, je cours encore, je terrasse un serpent ou le câble d'un sèche-cheveux, je dompte un banc, me fais coller et regarde la récré depuis la fenêtre, prends des cours de gymnastique, échange mon pantalon avec une fille, m'étonne qu'elle soit serrée dans le mien, je cours encore, cours toujours plus vite après le soleil qui s'en va toujours plus loin, rentre à la maison, regarde par la fenêtre, des heures et des heures, le jour est la nuit, orange puis violet, un pot de peinture. Je me raccroche à la fenêtre. Je me fracasserais le crâne contre elle.

JE VEUX VIVRE.

Je le répète quelques instants, peut-être quelques heures.

L'espoir est affreux.

Il donne envie de croire.

Saloperie de doute.

J'aimerais être folle.

J'oublierais que je le suis.

Mais peut-être que je le suis déjà. Les infirmières l'ont dit.

« Complètement folle. »

Comme une malédiction. Elles ont dit « folle » comme elles auraient dit inutile de me parler. Je dis des mots qui ne veulent plus dire ce qu'ils disent. Je suis inutile alors je suis essentielle. Je suis vitale. J'écartèle ma peau, j'ai mes tripes à l'air quand je parle. On peut voir mon cœur battre. Écoutez-le, je crie. Mais elles ne m'écoutent pas.

Il y a un morceau de polystyrène pété au plafond.

Est-ce que c'est un patient qui a déconné ? Est-ce qu'on l'a attaché ? Est-ce qu'il s'est demandé les mêmes choses que moi ?

Toutes les questions naissent sous un plafond.

Je compte les bouts de polystyrène au-dessus de ma tête. Et dans la salle de bains, est-ce qu'il y en a ? J'entends des fantômes dans le lointain. La voix de Madeleine ? Silence. J'ai perdu mes comptes. Je recompte les carrés au plafond. Encore une fois.

Quand le présent frappe à la porte.

Trois infirmières entrent dans la chambre. Deux s'approchent de ma tête, l'autre reste à mes pieds, une seringue à la main. On me dit qu'on va m'administrer du Tercian. Qu'est-ce que c'est? Je demande une fois, deux fois. On m'écrase les épaules. L'infirmière m'injecte le liquide jaunâtre dans la sonde et un tas de ternes, toujours ces internes ou externes aux yeux vides, se penchent au-dessus de moi pour observer ma réaction. Je me fais l'effet d'une poule dont on aurait coupé la tête et qui continuerait de gesticuler, quand, plus rien. Je sens que je pars. Quelque chose se soulève en moi. Je suis de plumes et de plomb. Qu'est-ce que je vois? Il faudrait imaginer l'une de ces vieilles cassettes qui, en se rembobinant, diffuserait à l'écran un tas de lignes vertes et violettes. Et ça tourne, ça tourne dans tous les sens. Yeux ouverts, yeux fermés, je suis obligée de tout regarder.

D'un coup tout s'accélère. Je suis dans une voiture, sous un tunnel, la nuit est jaune. J'entends des bruits sourds. Il y a trop de lumière. Je voudrais me frotter les yeux, mais je ne trouve pas mes mains. Je suis en pièces détachées, un pantin, je cherche à recoller mes pieds, remettre mes bras, je n'ai plus de doigts. Et ça crie, ça crie... Combien ils sont ? Catherine est là. Je me souviens de son sourire, ses yeux perçants. « Ça sert à rien de te débattre. » Le Carré. Madeleine. « Serre de ton côté. » Houda. Des blouses partout jusqu'au plafond. Des clés. Des fantômes ! Je veux pas pleurer, mais ça coule. Je veux pas mourir. J'entends quelqu'un qui crie. Rebecca entre dans la pièce. « Mais elle va pas bien du tout là ! » Un infirmier débarque au même moment et l'entraîne vers la sortie.

Alice... Je m'appelle Alice.
Je m'entends parler.
J'ai peur de moi.

Maman, est-ce que tu sais que je suis là?
Est-ce que tu sais ce qu'on me fait?
Sissi…
Je suis seule.
Qu'est-ce qui pourrait être pire?

Je deviens personne. Un corps coincé dans un cadavre. Je ne me lève plus sauf quand on me détache pour aller pisser, et encore, je ne pisse presque plus. Ça me fait mal dès que j'essaye et je dois attendre un temps infini sur la cuvette pendant qu'une infirmière guette. Je ne chie presque plus non plus. Mais pour chier quelle merde d'abord? On ne me présente ni gâteau ni assiette, on se fout bien que je ne bouffe plus rien. Est-ce que je suis toujours anorexique? Je suinte une espèce de liquide verdâtre, du suc, de la sève toujours mêlée à de la pisse, de l'eau d'égout, de marécage, une odeur de mort se répand, colle aux vêtements, je ne me vide pas de mes entrailles, je me vide de mon âme.

Tout ce qui faisait de moi un humain a disparu.

Catherine revient avec une nouvelle dose de Tercian. Le ciel s'accélère. On ferme les volets.

Tu devrais mourir.
C'est tout ce qu'on attend de moi.

Il fait nuit tous les jours. Je vis dans le noir, mais dedans il y a ces boulettes bleues et violettes, des puces, des sauterelles, des lapins qui bondissent du lit jusqu'aux murs. C'est un bain de balles comme on en voit sur les parkings des McDonald.

Un peloton de ternes s'aligne contre le mur.
« Est-ce que le traitement vous fait du bien ?
– …
– Qui ne dit mot consent, n'est-ce pas ? »

Le docteur Carré s'en va dans un bruit d'une vingtaine de pas.
Je sombre dans les ravins du rêve.
Je parle à Sissi ou à Dieu.
« On va augmenter la dose. »
Le plafond descend sur moi, mes jambes s'affaissent, je m'écrase, je deviens le matelas.

J'ai mal, j'ai si mal.

Combien d'enfants ont été attachés avant moi? Comment ils s'appelaient? Qui se souvient d'eux? Et moi?

Le plafond est vide.

Sissi s'est endormie avec les médicaments. Où est-ce qu'elle s'en va quand elle n'est plus là? Qu'est-ce qu'elle y fait?

Est-ce qu'il vaut mieux se rappeler ou s'oublier?

Je crois que je préfère le passé à l'avenir. Les souvenirs sont du côté des certitudes. L'après, on peut que le regretter…

Les Playmobil reviennent contre le mur.

Parfois on me parle. «Tu t'es calmée?», «À quoi tu penses?», «Ça cogite fort là-dedans». Je préfère quand ça n'arrive pas.

J'entends les rires d'un infirmier.

Pourquoi on me donne autant de cachets?

On m'injecte tout un tas de médicaments par la sonde. J'ai entendu parler de Risperdal. Mais je le confonds peut-être avec le Tiapridal ou le Rivotril. À quoi ils servent?

Je me sens pleine de fissures, quelque chose s'infiltre en moi comme de l'eau dans un mur. Un manque, un trou. Quelque chose qui avait disparu remonte à la surface. Des souvenirs comme des cadavres.

C'est le matin, je sens une odeur d'herbe coupée. Papa tond le gazon et Armand ramasse les feuilles mortes. Dans le ciel il n'y a rien. Je plisse les yeux, la luminosité est trop forte, je ferme la porte du chalet de mamie. Je suis aussi grande que la poignée. Il fait noir dans le couloir. La lumière ne marche pas. J'avance dans l'escalier à quatre pattes jusqu'à ma chambre. Alors que j'arrive au niveau du lit, une lumière blanche m'éblouit, il est midi. C'est l'été. Je sens les poivrons de mamie. Je referme la porte. Le sol est laineux, il caresse mes pieds.

« Alice ! » Papa est dans le potager, il m'appelle. Il a besoin d'un outil dans le garage. Je descends les marches en trombe. Ne surtout pas le faire attendre. À la cave, je presse le bouton qui fait pschitt et le monde devient noir et blanc. Je ne sais plus ce que je dois chercher. Je m'en vais. La voiture rouge n'est pas là. Les montagnes sont violettes. C'est le printemps peut-être finalement. Le cerisier est rose. La croix de l'église dépasse des sapins bleus. Je n'entends rien. Il est trop tard pour voir les chevaux. Et les pissenlits? Tout est cramé dans le pré. On dirait du foin. La ferme du voisin crève la gueule ouverte. Avant on coupait la route par son terrain, il criait, on écrasait ses géraniums avec nos bicyclettes. L'homme est mort depuis. On n'y passe plus jamais. Les fleurs ont tout enterré. Je lève la tête, il fait déjà nuit. J'ai froid. Papa a déplié des chaises en plastique sur la terrasse. Les lampadaires grésillent au son des cigales. Tout le monde s'assied, personne ne parle, on observe le ciel. Les lumières s'étirent avec mes larmes comme des étoiles filantes.

Je plonge dans le passé. « Plonger ». Quel verbe étrange… Sauter dans le vide. Éprouver sa profondeur. La chercher ou l'éviter. Plonger. Un accident de gravité. Descendre pour remonter. Plonger. Sourires figés. Des gueules de galets. Plonger. Les souvenirs sont liquides. Ils coulent entre mes doigts. Exercice d'apnée. Combien de temps ça peut durer?

Aussi longtemps qu'on peut retenir son souffle ? Mais ça fait combien de temps maintenant que je plonge ?

Papa conduit dans le noir. Je suis sur la banquette arrière. On avance dans le silence. La ventilation fait un bruit de bourdon. Dehors, la nuit est tombée comme une avalanche, je ne l'ai pas vue venir. Est-ce que je me suis endormie ? La route grise est jaune sous ses phares, c'est un champ de tournesols. Papa ne bouge pas. Peut-être que c'est lui qui dort. Le ciel est un mur, on fonce dedans.

Une dame rousse me fait mon goûter. Qui c'est ? Maman n'est pas là. Où est-ce que je suis ? À la fenêtre. Il y a du bruit en bas, des voitures qui se garent et des enfants qui crient sur le boulevard. Ils jouent au ballon. La crêpe est encore chaude. Je n'attends pas. Je mange. Après on verra.

« C'est pas possible d'être aussi nulle ! Putain ! » Je suis à la table du salon et papa me crie dessus. Armand sourit jusqu'aux yeux de l'autre côté du canapé. C'est pas lui qui prend aujourd'hui. Mais il courbe quand même le cou, on sait jamais, un regard de travers et… « Regarde-moi quand je te parle ! On dit oui papa, je suis nulle, je comprends rien ! » Papa m'a interdit de quitter la table tant que je n'aurai pas terminé mes maths. J'ai déjà prévu le plaid. Il s'éloigne en maugréant quand Véronique entre en sifflotant. Je l'arrête en levant la main comme hélant une serveuse. « Je peux avoir une banane s'il te plaît ? » Elle m'en rapporte une avec un air de dégoût. « T'aimes pas ça ? » Elle s'offusque. « C'est trop gras. » Je dois avoir huit ans quand j'apprends que ce que je mange se calcule. Et pour la première fois, alors que papa me demande de reprendre mes maths, je ne rechigne pas. Je repousse la banane et compte les calories.

Maman n'aime pas cuisiner. Elle n'a jamais le temps. Mais ça vaut mieux, la seule fois où ça lui est arrivé, on a tous fini avec un seau dans le lit. Maman se rend une fois par semaine au grand Carrefour, direction le rayon surgelés. Elle nous sert de la viande venue de pays qu'on ne saurait pas placer sur une carte. Les légumes sont orange ou verts, c'est du plastique de dînette. Maman met trois assiettes sur la table et radio Nostalgie en fond. « Passe-moi le ketchup », « le sel, steup »… On mange mal, on parle mal. On coupe de la main gauche avec le couteau, on n'a pas de serviette, Armand s'essuie sur son pantalon, maman mange la bouche ouverte. C'est la machine à laver. Elle dit quelque chose. On dirait qu'elle attend toujours d'en avoir plein les dents pour parler. Elle répète tout ce qu'elle dit trois fois, comme si elle avait pris l'habitude que personne ne l'écoute. Sa voix s'étire avec le mâchouillement de ses aliments. Armand bouche son oreille. Maman s'énerve et les morceaux tombent de sa bouche. Même si on a des couverts et une nappe en plastique, on reste des porcs à table.

Le samedi, tout est permis. Maman gobe une fougasse, Armand avale un kebab. Les tomates tombent. Les mains sont grasses. Une odeur d'huile froide se répand dans l'appartement. L'air colle. Je reste pas. J'ouvre le frigo, je me tartine des tranches de camembert, de Caprice des dieux, de saucisson, de mortadelle, je remplis des bols de bonbons et de gâteaux, des napolitains, des rochers à la noix de coco, et je disparais dans ma chambre. Le cri du ventre est plus fort que tout. Il faut combler le vide. Remplir, remplir, remplir. Je me remplis jusqu'aux larmes. Moi, la femme enceinte de huit ans.

J'ai neuf ans quand je fais la première insomnie de ma vie. Je croyais jusque-là qu'il suffisait de se coucher pour se lever à la bonne heure. Mais un soir, il fait noir quand je me réveille. Maman ronfle. Il n'y a pas de lumière sous la porte d'Armand. Le four de la cuisine affiche 2 heures. Je ne sais pas ce que je dois faire. Je retourne dans mon lit mais la nuit sombre dans la folie : 3 heures, 4 heures, 5 heures… Je ne dors plus. « Peut-être que tu manges trop au dîner », hésite maman. J'arrête les napolitains. Le sommeil ne vient pas et les crampes le remplacent. J'appelle maman. Je ne veux pas rester seule. Je rampe jusqu'à son lit. Je ne veux pas la laisser seule. Sissi m'a dit qu'elle était suivie. Quand tout le monde part se coucher, les monstres se réveillent. Dès que je ferme les yeux, je les vois. La gueule immense, carnivores. Ils ne l'auront pas. Je reste des heures une fourchette à la main, repoussant les ombres cannibales qui ne sont que des meubles en bois. Maman ne sait rien de mes cernes noirs. Comment je pourrais lui dire que je la vois tous les soirs, le cœur éclaté ? Le soleil s'effondre encore et la fatigue n'abdique pas. Je traîne le cadavre de mes insomnies jusqu'à son lit. J'attends des heures, j'attends des mois. Sissi reste à mes côtés, un chien aux aguets. La nuit durera cinq ans.

Chaque fois qu'on me détache pour aller aux toilettes, mon corps tangue, chaque pas devient un vertige. Une chute. J'ai des avalanches dans les jambes. Je tremble. Je ne sais pas si c'est à cause des médocs ou si c'est parce que j'ai peur. Je fuis le miroir, mes yeux ne sont plus que des verres lisses et plats, je ne me reconnais pas. Sur la cuvette, je cherche mes mains sans les trouver. Qui les tient? Je pourrais hurler à m'en déchirer les cordes vocales, m'arracher la peau, crever mes escarres, sortir de ce corps, bondir de cette cage, me barrer de ce zoo, mais je dois montrer que je vais bien. Je souris avec les contentions qui pendouillent de mes bras. Je me rallonge sans révolte. Je ne rêve plus que d'une chose, qu'on me laisse dormir, je ne veux plus sortir.

C'est la canicule. Maman a une casquette blanche à scratch sur la tête et un short bleu qui colle à ses cuisses épaisses. Elle déteste montrer son gras blanc. Mais maman aime être à l'aise. Pas moi. Avec mon énorme pantalon et mon sweat noir, je fais semblant de ne pas crever de chaud alors que je rêverais de me foutre à poil. Sissi me répète que mon corps est un attentat à la beauté. Je dois me cacher. Alors je me cache. Je répète « ça va, il fait bon ». Maman fait cette grimace qui veut dire « je sais que tu mens » mais elle se tait. J'ai treize ans. J'ai pas envie de lui parler. On s'énerve à chaque fois. Mais ce midi, maman a une phrase qui me donne envie de l'aimer. « Comme il fait chaud, c'est bien de pas trop manger. »

Iris vient me chercher pour aller en cours. Il y a de la buée à la fenêtre. Dehors, les arbres sont rouge et jaune. Elle se frotte les mains. Je lui dis de m'attendre à la porte le temps de passer aux toilettes. Mais alors que je m'apprête à tirer la chasse, un point rouge au fond de la cuvette attire mon attention. Je ne comprends pas. J'appelle Iris qui me serre dans ses bras. « T'es une grande fille, Alice ! » Je sens son sourire sur mon épaule. Envie de vomir.

J'appuie sur la chasse d'eau et nous y allons. J'ai l'impression d'avoir jeté mon enfance dans les chiottes. Est-ce que c'est ça grandir ? Se réveiller un matin, se brosser les dents, pisser du sang et devenir une femme ?

Catherine m'injecte du Tercian. C'est toujours elle qui le fait.

Le médicament me donne des convulsions.

Catherine m'injecte du Rivotril.

Pourquoi elle sourit comme ça ?

Catherine m'injecte du Temesta.

Il est toujours 10 heures dans cette chambre.

Nous partons chez papa mais nous arrivons chez sa femme. Véronique règne sur la maison comme papa sur son jardin. Il est interdit de toucher au frigo. J'ignore si papa sait ou s'il fait semblant, mais quand Véronique établit qu'il est interdit de se torcher avec plus de trois feuilles de papier toilette, de faire couler l'eau chaude dans la salle de bains, d'allumer la lumière dans le couloir, de brancher le radiateur dans la chambre, de laver nos draps et nos serviettes, de nettoyer les assiettes sales dans lesquelles elle nous sert, de proposer d'aller au cinéma, au restaurant ou n'importe où mais ailleurs, il ne dit rien.

Je ne sais pas pourquoi nous acceptons ça, nous n'en avons jamais parlé avec Armand. Nous ne parlons d'ailleurs pas. Nous échangeons par gestes. Toute la journée, on fait rouler nos yeux et nos bras. Nous habitons le silence. Nous vivons dans ce conte que nous nous sommes inventé, où nous formons une jolie petite famille. Peut-être que ça nous rassure, peut-être qu'on ne saurait pas faire autrement. Je crois surtout qu'on se tait parce qu'on veut être aimés. Dès que notre père passe, nos yeux crient : Regarde ! Regarde comme on est sages ! Tu vois comme on est gentils ! On s'en convainc. Même si papa ne s'arrête pas. Il passe en short dans le salon, attend sa bière et repart. Tous les jours, nous suivons un script invisible, les enfants à table, les enfants dans le jardin, les enfants dans le salon. On y croit. Nous continuons notre petite fiction.

Nous sommes faits d'histoires.

Nous ne pouvons pas vivre sans faire d'histoires.

Je crois que j'ai appris à me taire avant de savoir parler. « Ne le dis pas à ton père. » C'est la phrase que j'ai le plus entendu répéter enfant. Quand je faisais du toboggan, quand je faisais de la danse, quand je faisais les magasins, je ne le faisais pas. « Il faudra pas le dire, Alice, hein ! » Il fallait être malheureux sans papa. Montrer que papa nous manquait. Maman tremblait chaque fois que je prenais le combiné du téléphone pour lui raconter ma journée. Sa colère se distillait jusque dans le silence. Maman était un nom qu'il ne fallait pas prononcer. Je ne le prononçais donc jamais. « T'as rien fait aujourd'hui Alice, tu m'as pas vue, hein ! » À la fin de la journée, je ne savais plus bien ce que j'avais fait ou non, mais l'essentiel était que papa y croie.

Est-ce que l'anorexie naît du mensonge ou les mensonges de l'anorexie ?

Un matin, une infirmière entre. Elle me regarde en penchant la tête. J'ai les yeux fatigués, sa gueule ronde m'apparaît aussi violette qu'une tranche de jambon. Sa voix est un filet de mots. « Pourquoi tu cries pas ? »

Papa a trompé maman avec sa secrétaire. Ce n'est pas le cliché qui est intéressant, c'est que papa a détruit sa famille pour une femme non pas plus jeune, mais plus mince. Véronique faisait du 36, maman du 40. Véronique n'avait jamais eu de ventre ouvert, pas de plis, pas de cicatrices. Un corps sans histoire, une page blanche, ça lui plaisait. Véronique a offert à papa un nouveau départ. Alors il a divorcé de maman. Mais le divorce ne se limite jamais à un bout de papier. Le divorce c'est tout ce qui vient après, l'argent, la vengeance de papa, les pleurs de maman, les coups de téléphone, les insultes, encore l'argent et puis nous, les enfants nés de la vie d'avant, les trophées qu'il faut afficher pour montrer qu'on a « gagné » la garde. Gagner.

Sacré verbe pour dire qu'on a massacré ses gosses à coups de marteau de juge. Nous avons été bringuebalés selon les clauses fixes d'un contrat. Cette guerre n'était pas la nôtre, mais ils avaient besoin de martyrs pour s'ériger en héros.

Maman n'est jamais là. Je ne la vois pas le matin, je ne la vois pas le soir. C'est un parfum anisé dans la salle de bains, c'est un bol de chicorée dans l'évier, une paire de chaussons près du paillasson, un rouleau de papier qu'on n'a pas jeté. Je vis avec les traces d'une femme que j'appelle maman.

Mes ongles deviennent des griffes. Catherine me les coupe.

Maman a eu des amants après papa. Je le sais parce que chaque fois qu'elle avait un nouvel homme dans sa vie, il nous apportait une tarte. Quand je rentrais de l'école, il suffisait que j'en voie une sur la table pour savoir que maman n'était plus seule. Mais ça ne durait jamais longtemps, on passait de la fraise à l'abricot, de la poire au citron. Il restait toujours des morceaux de mecs dans une assiette au frigo.

Un matin, un infirmier entre. « Gabriel », il annonce avec beaucoup de sérieux, tendant un bras à la main immobile. Il attrape un aimant et détache une de mes sangles pour me faire avaler mon traitement. Pourquoi il ne me l'injecte pas dans la sonde ? Je me relève doucement, masse mon poignet douloureux alors que Gabriel me tend un gobelet et se recule, dos au mur. Est-ce qu'il a peur de moi ? Il n'est ni grand ni petit, ni mince ni gras, bien qu'il soit bâti en forme de steak, rond et rouge, je renifle un parfum Axe sous la transpiration. Gabriel suit ma main qui va à ma bouche. J'avale les pilules en toussant. Ses yeux ne clignent pas une seule fois. Il a une barbe mal taillée, des cheveux noirs figés dans leur gel et de fines lunettes grises qui ne cessent de glisser sur son nez. Une fois mon gobelet fini, il me rattache au matelas, les mains hésitantes. Il a l'air de trouver ça étrange que je ne dise rien. Il m'observe en se caressant le menton et s'en va sans me quitter du regard, dos à la porte.

En fait, papa et maman ne se sont jamais aimés. Ils ont fait ce qu'on attendait d'eux, ils étaient un homme et une femme, ils se sont mariés, ils ont eu des gosses, ils ont eu la maison, ils ont eu la piscine, mais ça ne les a jamais rendus heureux. Ils ont vécu comme tout le monde, d'une petite série de renoncements et de frustrations. Ils ont renoncé à ce qu'ils voulaient et ils ne voulaient pas de nous. Nous sommes nés de la tradition, pour les photos, pour les grands-parents, pour les impôts, pour tous ceux qui nous ont précédés.

Un autre matin, ce que je prends pour une infirmière entre. Elle s'avance vers les sangles et tire dessus. Ses bottes pleines de boue frappent le sol et laissent partout les traces d'un cochon dans la chambre. Une odeur de terre se répand. Ses yeux verts, immenses, font le tour du lit. Elle a un long sourcil qui forme une chenille au-dessus de ses globes, des mains épaisses aux ongles rongés, des cheveux gras violets emberlificotés dans un chouchou à paillettes et des petits boutons qui grignotent son visage mou. Elle ne dit rien. Sur son étiquette, j'ai le temps de lire son prénom, « Martine ». Elle tire encore une fois sur les contentions et s'en va.

Maman m'a souvent demandé pourquoi je lui en voulais. C'était au détour d'un saucisson brioché qui chauffait dans le four, mais parfois aussi c'était le soir quand elle cherchait de quoi dîner devant le frigo. Chaque fois je ne répondais rien, parce que je ne savais pas parler sans crier. Dans ce lit, alors que je croyais avoir oublié sa question, elle s'impose à moi. Maman m'oblige à mourir. Comme papa. C'est ça.

Les parents sont des assassins. Ils donnent vie et déjà nous assènent un coup de ciseaux. Seuls dès l'abandon du ventre de la mère, enfants du deuil, nous avons pour parent la mort. Ils nous apprennent à parler comme eux, nous prenons leurs mots, leurs gestes, nous rêvons de devenir comme eux, ce sont nos héros. Mais ils savent ce qu'ils sont, il faut couper le cordon. On s'y refuse, on s'y accroche. Nous pleurons. L'enfance passe et nos parents tombent de leurs cieux. Papa et maman n'ont rien de saint, ce ne sont que des humains. Nous nous éloignons. Ils nous en veulent. Nous nous faisons. Ils se défont. Nous grandissons, ils vieillissent. Ils voudraient que nous revenions, ils pleurent comme nous pleurions. Mais c'est nous maintenant qui avons les ciseaux. Nous devenons nos parents.

Souvent, on entend dire qu'on fait des enfants pour se prouver qu'on s'aime, transmettre une histoire, une famille, un sang. Mais tout ça c'est des conneries. Un enfant, c'est des fleurs sur une tombe.

Et puis on m'enlève les contentions. Un geste après l'autre, la chambre se remplit de claquements métalliques. Qu'est-ce que j'ai bien pu faire pour qu'on me libère ? Les infirmiers embarquent la pieuvre blanche et m'abandonnent sans un mot. Est-ce que j'ai vraiment le droit de sortir du lit ? Est-ce que c'est un piège ? Je me lève sans quitter la porte des yeux quand, les deux pieds posés au sol, mes jambes chancellent. Le vertige, la nausée. Je redécouvre la gravité, le poids de mon corps. Je me frotte les poignets que je tourne et retourne comme si je les voyais pour la première fois. J'ai le corps étroit, les doigts boudinés. Rebecca en a profité pour me gonfler avec la sonde. Dans la salle de bains, Sissi me déchire le crâne. Qui je suis ? J'ai les yeux ouverts mais j'ai l'impression d'être encore endormie. Où je suis? Est-ce que je suis coincée dans un cauchemar? J'ai si peu conscience d'être vraie que tout ce qui s'est passé m'apparaît presque comme un rêve. Et si j'avais tout inventé?

Je sors de la chambre mais je ne la quitte pas vraiment. Quelque chose de moi est resté coincé dedans.

Solène est assise dans le fauteuil rouge en toile. Sur ses jambes fume un bol de thé à la fraise des bois. En face d'elle j'aperçois une fille aux cuissardes noires. De là où je me trouve, je ne vois que ses bottes qui rient. J'avance un peu. Elle a une frange brune entrecoupée de cheveux rouges, un nez rond et une bouche qu'elle cache dans un pull lourd à poils gris. Ses petits yeux noirs gros comme deux noyaux d'olive se tournent vers moi. Je me fige. Solène me tend la main, des doigts froids et gris. «Je te présente Adèle», elle chuchote. Le silence de la salle nous interdit de parler. Je m'avance vers la fenêtre, regarde par-delà la vitre comme quand j'étais attachée au lit.

J'ai l'impression d'être allongée même debout.

Les arbres sont chauves, les oiseaux ont froid. La route noire est devenue blanche. « Quel jour on est ? », je demande aux filles. Adèle fronce les sourcils, l'air de ne pas comprendre. Elle ne sait pas exactement mais le Carré est passé la veille, ce qui veut dire qu'on est soit mercredi soit vendredi, et à en juger par le silence du service, plutôt en fin de semaine. Le 19 octobre donc. J'écarquille les yeux. Il s'est écoulé deux semaines depuis que je suis entrée dans la chambre d'isolement. Quatorze jours et quatorze nuits. Je reviens à la fenêtre. Les nuages passent insensibles, derrière le grillage. Dans deux jours, c'est mon anniversaire. Et dans deux jours, je serai toujours là, enfermée en automne.

D'un coup, je sens l'angoisse monter comme un serpent dans mon ventre. Sa morsure irradie tout mon corps. Je retourne en courant dans la chambre d'isolement. Madeleine m'a peut-être confisqué l'aiguille qui était tombée de mon bracelet, mais elle n'a pas fouillé mes vêtements. Il m'en reste une que j'ai coincée sous la braguette d'un pantalon. Je la tire de sa cachette et soulève la manche de mon gilet.

21 octobre : les infirmiers entrent dans la chambre comme tous les autres jours, comme si tout était pareil, alors que tout a changé. Mais je ne dis rien. Je laisse les heures passer, avec ce curieux pincement au cœur qui se déclenche à chaque coup à la porte, cette douleur qui me rappelle que personne ne m'a souhaité mon anniversaire.

Je n'ai jamais eu quinze ans.

Mon enfance est morte dans cette chambre,
carré parfait aux dimensions de caveau,
où tous mes cris blancs resteront enterrés.

D'autres jours passent. Un garçon du nom de David débarque. Il a le regard mou, son corps est une flaque qui déborde d'un pantalon énorme. Il va et vient dans le couloir, le pas lourd, décidé à aller quelque part, sans savoir où. Au bout de dix minutes peut-être, il se met à hurler. « Sortez-moi de là ! » Solène et Adèle s'arrêtent de parler et le regardent sans bouger. Terrifiées. « Je vais tout détruire ! » David agrippe une chaise et la jette contre la fenêtre. Ses mains sont des poings. De quel enfer s'est échappée cette bête ?

« Calme-toi », je répète en esquivant ses coups. « Calme-toi ou ils vont t'attacher ! » David pousse des cris d'éléphant. « Je veux sortir ou mourir ! », il braille alors que trois blouses lui sautent dessus.

David renverse les infirmières comme des quilles. L'une d'elles, à terre, appelle la sécurité. Jamais vu des hommes aussi grands bondir sur un si petit enfant. D'un coup, ils le soulèvent et le jettent dans la chambre d'isolement. « David !... Vous pouvez pas... Vous pouvez pas ! », je crie, mais une infirmière me repousse dans le couloir. Les murs redoublent de hurlements, deux blouses que je ne connais pas arrivent, l'une avec une seringue, l'autre avec des contentions. « Au secours ! Au secours ! » Je suis prostrée dans un coin, j'écrase mes oreilles. « Non ! Non ! » David pousse des cris de chiot. Et soudain c'est le silence. Les infirmiers ressortent, les habits froissés. Gabriel semble troublé par les plis de sa chemise. Il tire dessus avant de me lancer sans me regarder : « David va rester en isolement jusqu'à demain. D'ici là, toi, tu dormiras dans une autre chambre. »

Comment décrire ma joie alors que David souffre à ma place ? Le temps d'une journée, je peux me couper dans la plus grande impunité. L'après-midi, alors que David croit qu'il fait nuit, le soleil saigne et répand sa lumière sur mes mains.

J'ai beau essayer de les cacher sous des mitaines en résille, j'ajoute tout au plus des trous sur des trous. C'est de la charpie. Au repas, Gabriel discerne la chair en ruine. Je sens ses yeux creuser le tissu. Il a vu que j'ai vu. Mais il ne dit rien. Où est David? Deux jours ont dû s'écouler. Je ne sais plus bien mais je me rappelle que Gabriel m'a demandé de remettre mes affaires dans la chambre d'isolement, ce qui signifie qu'il en est sorti. Gabriel caresse son menton brun en hochant doucement la tête. Tout le monde s'observe, les yeux comme des miroirs. Depuis qu'Adèle est arrivée dans le service, elle s'est mise à imiter Solène, qui coupe, découpe, recoupe sa viande. Les gestes sont mécaniques, fourchette, débris, bouche. Gabriel n'a pas quitté mes mains. Solène s'essuie la bouche. Adèle aussi. Elles se lèvent pour débarrasser leurs couverts. Quand vient mon tour, Gabriel me demande de le rejoindre devant l'infirmerie. Il ouvre la porte. L'infirmerie est un rectangle blanc, large d'à peine un mètre et long comme un tunnel au bout duquel on aperçoit une petite fenêtre donnant sur un autre pavillon de l'hôpital. Gabriel dépose devant lui des compresses, de la Betadine et des bandages. Il tapote un siège sur lequel je dois m'asseoir.

« Enlève tes mitaines. »

Gabriel applique un peu de désinfectant sur ma main rouge quand je la retire brusquement. Nos regards qui jusque-là s'évitaient se croisent. Il a l'air de se demander comment cela peut me faire mal alors que j'ai réduit ma chair en bouillie, et je me dis qu'il n'a rien compris. La souffrance ne naît que sous les doigts de l'autre.

« Je vais y aller doucement, d'accord ? »

Il tamponne mes plaies, me colle des bandelettes de Steri-Strip avant de passer à la main droite. Les traits sont moins nombreux mais plus profonds. Gabriel ouvre un sachet de petites bandes blanches collantes. La Betadine jaunit mon bras rouge. Une fois terminé, Gabriel jette tout ce qui est à jeter, ferme l'infirmerie et prononce tout bas, tout en se dirigeant vers la salle des infirmiers : « On va t'attacher. » Je regarde sa bouche bouger, interdite, et me rue soudain dans la chambre. *Cache-toi !* hurle Sissi. Mais où ? Où ? *En dessous, dans le placard.* Je pousse mon sac, mes vêtements, avant de fermer la porte, persuadée que cette fois ça y est, on ne me retrouvera pas. Quand Gabriel revient, je retiens mon souffle, repense d'un coup à ces parties de cache-cache qu'on faisait quand on était enfants et au nombre de fois où j'ai perdu. Je l'entends faire le tour de la chambre et partir. J'ai envie de croire que j'ai gagné, mais tout de suite je vois débarquer trois paires de chaussures devant le placard.

« Alice ? Qu'est-ce que tu fais là-dedans ? »

Catherine tente d'abord d'enlever les vêtements que je garde crispés entre mes doigts, puis Gabriel lui prête main-forte. Je donne des coups de pied.

« Alice, s'il te plaît… »

S'il te plaît quoi ? Je n'ai rien fait de mal. Je me débats. Gabriel propose de démonter les planches du placard pour me faire sortir, et à ce moment-là, je comprends qu'ils sont prêts à tout et décide de me calmer, la peur cédant à la rage.

« On joue plus, sors maintenant. »

Je tends les mains et Gabriel me les attache.

Combien de temps ça recommence ?

Le médicament coule en moi. Je me laisse fondre. Gabriel appuie sur la télécommande pour fermer les volets. Catherine monte le drap sur mon corps immobile. Ce ne sont plus des gestes de vivants. Je devrais crier, mais on ne crie que lorsqu'on croit qu'on peut être sauvé. Et dans ce lit, il est devenu plus sûr de croire en des monstres qu'en Dieu.

On imagine souvent que les personnes qui ont déjà souffert supportent mieux la douleur, mais c'est le contraire. On ne s'habitue jamais à la souffrance, elle est chaque fois différente, chaque fois terrifiante. La douleur est un poison. Elle corrompt les jours et les nuits. C'est l'expérience du présent dans sa plus féroce intensité. On ne pense qu'à elle quand elle est là et même quand elle finit par s'en aller, on attend qu'elle revienne, on la guette, on l'imagine, sorte de monstre tapi sous le lit.

Dans la salle commune, je retrouve les filles immobiles, affalées dans les canapés. Leurs yeux sont blancs, tournés vers le plafond. Je les regarde et j'imagine un jardin de statues. Un conte, dans lequel des enfants abandonnés se rendraient dans un champ pour pleurer et où les larmes tombées à leurs pieds les transformeraient en granit. De grandes fleurs de pierre. Je prends la pose contre le mur.

« T'as une perm pour Noël, Alice ? demande Candice.

– Un aprèm à peine, je réponds. Mais tu sais, dans ma famille, il vaut mieux pas qu'on se voie trop longtemps, sinon ça nous laisse le temps de nous engueuler. »

Candice n'a toujours pas bougé.

« C'est un peu triste, non ?

– Je crois pas. À chaque Noël, ma mère nous canarde avec son appareil rien que pour grossir son mausolée de photos dans le salon. Elle nous aime que comme ça, quand on est sages… comme des images quoi. Mais l'essentiel, c'est que je vais pouvoir sortir !

– … T'irais où si tu le pouvais ?

– Loin de chez moi déjà ! Après… je sais pas. Au fond, j'ai l'impression que même si je sortais, je serais coincée… »

Candice baisse la tête et j'enchaîne :

« … Et toi, t'as perm pour Noël ?

– Ouais ! Je vois déjà le truc, maman va venir me chercher, je vais monter dans sa voiture, à peine on aura démarré qu'elle me dira que j'ai de bonnes grosses joues. Elle me répétera combien elle m'aime. Et quand on arrivera à la maison, sur la table, il y aura des lasagnes, mon plat préféré. Elle m'en servira et m'en resservira encore. Je mangerai tout, comme si j'avais jamais eu de problèmes, mais j'aurai peur, Alice. Tu sais, j'ai très envie de sortir, mais j'ai très peur aussi. J'ai peur de pas pouvoir me retenir… Maintenant que je mange, j'ai le goût qui revient et j'ai faim. Tout le temps. Je pense qu'à ça. Des gâteaux, des bonbons… Je montrerai rien, mais j'aurai envie de pleurer. J'aurai peur de tout faire foirer. Et puis maman me prendra par la main et on ouvrira les cadeaux sous le sapin. Je la serrerai dans mes bras, elle sourira et pleurera ou l'inverse, moi aussi. Mais tu sais quoi, ce seront des larmes de joie. »

Je n'écoute plus. Je m'invite à la table imaginaire de Candice et me demande ce que ça ferait d'être aimée comme ça. Quand Luce et Candice se mettent à rire, je crois me réveiller. J'ébauche un sourire, histoire de montrer que j'écoutais, mais je ne suis déjà plus là. Je vais mourir. Je me répète ça avec l'étrange réflexion que je n'ai plus peur. La peur, c'est quand on a encore de l'espoir.

Les souvenirs se changent en cauchemars. Houda me demande de la suivre dans la salle de bains. Elle remplit une baignoire à ras bord. L'eau est jaune, la mousse blanche, on dirait une tarte au citron, je me déshabille sous ses yeux, «ça pousse les poils, hein?», elle dit en reluquant mes jambes. J'entre tout entière dans la crème quand elle me lance un canard en plastique. Houda trouve ça marrant, pas moi, je baisse le front et elle avance le jouet sous mon nez… «Coin-coin, elle répète… Coin-coin…»

Ils sont à trois sur moi. Ils me traînent dans le couloir, mon ventre se bat dans tous les sens. Non je n'irai pas. Non vous ne m'attacherez pas.

Pas encore. Mes pieds frappent leurs jambes, ils me tordent les poignets. Gabriel me soulève, Houda ouvre la porte de la chambre d'isolement, Martine prépare les contentions. J'entends le métal puis le silence.

Le bruit du gobelet. Je suis devant la télévision, mes cils battent comme des ailes de papillon. J'arrache aux somnifères des bribes de films, mais la dose est si forte et si rapide que je m'effondre assise. Il me faut l'aide d'une infirmière pour regagner la chambre. Qu'est-ce qui se passe quand je ferme les yeux ? Parfois, je me réveille dans le lit. Je suis en pyjama.

Pourquoi j'écris ça ?

Je n'écris pas pour ne pas mourir.

J'écris pour tuer mes souvenirs.

Je vous donne mon histoire pour qu'elle ne m'appartienne plus.

Dans le lit, j'ai de brusques sursauts de vie. Je rêverais de lire, une phrase, une page, d'entendre d'autres mots que les miens, mais la mort en moi résiste, *bouge ton gros cul!* hurle Sissi, *tu mérites pas de vivre*, je donne des coups de jambes dans les sangles, ne pas s'arrêter, ne pas m'écouter, je me coupe la parole. Je ris, je pleure, tout est farce, tout est faux, FAUX. Les infirmiers sont déguisés. Ils vont se servir de ma sonde pour m'assassiner. On dira que je l'ai cherché. On dira même que c'est moi qui l'ai fait, qu'après tout, c'est ce que je voulais. Ils vont me voler ma mort. Comme maman, comme papa. Parce que ce sont eux, sous leur blouse, ce sont mes parents. Ils portent un costume mais je les reconnais. Je me contorsionne. Deux infirmières m'écrasent les poignets. Je dépasse de partout. Elles me mettent une nouvelle contention au niveau du torse.

Je rêve que je crève.

Comment ça se fait ? Maman vient me voir. J'ai la rage hémorragique, il faudrait qu'on m'ouvre le ventre, qu'on sorte le scalpel, qu'on m'avorte, qu'on prenne cette colère qui me bouffe les intestins. Maman, ici ? Je hurle. C'est l'anarchie dans mon cœur. Le Carré décide de m'anesthésier. La sonde devient jaune. Je deviens blanche. La salive épaisse, pâteuse, me scelle les lèvres. Je dis toujours non, mais on accepte pour moi. Maman entre dans la chambre, les mains agrippées à son sac en faux cuir. Peut-elle m'embrasser ? Elle tourne les yeux vers le Carré comme une enfant qui demanderait l'autorisation, il opine. Ses lèvres froides tremblent, je ne réagis pas, je suis une statue aux yeux blancs. Je me souviens de sa bouche triste qui me demande si ça va, et moi, de mon envie de tendre les mains autour de son cou, de le serrer, fort, fort, fort.

Après ça, c'est la nuit noire dans ma mémoire.

Le Carré décide de me détacher. Mais pour combien de temps encore?

Un relent de colle forte me prend à la gorge. Partout dans le couloir pendent des bouts de laine orange et noir auxquels on a scotché des fantômes et des monstres en papier. On a accroché notre humiliation au plafond. J'avance incrédule, les yeux énormes, quand je bute contre Adèle, assise à même le sol, qui colorie des dessins de sorcières.

« Alice ! » lâche Adèle dans un cri aigu.

Ses yeux sont rouges, comme si elle avait pleuré. Elle me prend dans ses bras.

« Pas de contact, les filles ! » tape des mains Catherine, comme une maîtresse d'école.

Adèle me relâche instantanément. Son khôl baveux lui dessine des petites larmes noires. Elle s'essuie les yeux et tire sur sa minijupe qui ne s'allonge pas. Catherine s'approche en ricanant et reluque les jambes d'Adèle.

« C'est un peu court, hein ? »

Les joues d'Adèle s'empourprent. Elle baisse le front et entortille ses cuisses autour de ses pieds. Mais Catherine a de la bave dans le cerveau ou quoi ? Si elle savait ce que ça a dû lui coûter de montrer ses jambes, combien de fois Adèle a dû hésiter, pleurer, douter, s'insulter, s'arrêter, parce qu'elle craignait justement de recevoir ce genre de commentaire. Cette phrase, ce sont toutes les phrases, toutes les petites humiliations qu'on a prises sur nous depuis qu'on est mioches. Une phrase, c'est pas que des mots, c'est une sentence qui peut coûter toute une adolescence. La preuve. Je l'aurais tuée, je vous jure, mais j'ai des contentions dans le cerveau. Depuis qu'on me donne du Tiapridal et ce Risperdal, j'ai les pensées bancales, le corps caoutchouteux.

« Tu veux aider Adèle à décorer le service ? »

Je ferme les yeux, me demandant si le lit n'était pas mieux.

« Alors bien sûr, pas de ciseaux ! On mettrait pas des objets dangereux entre les mains de dangereuses filles, n'est-ce pas ? »

Adèle m'explique que pour couper les dessins, il faut plier la feuille et la déchirer dans la longueur. Sentant ma colère monter, elle se met à chuchoter juste assez fort pour qu'il n'y ait que moi qui l'entende.

« Crois-moi, ça vaut mieux que l'ennui. »

Catherine me fixe.

« Tu vas me créer des problèmes aujourd'hui ? Tu veux ton si-besoin ? »

Je vois son sourire narquois s'agrandir tandis qu'elle retourne s'asseoir devant son magazine féminin. Adèle se remet à colorier, je m'accroupis à côté d'elle.

« T'es une sanguine toi, chuchote Adèle.

– Je déteste les cons.

– Je suis peut-être nouvelle, mais t'as mal trouvé ta place dans un service de psy…

– Fou veut pas dire con.

– Un point. »

Adèle plie une feuille en deux et ajoute :

« Remarque, tu peux être les deux. Dans le cas d'la naine Cathy…

– Deux points. »

Et nous rions derrière nos mains.

Adèle n'est pas comme Solène. Elle parle d'elle et de sa vie en dehors d'ici, elle a encore la fraîcheur du dehors, ses habits sentent la lessive, c'est exotique. Sa bouche va vite, ses mains pleines de bracelets en toc aussi. Gling-gling. Je n'entends pas tout ce qu'elle me dit parce qu'elle parle pour les oreilles des fourmis, mais Adèle ne se tait jamais. Elle a les pensées en étoile filante. Elle me raconte ses amis, ses cours, tout ce qui fait à peu près la vie d'une ado de quatorze ans. Elle ne me dit jamais « et toi ? ».

Adèle est une tempête, *gling-gling*, des phrases qui se coupent sans s'arrêter, *gling-gling*, elle me parle de sa mère secrétaire et de son père serveur, de ses après-midi passés à l'attendre à la terrasse de son café, de ses collègues qui lui apportent des cacahuètes dans un gobelet, elle me parle de leur appartement tout petit, de sa chambre qui devait être une buanderie, le lit qui sert de penderie et le sol de bureau, elle me parle des jours sans petits déjeuners et des soirées à bouffer les restes des restes, « coquillettes au gratin de chou et au steak de ketchup », elle dit ça comme si c'était drôle et ajoute « mais je me plains pas, il y en a qui vivent bien pire », ouais au Bangladesh par exemple, mais de toute façon, elle n'a plus faim depuis quelque temps. Adèle ajoute cette phrase en me regardant.

Adèle n'est ni comme Solène, ni comme Hélène. Ses bras sont… ses jambes aussi… Elle est complètement normale. Mais l'anorexie n'a jamais été une question de poids. Et Adèle continue à me parler de tout sauf de ce qui l'a amenée là, elle me raconte plein d'histoires. Je me dis qu'elle n'a pas envie de se confier, mais je me trompe. Depuis le début, elle ne fait que ça. Sa frange s'agite. Ses mains s'excitent. Sa sincérité se confond avec son honnêteté. Peut-être qu'elle invente, peut-être qu'elle surjoue, mais qu'est-ce que j'en sais moi de la vérité, à quel moment on ne la choisit pas ou on ne la construit pas, moi aussi je mens, nous ne sommes que des romans.

Dès que j'ai été en âge de lire, j'ai ouvert des livres. J'ai lu des romans dont j'ai oublié le titre, mais qui m'ont chacun à sa façon fait rêver. Les grands romans font ça, ils nous plongent dans cet état second proche du sommeil ou de la transe, leurs mots font images. Ils restent là, citron, tabac froid sur les doigts. Squelette de crevette. Et parfois, au détour d'une conversation, d'une odeur, ou même sans raison, leurs phrases rejaillissent. « Ah oui, je me souviens… », dit-on à leur évocation, et l'on ressent encore de la colère ou du chagrin. Je ne sais pas si, enfant, je savais pourquoi je lisais, mais je crois que je trouvais avec eux ce que je n'avais pas sans eux. Quand Armand jouait avec papa, je lisais. Papa refusait de m'acheter des romans alors j'en volais dans la bibliothèque. Je m'échappais comme le font les prisonniers et les fous. Il y avait Zola, Balzac, Hugo, je les dévorais, Poe aussi, Rodenbach, Wilde. J'avais pour compagnie les fantômes, les chats et les plus grands poètes.

Au sixième étage, devant la minuscule bibliothèque en plastique blanc, je regarde les romans en penchant la tête. Et je comprends désormais tout ce que ces mots me racontaient, la liberté qu'ils m'offraient. Les romans, c'est la place des perdants. C'est le lieu de ceux qui n'existent pas. Lire, c'est devenir personne. « Être partout, rester nulle part. » Je comprends ça et soudain j'ai peur. Le livre peut me faire sortir d'ici. Et si les infirmiers le comprennent, ils m'interdiront tout roman. Dès que je suis seule, j'embarque le premier livre qui me vient sous la main, je le glisse sous ma chemise et retourne dans la chambre avec l'impression de commettre un crime. J'ai le cœur qui bat fort. Je les lis dix, vingt, trente fois, je m'accroche à leurs mots, je ferme les yeux, je les récite, je les incante.

Je lis et j'oublie.

Du moins j'essaye. J'ai les mollets qui gonflent, les épaules qui s'affaissent, le monde m'écrase.

Rester debout est une torture. Mais Sissi est intraitable, elle m'a dit que si je ne battais plus des jambes sur le lit, il fallait que je me tienne debout. *Il faut maigrir, grosse vache.* Alors, je reste tant bien que mal à hauteur d'homme. L'ennui c'est que je me fatigue vite et j'ai l'idée de m'affaler sur l'une des étagères, dans le placard. Je lis dans mes culottes et dès que j'entends des pas, je balance mon livre clandestin sous mes chaussettes.

Je lis donc je ne sors plus.

Je respecte ce que les infirmiers m'ont donné comme consignes. « Quand tu es en chambre d'isolement, tu n'as droit à rien. Ni sortie, ni téléphone, ni courrier, ni permission, ni visite. » Comme je suis bête, j'applique tout bêtement. Sauf que c'est le contraire qui se produit. Les infirmières se relaient pour me « faire sortir ». Un comble. Catherine y va de ses supplications : « Allez, ça te ferait du bien. » Houda me fait du chantage : « Les filles t'attendent, tu voudrais leur faire de la peine ? » Si c'était pas aussi drôle de les voir me supplier, ça en deviendrait pathétique. « On va sortir la console. Tu aimes les jeux vidéo ? » Et puis, au bout du troisième ou quatrième jour, Gabriel débarque. Il n'essaye même pas de me parler. Il m'attrape par le bras, me sort de la chambre et ferme la porte à clé.

Le jour, je rejoins les filles dans la salle commune. Nous parlons peu, voire pas du tout, nous restons vautrées comme des plaids mal pliés sur les canapés. Nous laissons traîner nos yeux paresseux de la fenêtre à nos pieds, de nos pieds à la fenêtre. Nous sommes assommées de fatigue. Garder les yeux ouverts est déjà un effort et souvent, je crois, je m'endors. Parfois, je les retrouve la tête vissée au-dessus d'une drôle de bouteille, une paille à la place des lèvres comme si on les avait remplacées par des tamanoirs en pyjama. Elles font des bulles et de la bave, la salle entière devient un bruit de bouche et elles aspirent, sucent, sirotent cette chose qu'elles appellent Fortimel. C'est un petit pot grand comme un Yoplait, tout ce qu'il y a de plus banal, avec un bouchon violet et un opercule gris, sauf que chaque boisson contient 300 calories. Du gavage cool, en somme. Pas de sonde à table, la merde a un parfum de chocolat. Les filles ont l'air d'aimer ça. Elles aspirent goulûment leur canette dans un bruit de Coca-Cola.

Je regarde leurs veines palpiter, leur cœur rouge battre vite, leurs jambes trembler, et je me demande pourquoi elles ne se rebellent pas. On est pourtant fortes à quatre. On pourrait se révolter, foutre le feu à l'infirmerie, obliger les infirmières à nous donner leurs clés, les enfermer dans leur salle et nous barrer. Mais Adèle, Solène et Candice n'ont jamais eu besoin de se venger du sixième. On ne leur a jamais rien fait qu'elles ne voulaient pas. C'est elles qui ont demandé à venir, elles se sentent enfermées sous le ciel, mais libres sous un plafond. Je l'ai compris le jour où je les ai vues rire avec les infirmières ; je suis la seule à vouloir m'enfuir. On aurait laissé les portes ouvertes qu'elles ne seraient pas parties. Je ne comprends pas comment on peut renoncer à la liberté pour son confort. Comment peut-on se satisfaire à quinze ans d'être assistée comme à quatre-vingts ? Comment peut-on se plaire dans un service de pédopsy ?

Elles aiment leur maladie. Candice arbore son anorexie dans des leggings noirs qui moulent ses jambes de squelette, Adèle perd un centimètre de jupe chaque fois qu'elle perd 100 grammes. Chaque semaine ses vêtements rétrécissent. Est-ce que montrer ses os c'est être exhibo ? Il faut voir les yeux d'Adèle quand elle reluque les jambes de Candice. Et il faut voir la fierté de Candice quand elle aperçoit le modèle qu'elle est pour Adèle. Je crois que c'est ce qu'il y a de plus pervers ici, le sixième justifie leur maladie. Elles ont une chambre, une pesée, un calendrier fixes. Ici, elles sont au centre du monde. Le service ne va à l'encontre d'aucune mécanique anorexique. Il attend seulement qu'elles agissent sauf qu'elles n'agissent pas parce qu'elles savent qu'elles ont le choix. Plus elles y restent, plus elles ont l'impression que c'est normal d'y vivre, et plus elles croient que c'est le monde du dehors qui n'est pas habitable. Elles finissent par aimer être enfermées parce qu'elles ont besoin d'être emprisonnées pour se sentir exister. Mais ce qu'elles prennent pour un ancrage n'est qu'un passage, elles n'habitent pas ici, elles transitent. Personne ne les attend là. Et puis, comment peuvent-elles aimer cette vie à demi ? Bouffer, jamais trop de sel, de gras ni de sucre. Boire de l'eau, ni trop chaude, ni trop froide, juste tiède. Parler d'une voix ni trop haute ni trop basse, porter des couleurs, mais jamais trop vives. C'est pas une vie ça, vivre à peu près. « On est vivantes, les filles ! », je leur répète. « On est des étoiles qu'ils veulent faire entrer dans des cases ! » Mais elles l'ont oublié. Alors je me tais.

Souvent, tard dans la soirée, nous replongeons en enfance. C'est le temps des amitiés, on fait des batailles d'eau, on attend une punition qui ne vient pas, on place des vêtements sous nos draps pour donner l'illusion de corps endormis, alors qu'on rampe sous la porte des infirmiers pour se rejoindre dans la salle des visites, on rit des heures en nous bouchant le nez. On se fait des promesses qu'on ne tiendra jamais. On s'offre tout ce qu'une existence peut avoir à offrir, la certitude d'avoir été aimées. Et puis, fatiguées, de retour sur les canapés de la salle commune, nous discutons de la vie, on imagine ce qu'on fera dans quelques années, à quoi on ressemblera. Pour moi, rien de tout ce qui se dit n'arrivera jamais mais je me garde bien de broncher. J'aime ces filles et, au fond, c'est tout ce qui compte. Alors je bougonne, quand secrètement je me réjouis de les retrouver toutes les nuits. Lorsque c'est mon tour et qu'elles me demandent mon avis, je réponds en haussant les épaules : « Il n'y a que les fêtes et les anniversaires qu'on peut programmer, le reste est voué à l'échec. » À ces mots, les filles se mettent à rire et lancent qu'elles n'en attendaient pas moins de moi. « C'est pour ça qu'on t'aime, Alice, tu traduis ta violence en poésie. »

Le monde danse autour de nous. Le ciel tourne et tourne encore, bientôt la lune n'est plus visible dans le ciel. On remonte le temps, on discute de celles qu'on était avant. À cette heure avancée, où la nuit bascule dans les secrets et pardonne toutes les confessions. « Vous vous souvenez comment tout a commencé pour vous ? » Le sourire de Solène s'effondre soudain. Elle se rappelle ses années de danse, l'odeur des salles avec les barres, les chaussettes chaudes, les gestes lents devant les miroirs, son corps petit et plat avant la puberté et arrondi après, les seins qui poussent, les hanches en expansion, les moqueries, les humiliations. « Du jour au lendemain, j'ai arrêté de manger et ma professeure qui me voyait maigrir m'encourageait. Plus je perdais du poids, plus on m'aimait. À chaque pas je mourais un peu plus, mais on m'admirait. »

Adèle essuie une larme invisible. « Moi, j'ai pas vraiment d'histoire. Je crois que j'ai toujours mangé dans la frustration, parce qu'on me culpabilisait, parce qu'on me répétait de faire attention, alors c'était presque logique, que je finisse par moins manger. C'est tout. »

Candice la regarde en silence. Ses petits yeux bleu nuit se plissent. Elle passe une main mauve sur son buste osseux. « Moi, je sais pourquoi. C'est un cri que j'ai lancé à ma mère. » Candice évoque sa relation fusionnelle avec elle, l'arrivée d'un homme dans sa vie et leur éloignement. « Maman me racontait tout ce qu'ils se disaient. Au début, on riait, on se moquait un peu, elle l'aimait bien, je l'aimais bien, tout allait bien. Et puis elle a commencé à l'aimer plus que bien, mieux que moi je crois. Et elle m'a plus rien raconté. » Candice rigole doucement. « C'est bête, mais j'ai pas su quoi faire et je me suis laissée mourir de faim… Je voulais juste qu'elle m'aime… » Candice se met à pleurer et doucement, nous nous serrons autour d'elle, comme si au fond nous cherchions nous aussi à nous consoler. « Et toi, Alice, qu'est-ce qui t'a amenée là ? » Je me recule soudain. Les filles ne doivent pas voir que je rougis dans le noir. Je commence à tirer sur l'une des croûtes de mes mains quand Solène m'attrape le bras.

« Tu sais, Alice, le jour où j'ai compris pourquoi je me faisais tout ça, j'ai trouvé le déclic. C'est grâce à ça que je vais m'en sortir. Il faut que tu trouves le tien toi aussi.

– Je crois pas qu'il y ait une raison pour moi, Solène, mais tout un tas de raisons, que j'ai peut-être pas vues, qui étaient peut-être pas importantes au moment où je les ai vécues mais qui assemblées les unes aux autres ont pris d'autres proportions... J'adorerais avoir un truc ciblé comme toi, tu vois ? J'aimerais que ce soit à cause de mon père ou de ma mère, comme ça je pourrais les faire passer pour des monstres et moi pour la victime, mais c'est pas eux les personnages principaux de mon histoire. Ce qui m'intéresse, c'est pas de trouver le début mais la fin. Je me fous de savoir pourquoi, je veux savoir comment. Comment arrêter tout ça.

– Alors comment ça se fait que tu manges pas ? enchaîne Candice.

– J'y arrive pas...

– Mais tu sais que tu pourrais manger si tu le voulais. Alors pourquoi tu veux pas manger ?

– Je veux maigrir. J'en rêve putain. »

Adèle renchérit :

« Mais c'est pas un rêve de maigrir à en crever, c'est un cauchemar. Un rêve, ça porte, ça élève. Là ça te bouffe, ça te ronge.

– Je pourrais vous retourner le truc…

– Mais nous, Alice, on essaye de s'en sortir !

– Vous savez ce qui me fait chier ? C'est qu'il y en a d'autres, des pires que moi, et que moi je suis là. Si j'avais pas été chez cette putain de remplaçante de médecin, je serais pas là. On m'aurait pas enfermée. Au lieu de ça, je suis ici à gâcher mes journées. Et encore, c'est pas ça le pire. Le pire, c'est qu'on s'occupe de moi pas parce que je suis folle mais parce que je suis assez jeune pour qu'on en ait encore quelque chose à foutre. Je sais pas à quel moment on considère qu'on a une date de péremption, parce que ouais, toutes les femmes ont une date de péremption, mais à un certain âge, on dit plus rien aux femmes trop maigres. Moi, on voudrait me "soigner" parce que je suis pas encore foutue, comme si y avait un âge où on était prêt à crever ! Bah moi, je voudrais bien être vieille. Si j'étais vieille, on me foutrait la paix.

– Il faut juste que tu récupères un poids satisfaisant pour vivre et pas survivre. La vie c'est pas une sonde.

– Mais je suis pas malade. »

Les filles se regardent, muettes, quand Solène reprend finalement :

« Comment tu veux guérir si t'es pas malade ? En fait, les vraies questions c'est : "Est-ce que tu veux t'en sortir ?" et "Si tu sors pas, pourquoi tu restes là ?" »

Solène mange, donc Solène sort. Le week-end d'abord. C'est ce que les infirmiers appellent des « permissions ». Un autre mot pour dire « autorisation ». Moi, la permission, ça me fait surtout penser à la commission, celle du chien. Parce que comme le chien qu'on sort pour ses besoins, le patient sort pour revenir à l'hôpital. Quand la porte du service se referme sur Solène, je cours à la fenêtre pour la guetter. Solène toute petite en bas m'apparaît tremblante dans les bras de sa mère. J'imagine ses mots : « Il ne faut pas que tu attrapes froid », « Ils te nourrissent bien là-dedans ? Tu manges bien ? », « On n'a pas beaucoup de temps, alors on va vite rentrer à la maison ! »… Solène monte dans une voiture et s'en va. Elle devient minuscule, encore plus minuscule au tournant, puis plus rien. Je pose une main contre la vitre. Le chien, c'est moi depuis le début.

Je frappe le mur.
Mon poing est un lac rouge minuscule.
On m'attache.

Je me coupe avec un morceau de verre.
Mon bras s'ouvre comme un sac, intérieur jaune.
On m'attache.

Je frappe encore.
Mes phalanges sont des œufs.
On m'attache.

J'aperçois parfois maman sortir du bureau du Carré. Depuis que je suis au sixième, il demande à la voir toutes les semaines, jamais mon père, comme si la folie était une affaire féminine. Je serais la fille d'une folle, mais pas d'un fou. Comme c'est étrange, j'ai pourtant les yeux de mon père, j'ai son héritage là, bien au fond de l'iris. Mais c'est vrai, la grande majorité des patients que j'aperçois dans les couloirs sont des patientes. Les rares garçons que je croise sont plus violents que déments. Bien sûr, je rencontre aussi des filles qui jurent et qui frappent, mais leur colère n'est jamais dirigée vers les autres, elles se l'infligent à elles-mêmes. Nous ne vivons pas vraiment dans le même monde. Les hommes vivent à l'extérieur de leur corps, nous, nous vivons à l'intérieur. Est-ce que nous devenons malades à force de tout garder en nous ? Est-ce que la folie est une porte de sortie ?

Un jour, je suis conviée à l'une de ces séances entre le Carré et maman. Elle a l'étiquette blanche de son tee-shirt qui déborde sur son gilet, je voudrais l'arracher, mais je m'abstiens. Gabriel me surveille, il faut que j'aie l'air normale, maman me regarde de ses grands yeux mouillés. Elle s'est encore trop épilée, il lui manque un bout de sourcil. Le Carré l'interroge sur notre vie, notre relation, mes amies. Elle répond avec beaucoup trop de détails, comme le font les gens qui mentent. Elle dit n'importe quoi. J'écarquille un peu plus les yeux à chacune de ses phrases mais peut-être est-ce une stratégie, elle brode une histoire pour lui prouver que je suis normale. Maman est mon dernier mur. Elle érige un rempart entre le Carré et ma folie. Ses mots forment une forteresse même si elle m'enferme dedans. Il y a deux Alice autour de cette table. Le Carré cherche un criminel, maman lui donne une victime. Je ne me défends pas. Je m'empêche de penser de peur qu'on m'entende, qu'on entende la porcherie de Sissi. « Vous avez un commentaire à faire sur tout ce qui a été dit ? » demande soudain le psy. Je n'ai rien écouté. « Qui ne dit mot consent, n'est-ce pas ? Merci d'être venue, madame, je vous raccompagne. Vous, je ne vous dis pas au revoir mais à bientôt. »

J'ai les yeux éclatés par les veines. Le lendemain matin, je me réveille les yeux ivres de médicaments. Le gavage est terminé, je n'ai plus rien au bout de ma sonde. Je sors du lit gonflée comme un ballon et rejoins la salle à manger où j'aperçois une femme que je ne connais pas. Ses yeux… Quels yeux ! Verts, gigantesques et qui ne se ferment pas. Elle me jette un regard et j'ai l'impression d'être nue. Par réflexe, je me cache le torse.

« Bonjour Alice, j'ai beaucoup entendu parler de toi. »

Elle me tend la main, je la serre, elle me l'écrase.

« Je m'appelle Martine. Je suis éducatrice. »

Martine doit avoir dans les quarante ans. Elle a des cheveux violets bouclés et un gros piercing blanc, comme un furoncle qu'il faudrait éclater, en dessous de la lèvre. Difficile de baisser les yeux, les siens, immenses, ont l'air de me retenir la tête. Tout ce que j'aperçois, c'est son épais gilet en laine verte et plus bas, une sorte de pantalon gris, bouffant.

« Qu'est-ce que tu aimes, Alice ? »

Je la regarde sans comprendre.

« Dans la vie. »

Il est 7 h 30. J'ai déjà envie de me recoucher.

« Lire ?

– C'est une affirmation ou une question ?

– À vous de voir.

– Tu peux me tutoyer si tu veux.

– Je préfère pas.

– Pourquoi ?

– Je garde ça pour mes amis.

– Qu'est-ce qu'il faut pour devenir ton ami ?

– Pas être ici. »

Martine se met à rire quand Gabriel s'attable à côté d'elle. « On parle de quoi ? » Ses yeux ne me quittent pas. « On faisait connaissance avec Alice. Elle a de l'humour. On va bien s'entendre. » Solène s'assied en bout de table, sans un mot. Elle étire un bras maigre vers le panier à pain et commence à beurrer trois morceaux avant de les plonger dans une tasse de chocolat chaud. Candice et Adèle entrent dans la salle, les cheveux en désordre. Elles versent de l'eau fumante et se concentrent pour boire leur bol de thé. Candice en boira au moins quatre autres dans la journée. Sans compter l'eau qu'elle avalera par litres au robinet. Candice a déjà le ventre gonflé. Elle m'a dit que ça s'appelait la potomanie. « Je comble le vide de mon cœur, mais dans mon ventre », elle avait ajouté avec ridicule. Je me pousse contre le dossier de la chaise et mes cuisses se touchent. Un frisson de dégoût me remonte jusque dans le nez. La pompe m'a fait gonfler. Logique. Mon pantalon me comprime le ventre, j'essaye de le rentrer tant bien que mal, pour finir par dégrafer un bouton. Je hurlerais si je pouvais. Pourquoi ils me font ça, pourquoi ils s'acharnent à me faire prendre ce poids ?

L'arrivée de Martine me donne la réponse. « Aujourd'hui, tu vas faire du cheval avec nous, et demain, on sera ensemble avec Houda pour le cours de vidéo. » Ils m'ont fait ingérer des calories pour me permettre de participer à des… activités ? « Tu verras, ce sera… » « Non », je la coupe, la mâchoire serrée. Martine et Gabriel hochent la tête dans un dialogue silencieux. Ils savent. Je ne suis plus assez maigre, plus assez folle pour dire non.

Alors je sors.

Le lundi matin, Gabriel est pressé. Il fait des pas chassés entre le couloir et les chambres. Il a très exactement trois heures pour nous conduire au centre équestre et nous ramener. Martine, jamais trop stressée, sirote tranquillement son café pendant que Gabriel s'épuise à nous rassembler. Adèle, Solène et Candice trépignent depuis le hall jusqu'au minivan bleu dans lequel nous embarquons. Je ferme les yeux et le ciel devient rouge, comme s'il saignait. Gabriel branche la radio. Jean-Jacques Goldman. Martine chantonne. Un petit sapin se balance contre l'habitacle. Un air de vacances s'engouffre dans la voiture.

Le temps est si long au sixième que je devrais être contente de sortir un peu, mais ce n'est pas ce qui arrive. Au fond de la bagnole, je me sens comme une mioche sur son siège enfant. Je m'agite. Je ne veux pas d'un tour à cheval, je veux l'étude, l'effort. Je leur ai dit que je voulais reprendre des cours, qu'après tout l'école était obligatoire jusqu'à seize ans, ils m'ont répondu, à peine ironiques, qu'il ne fallait pas m'épuiser. Eh quoi, j'aurais de la force pour monter un poney mais pas assez pour m'asseoir sur une chaise ?

Bientôt il n'y a plus que des champs et partout une odeur de merde. Des carcasses de granges crèvent au milieu de prés chauves. La route est un trou, nous nous cognons partout le front. Sur le bas-côté, des buissons et des pissenlits griffent les portières. Les herbes sont sauvages comme les hommes. Ils nous regardent passer, le râteau et la pelle en main, l'un d'entre eux, un rougeaud en salopette violette, nous fait signe. Cent mètres plus loin, on se serait embourbés dans l'une de ces fosses à purin, dommage. Nous descendons du van, les pieds déjà pleins d'un mélange de boue et de foin. « On se salit vite ici hein ! », il dit en pointant des bottes qui traînent dans une sorte de débarras. Martine galope vers la grosse betterave en discutant déjà de chevaux, les filles enfilent leur paire, je m'éloigne sans un mot, suivie de près par Gabriel. « Reviens ici ! », il crie, brandissant son téléphone. Mais enfin ! Il sait bien que je suis fatiguée. Et puis c'est pas comme si j'allais m'enfuir au milieu de nulle part.

La sonnerie du monte-charge résonne dans le couloir. C'est déjà l'heure du dîner ! Merde… Je m'étais juré de tout dire, le temps détruira cette promesse. Gabriel n'est pas loin.

Plus le temps de se relire, plus le temps de rien.

Je cours, Gabriel court, les chevaux courent. L'après-midi, c'est atelier arts plastiques. La salle de dessin transpire une espèce d'alcool qui colle aux poumons. Les filles fabriquent des masques, les mains pleines de glu. Je reste debout contre le mur, j'attends. Catherine ouvre le placard et un arc-en-ciel d'animaux en plume dégueule de l'étagère.

« C'est quoi ce funérarium de peluches ? je demande.

– Tout ce qu'ont fait les autres patients avant vous. Quand vous aurez terminé vos travaux, on les mettra ici et vous pourrez les récupérer à votre sortie. »

Je regarde les ours sans yeux.

« Et si on les demande pas ?
– Alors ils resteront là jusqu'à ce qu'il n'y ait plus de place.
– Et après ? »
Catherine sourit et referme la porte.

Les portes des placards claquent. Ils mettent la table.

J'écris « hôpital » quand je voudrais dire l'ennui, la colère, le dépit. Les mots du dehors sonnent si faux dedans. La langue s'assèche. Mardi est un autre jour débile. Le matin, le psy et le carnaval de blouses reviennent. L'après-midi, Martine tient une caméra. Elle nous demande de jouer des collégiens dans une salle de classe. Moi, je dois faire l'élève qui veut pas travailler.

Les bruits d'assiettes et de fourchettes se sont arrêtés.

Mercredi, je suis dans la salle des coussins et ses boudins bleus, Catherine met une berceuse et nous raconte une histoire de princesse.

Des pas approchent.

Jeudi, les filles regardent *Un jour sans fin*.

« Alice ? »

Catherine est entrée sans frapper. Maudite naine. Je n'ai pas eu le temps de jeter le cahier sous l'oreiller mais je l'ai glissé sous mon gilet. Elle s'approche en ricanant.

« Qu'est-ce que tu caches là ? »

Catherine m'éloigne du mur, soulève les draps du lit sans rien trouver. Elle fait une grimace.

« Tu sais, ça te ferait du bien de sortir un peu de ta chambre. »

Je hoche la tête sans rien écouter, je sens mon cahier glisser de mon pantalon. Catherine m'entraîne dans la salle commune alors que je fais semblant de remettre ma ceinture. Gabriel sert deux cuillères de coquillettes et de carottes à Luce, les doigts déjà accaparés à trier d'un côté ce qu'elle va manger et de l'autre ce qu'elle va laisser dans son assiette. Gabriel se retient d'émettre un commentaire, il sait qu'il ne faut jamais en faire à une anorexique.

« Alors, Luce, tu t'en vas après le repas pour aller en famille. Qu'est-ce que tu vas faire jusqu'à demain ?

– Bah… chai pas.

– C'est Noël. Tu vas sûrement sortir un petit peu ?

– Bah, oui, fin non, chai pas.

– Tu sais déjà ce que tes parents vont t'offrir ?

– Bah… chai pas. »

Luce fait des bulles avec la bouche. Elle bute sur tous ses mots.

« Et toi, Alice ? »

À l'annonce de mon prénom, j'arrête de me balancer sur ma chaise. Ça y est, ils ont vu le cahier. Mes mains deviennent moites.

« Demain, tu seras en famille ? »

Non, ils n'ont rien vu.

« Il y aura ma mère et mon frère.

– Ça te fait plaisir ? »

Surtout ne pas les contredire.

« Oui, très. »

Gabriel regarde Catherine qui me regarde alors que je regarde par la fenêtre. On n'entend plus que le ronflement du monte-charge. Le dîner aura duré à peine quinze minutes. Catherine contient mal un bâillement en remportant une barquette pleine de carottes. Gabriel cligne des yeux. À la veille de Noël, ils deviennent tous mous. Catherine débarrasse la table en s'essuyant la commissure des yeux. Gabriel ne l'aide pas, il m'observe sortir de la salle.

Solène s'en va. On nous l'apprend comme ça : « Solène part aujourd'hui. » Même elle, elle n'y croit pas. Ses mains retiennent un cri. C'est un miracle. Elle n'ira plus au cheval, elle ne fera plus de masques en papier mâché. Elle rentre chez elle. Solène fait ses sacs. Son peigne et son pyjama débordent. Elle pleure. Je crois qu'elle est triste. Comme les filles. Adèle a les yeux qui coulent noir. Candice devient rouge. Elle tend un sachet de bonbons à Solène, ivre de larmes. Elle n'y croit pas. Elle pensait qu'on avait oublié notre promesse. « Chaque fois que l'une de nous partira, les autres lui offriront son dessert préféré. » Je ne sais plus exactement qui a eu cette idée, mais voilà, les Tagada sont dans les mains mauves de Solène. Concert de mouchoirs. Je crois que si on lui avait dit de rester encore un peu, elle l'aurait fait. Mais ses parents l'attendent. C'est l'heure.

Solène jette un regard de chien battu aux infirmiers qui, exceptionnellement, acceptent qu'on se prenne dans les bras. Solène embrasse Adèle, Solène embrasse Candice. Arrivée à ma hauteur, Solène hésite. Elle me tend un CD et, m'attrapant par les épaules, me chuchote: «Je sais que t'étais derrière ma porte quand je le mettais. Yann Tiersen est plein de fantômes. Ce qu'on entend quand il joue, c'est la voix de l'âme. Écoute-la plutôt que tes voix.» Je regarde Solène, médusée. Est-ce qu'elle aussi elle en a...? «Oui, moi aussi Alice, je les entendais...» Je ne veux pas pleurer, je me suis promis de ne pas pleurer. «Comme ça tu penseras à moi.» On se tombe dans les bras.

Solène... Je croyais qu'on aurait tout le temps du monde pour se voir, se parler à chaque fois comme la première fois, tes yeux, Solène, tes yeux noirs, je pensais que je te retrouverais tous les soirs dans ce canapé qui était devenu ton canapé... Solène, est-ce que tu sais le vide que tu as créé et que tu vas laisser... «Merci d'être entrée dans ma vie. Merci d'exister, Solène.» Ses larmes s'écrasent sur mes mains. « On se reverra en dehors de l'hôpital, hein ? » Solène a l'air d'y croire, mon ventre se serre. « Évidemment », je réponds. On ne peut pas se quitter comme ça, elle me fait promettre avec le petit doigt et nous redevenons des enfants, rien que des enfants.

Et Solène s'évanouit dans la nuit.

Longtemps, je me suis persuadée qu'on se retrouverait dans quelques semaines, dans quelques mois, on rirait dans un parc, on se raconterait nos vies, on serait deux filles parmi d'autres filles. Et puis… quand la serrure s'est enclenchée, quand son parfum s'est évaporé, j'ai tout oublié, je suis restée seule. Avec Sissi qui me faisait une autre promesse. *Tu ne la reverras jamais.*

Frapper, frapper, frapper. Des coups dans le mur pour oublier ceux de mon cœur.

Le lendemain, une enfant entre dans le service. Elle a deux sacs à ses pieds. Une brosse à dents et un gilet en débordent. Ses parents parlent aux infirmiers. « La chambre que vous attendiez s'est enfin libérée. » La fillette nous voit la regarder, approcher à la manière des chats errants. C'est rien qu'une gosse. Avec sa gueule d'ange et ses petites couettes brunes, épaisses comme deux pattes de poulet, elle doit avoir à peine douze ans. « Mais on est sûr qu'elle est pas trop jeune pour le service ? » Adèle parle pour nous trois. Candice lui lance un sourire, l'autre baisse le front. Elle a une peau de citron, deux trous à la place des joues et de grands yeux gris qui lui donnent l'air d'un moineau effrayé. Elle est si frêle. Si fine. Son corps se perd dans ses vêtements, longs et larges, débarrassés de toute coquetterie. Elle avance sans un bruit vers nous, le corps penché, presque cassé, vers ses sacs. Son cou découvre un torse d'os roses. Triste petite chose.

Elle récupère la chambre de Solène.

Luce nous regarde sans un mot. Qu'est-ce qu'elle fait là? Elle devrait être en quoi, en CM2, en sixième? Elle sourit tristement. Bah non elle sait pas pourquoi on l'a amenée ici. Luce commence toujours toutes ces phrases par un «bah», comme si le fait même d'ouvrir la bouche la dégoûtait. Bah ouais, elle aime ses parents. Bah ouais, elle aimait sa vie d'avant, mais si c'est pas possible de la retrouver, alors tant pis. Sa langue de limace fait des bulles. Pourquoi cette gamine me fait pleurer? Luce parle peu mais quand elle le fait, il n'y en a que pour la bouffe. Des carottes, du chocolat, des gâteaux, d'autres gâteaux encore. Elle n'a que ça à la bouche. C'est comme si elle vomissait en parlant. «Tu crois qu'il faudrait plutôt que je mange une cuillère de riz ou de salsifis?», elle demande. Et sans attendre elle enchaîne: «Je digérerai pas le riz, donc si je mange une cuillère de salsifis, je mangerai qu'une cuillère de petit-suisse au lieu de deux, ou alors je gaspillerai le Fortimel, ou alors la clémentine. » Je pourrais faire ses répliques. Moi aussi je connais cette cartographie des calories, ces cheminements de pensée et ces impasses, je connais l'architecte de ses mots. Luce n'a aucune idée de la manière dont tout a commencé. Si on lui demandait ce qui ne va pas, elle serait bien incapable de répondre, elle dirait qu'elle ne sait pas, sauf que ça ne va pas.

Quelque chose d'elle me reste dans la peau. Mais quoi ? Qu'est-ce que je connais d'elle au fond ? À peu près rien, sinon ce que j'imagine, un quartier bordé de rosiers, les coquelicots qu'on passe à la tondeuse, l'odeur de bois brûlé dans la rue, les mobylettes qui ronflent la nuit, les tas de feuilles qu'on entasse en hiver, les piscines gonflables en été, les parties de Scrabble le dimanche, les sticks de Findus le mercredi, le ketchup et le sucre sur la table, ses parents retraités. Rien sur ses amis, ni sur ses cours, ni sa maladie. J'invente sa vie. Une vie parfaitement banale dans un pavillon en placo blanc, le carrelage qui colle aux pieds, les assiettes en faïence accrochées aux murs, les pièces rouges dans un bol avec les clés à l'entrée, la télévision en fond, les jeux à gratter sur la table du salon, un chien qui aboie toujours quelque part, un coq qui crie, les cloches de l'église aussi.

Je pioche comme ça des éléments de sa vie dans ses yeux de bourdon qui s'affole dès qu'on essaye de la regarder. Une vie dans une chambre carrée, elle dedans qui s'assied à la fenêtre, elle qui n'a pas envie de parler, qui n'a pas envie de goûter, qui observe les arbres immenses et inutiles. Luce… Ses parents aux cheveux gris presque blancs reviennent souvent. Quand Luce n'est pas prête, ils patientent dans la salle des visites. C'est une petite famille banale. Ils marchent un peu avant de tirer une chaise et s'affalent comme s'ils perdaient vie. Ils doivent se demander ce qu'ils ont raté. Et quand leur fille apparaît, ils sortent soudain de leur sommeil de mort. D'un coup ils sont debout. Leurs joues grises redeviennent roses. Ils serrent délicatement son petit corps de verre et Luce ferme les yeux.

Luce… Parfois, quand on lui pose une question, on a l'impression que l'angoisse la noie, ses yeux deviennent flous, comme une baignoire qu'on remplirait d'eau, et Luce disparaît on ne sait où. Adorable mystère. Je la comprends sans qu'elle ait besoin de m'expliquer. Nous sommes pétries du même désespoir.

J'en ai vu plein des enfants comme elle, des oiseaux tombés du ciel.

Six étages au-dessus de la terre, nous ne sommes plus ni fille ni garçon, seulement des patients. Nous attendons, ou plutôt nous macérons. Le sixième est un étang et nous pataugeons dedans. Le corps empêtré, des jambes de papillon dans un scaphandre. Quand les gens du dehors souffrent, ils passent à autre chose, parce qu'ils ont autre chose, mais nous ? Les infirmiers nous proposent de la pâte à modeler, le lendemain un DVD, du papier mâché, des perles ou du coloriage. Les heures imbéciles collent aux doigts. On est condamnés à l'ici et maintenant. Le corps sans ailleurs. Mais dans cet asile, nous sommes des dizaines à être coincés. On pourrait l'oublier alors que le silence nous empêche de discuter, nous sommes des solitudes ensemble. On se voit. C'est une révolte qui n'a pas de mains, mais des mots. Dès que les infirmiers s'absentent, nous parlons. Nous élaborons un langage fait de sigles et de surnoms, sortes de formules magiques, auquel les infirmiers n'entendent rien. Dès qu'ils s'en vont, nous nous écoutons. On oublie un temps notre maladie pour se fondre dans celle de l'autre. On devient l'autre. Et c'est là, entre ces murs blancs, qu'on se retrouve, qu'on se reconnaît. Nous construisons des liens plus forts que le sang. Dès que l'un de nous a une perm', il fait entrer le dehors à l'intérieur : portables, cigarettes, briquets… On se tord le cou aux fenêtres pour trois taffes, on se crame des mèches de feu, parfois l'alarme se déclenche et les blouses débarquent. On nous menace et on recommence. Les sans-perm font des listes : du shampoing, des sucettes, des chewing-gums… Faut voir nos gueules dans ces moments-là, on redevient tous des gosses comme à Noël. Nous bâtissons une mémoire. Solène m'a offert un bracelet. Candice aussi. Les gens font ça, ils offrent des souvenirs. Mais souvent ils se perdent. Heureusement, j'ai trouvé un moyen pour que ça n'arrive plus jamais. Je regarde mes bras, mes cicatrices.

Je me souviens de Marc. Marc qui me trouve un jour penchée au-dessus de la cuvette des chiottes et qui me montre comment bien mettre les doigts au fond de la gorge. Sa bouche qui se transforme en pommeau de douche. Marc qui jure parce qu'il s'en est foutu plein sur les pompes. Marc qui serait prêt à tuer si on touchait à ses fringues. Je me souviens d'Elsa, rousse et ronde comme un bonbon Werther's. On était à l'école primaire ensemble. À sept ans, elle était déjà triste. TS aux médicaments. Je me souviens de Marjorie, une brune à la tête en forme de bouchon de liège. TS aux médicaments aussi. Je me souviens de Thierry qui plaque la tête contre la télé et lui parle l'air de dire « vas-y répète et je te défonce ». Je me souviens d'Océane,

1 mètre 80 de haut et de large, les dimensions d'une armoire. Je me souviens de ce garçon aux bandages blancs sur les poignets. Au déjeuner, il enlève ses croûtes. Au dîner, il les mange. Je me souviens de Marguerite et de ses gros bracelets blancs aussi. Comme Elsa. Comme Emma. Je me souviens de Cindy. Des poings à la place des mains. Jamais vu un truc pareil. Des gants de boxe. Elle défonce la porte du service pour que je m'échappe. Je cours, mais déjà j'entends Gabriel qui me rattrape et je vois comme au ralenti, derrière moi, Cindy plaquée au sol. Son corps est une bille, elle roule jusque dans la chambre d'isolement. Quand Cindy en sort, elle a des jaunes d'œufs à la place des yeux. Elle n'arrive ni à tenir une fourchette, ni à fermer la bouche.

J'ai appris par cœur le cri de l'enfance.

Après Solène, c'est au tour de l'interne Rebecca de foutre le camp. Ce matin-là, elle frappe à la porte, elle entre, elle se pose contre le mur. Elle est comme d'habitude, sauf qu'elle ne porte pas sa blouse blanche. Elle a de la couleur, du crayon bleu sur les yeux, un peu de fard à joues. Rebecca tousse dans sa main, l'air de chercher ses mots. « Ça fait combien de temps qu'on se connaît toi et moi ? Quatre, cinq mois ? Longtemps hein. Eh bien, aujourd'hui… – elle sourit de toutes ses dents jaunes de café – c'est mon dernier jour. Ça me fait bizarre de te dire ça, après tout ce temps. J'ai toujours cru que tu serais partie avant moi. J'aurais voulu que ce soit le cas. Tu lèves les yeux, mais tu sais ! Tu sais que j'ai jamais été là pour t'embêter. Tu me croiras pas, mais durant tous ces mois, quand je sortais de l'hôpital, je pensais à toi. Je me disais, est-ce que je fais mal les choses ? Tu m'as fait douter. Chaque lundi, j'espérais que je te retrouverais pas dans le lit. Je rêvais de voir une autre patiente à ta place. Longtemps je t'en ai voulu, et tu as dû le sentir, je t'en voulais de pas avoir disparu. Parce que je sais que tu peux t'en sortir. Si tu mettais un dixième de toute la colère que tu emploies à te foutre en l'air, tu serais déjà dehors. J'espère qu'un jour tu t'en sortiras. »

Elle m'aurait mis une dérouillée que je ne me serais pas sentie plus mal. J'ai chaud, j'ai froid. Un étrange feu se répand dans tout mon corps. « Je vous ai vue tous les jours de toutes les semaines pendant des mois. Je vous ai vue plus que ma propre mère en toute une vie. Et maintenant vous me laissez ? Je devrais tout oublier parce que vous allez m'oublier ? Mais c'est à cause de vous que je suis là, à cause de vous que j'ai arrêté de manger, de vous et de votre putain de sonde ! Vous savez tout ce que j'ai pleuré à cause de ce gavage de merde, vous savez tout ce que je me suis fait à cause de lui, à cause de vous ? Et vous osez vous pavaner devant moi, me dire que vous partez ?! Vous m'avez souillée et vous allez fêter ça ? Et ça vous fait sourire ! Mais qu'on me tue, qu'on m'assassine, qu'on arrête cette bouffonnerie ! Allez-y maintenant, je me débattrai pas ! » Ça, c'est ce que l'ancienne Alice aurait osé dire, mais la Alice de l'hôpital est faible.

Rebecca me regarde, l'air d'attendre une réponse, et devant mon silence elle s'en va. « Aidez-moi, aimez-moi ! », j'aurais voulu lui crier, mais tout est mal sorti, vulgaire. « C'est ça, cassez-vous ! Laissez-moi crever ! », j'ai hurlé la porte fermée. Et je me suis effondrée.

Tous les jours, toutes les nuits, j'attendais Rebecca. Je l'attendais comme j'attendais maman. Mais qu'est-ce que je croyais ? Qu'elle m'abandonnerait pas ? Rebecca ne m'a pas abandonnée, elle ne m'a jamais aimée. La fonctionnaire a fait ses heures, c'est tout.

Le monde entier part et moi je reste. Il n'y a plus que moi dans cet espace vide, à graviter, seule, astéroïde paumé au milieu de nulle part. Mais qu'est-ce que je peux faire ? J'ai essayé, Dieu sait que j'ai essayé. J'ai tenté d'attraper un quartier d'orange, mais chaque fois Sissi le faisait tomber. Et plus j'essayais de le récupérer, plus elle le jetait loin. Y a-t-il pire sentiment que l'échec quand on a vraiment tout tenté ? Personne ne sait la bataille que j'engage chaque fois pour éplucher une clémentine. « Tu sais, m'a dit un soir Catherine, la vérité, c'est que tu veux pas être heureuse. Il y a des gens qui seront tristes toute leur vie. C'est malheureux, tu es jeune, mais tu es comme ça. Et c'est pour ça que tu t'en sortiras pas. »

Que répondre à ça ?

Je hurle si fort sous mon crâne que je crois que je pourrais le faire sauter, un bouquet d'églantines et de cervelle, vlan ! de la tarte aux cerises sur les murs, mais tout ce que j'entends ce sont les rires de Sissi. J'attends des heures jusqu'à ce que mes genoux me fassent trop mal pour me lever. Dieu m'a abandonnée. Je le supplie comme un chien, je le cherche partout, sous les draps, sous mes pieds, à hauteur de ver, dans la poussière, que dalle. Sissi me le répète. *C'est à toi de te sauver.* Alors je m'entaille, coup de couteau dans un steak, je frappe, je ne vise pas. Je respire et quand j'ouvre les yeux, Luce se tient devant moi.

Luce entre dans la chambre sans frapper, elle voit le sang, elle se fige. « Alice ? » Mon nom dans sa bouche me donne envie de pleurer même si je pleure déjà. « Luce... » Je me cache comme si j'étais nue. Luce rend la douleur que je cherchais insupportable. Elle devrait fuir, mais elle reste là. Adorable statue de mousse. « Tu veux que je prévienne quelqu'un ? » Ma colère devient toute molle. « Si je vis, non, si je meurs, oui. » J'attrape du papier toilette et fais pression. Je m'en veux de lui infliger cette scène, j'ai l'impression de salir ses yeux d'enfant et j'attrape son petit corps froid dans mes bras. « Je suis désolée que t'aies vu tout ça... Mais tu me promets que tu diras rien, hein ? » Je me sens si vulnérable sous ses yeux de pavot que je pourrais devenir son esclave si elle me le demandait. Mais Luce passe un doigt sur ses lèvres sèches. Son silence est une promesse.

Luce est une tombe. Elle ne dit rien comme elle ne dira rien lorsqu'elle me chopera en train de cracher mes médocs au repas. À part les vitamines et ce qu'on me file à boire, dès qu'une infirmière me donne un cachet, tac ! je fourgue le truc dans ma poche. Pour être honnête, je ne sais pas trop pourquoi j'ai commencé à le faire, peut-être parce que je voulais voir comment j'étais sans médicaments, me prouver que j'étais normale, peut-être aussi parce que je voulais voir si je pouvais, comme quand je volais dans les magasins, sentir mon cœur battre très fort. En tout cas, ce jour-là, quand j'empoche le Risperdal, le Xanax ou le Tiapridal, mes yeux croisent ceux de Luce et mon cœur s'affole. Évidemment, je ne montre rien. Luce pourrait tout cafter, mais elle choisit de regarder ailleurs. C'est mon amie, et une amie n'exige rien sinon le silence et la foi. À la fin du repas, je débarrasse mon assiette et retourne dans la chambre, dans le placard, où je balance la pilule sous mes petites culottes, parmi une quarantaine d'autres. Est-ce que je me dis que ça pourrait faire un bon suicide ? C'est ce que Sissi me répète en tout cas. *S'ils veulent pas que tu t'envoles, t'as de quoi te foutre en l'air là*. J'attends son signal.

Madeleine entre dans la chambre pour me faire passer un ECG. J'ai une sensation de déjà-vu. Elle me demande de m'allonger sur le lit, soulève le bas de mon pantalon, où je me suis coupée la veille. La chair rouge déborde de la peau. Madeleine n'a aucun mot. Ce sont ses yeux globuleux qui me parlent en premier. Madeleine a envie de crier ou de vomir, je ne sais pas, mais elle appelle les autres infirmiers pour fouiller mes affaires et, d'un coup, la smala rapplique avec des gants blancs.

Je suis morte.

« Dis-nous ce que tu as utilisé pour faire ça, ça ira plus vite. »

Je suis morte s'ils fouillent.

« D'accord, d'accord, je vous donne mes ciseaux ! »

Je suis morte si ça ne suffit pas.

« Si tu as des ciseaux, c'est que tu dois avoir autre chose. »

Je suis morte. Gabriel me repousse contre le mur. J'ai le ventre comme une grenade éclatée. Houda et Catherine ouvrent le placard. Et je vois encore le truc se dérouler au ralenti dans ma tête. Catherine soulève une culotte puis une autre et les cachets se mettent à tomber sur le pvc dans un bruit de robinet. Je suis complètement morte. Et comme si ça ne suffisait pas, la lame d'Aurore est tombée à leurs pieds. Les infirmiers reculent, incrédules. Il doit bien y avoir trente Xanax. Trente fois que je n'ai pas pris mon médoc. Trente fois que j'aurais pu me tuer. Trente fois que j'aurais pu tuer quelqu'un dans le service. Trente fois qu'ils ne m'ont pas vue. Une fois, c'est une erreur, trente fois, c'est un meurtre. Les quatre me regardent. J'essaye d'articuler un mot, mais ma salive colle à mes lèvres. Madeleine cherche du regard Catherine qui cherche Houda qui cherche Gabriel qui hoche sans arrêt la tête. Leurs mains embarquent la lame de cutter et les médicaments. J'ai à peine le temps de déglutir que Gabriel revient en trombe.

« La cheffe du service veut te voir. Tu viens avec moi. »

La cheffe ? Gabriel me regarde de haut. Je le trouve bien arrogant pour un mec qui a failli me laisser me tuer, mais je ne dis rien. J'attends de voir ce qui va se passer. « La cheffe » m'attend dans la salle des visites, le dos droit et les mains à plat sur la table. Je passe la porte et déjà je sens la tempête. Ses grosses lunettes noires se confondent avec ses sourcils froncés. Gabriel s'assied en retournant sa chaise, les jambes grandes ouvertes. Doucement cow-boy.

« Pourquoi vous avez fait ça ?

– Fait quoi ?

– Réponds au lieu de poser des questions ! »

Gabriel s'emporte. L'autre lève le bras, l'air de dire « t-t-t-t, c'est à moi de parler ». Il se cabre sur sa chaise, la jambe en colère.

« Pourquoi vous avez gardé tous ces cachets ? »

Curieusement, je m'attendais à une autre question : « Pourquoi vous avez arrêté de prendre votre traitement ? » Je me contente de hausser les épaules.

« Vous ne savez pas ?

– Non.

– Vous vouliez vous suicider ?
– Je trouvais ça beau.
– Pardon ?
– Je trouvais ça beau tous ces cachets comme ça. »
La cheffe et Gabriel échangent un regard.
« Je crois que vous ne réalisez pas bien ce que vous avez fait. Vous savez que c'est interdit d'avoir des médicaments comme ça à disposition, en si grand nombre. »
L'explication tourne à l'accusation.
« Où c'est écrit ? je réponds.
– Quoi ? Mais… c'est implicite !
– Donc vous venez d'inventer la règle.
– Mais c'est logique !
– Alors fallait le dire dès le début.
– Vous imaginez si des patients étaient tombés dessus ?
– Pourquoi ils seraient venus dans mes culottes ?
– Imaginez.
– Impossible, c'est pas arrivé.
– Ça vous inquiète pas ?
– C'est pas moi qui devrais être inquiète. »
La chef recule sur sa chaise, dit « bon, on en a fini là je crois », se lève, suivie de Gabriel, et claque

la porte. Je me dandine sans savoir ce que je dois faire. Comme quand papa me punissait, et que je me demandais combien de temps il fallait que je reste dans ma chambre pour montrer que j'étais calmée. Je décide de patienter trois minutes qui me paraissent satisfaisantes avant de sortir de la salle. J'attends le pire mais rien n'arrive.

Au dîner, je m'assieds comme d'habitude en me basculant d'avant en arrière sur la chaise pour faire travailler mes mollets, quand Gabriel pose avec fracas trois bouchons de liquide devant moi.

« Qu'est-ce que c'est ?

– Tes médicaments.

– Mes… ?

– Tes médicaments ouais. Tu voulais pas les prendre en comprimés, et bah tu les boiras. Et si tu les veux pas, ça sera par la sonde. *Capisce ?* »

Ce qui est fou, c'est que la cheffe aurait dû se dire : Alice ne prend plus ses médicaments mais elle pense normalement, peut-être qu'on ne devrait plus lui en donner alors…

Combien de cachetons j'ai avalés pendant tous ces mois ? Pour quelles causes et quelles conséquences ? On m'a donné des médicaments pour contrer les effets secondaires des mêmes médicaments qu'on m'administrait. Il y en a qui m'ont fait trembler comme une vieille et d'autres qui m'ont fait courir des kilomètres, d'autres encore qui m'ont fait grimper à la fenêtre alors que Catherine essayait de me faire descendre en me déculottant. Il y a ceux qui m'ont fait perdre la boule, oublier jusqu'au nom de ma mère, et ceux qui m'ont fait croire que j'avais des cafards qui couraient sous le crâne, m'amenant à m'arracher les cheveux et la peau avec. Je me souviens que j'avais fini par me gratter, peler mon front comme une tomate. Quand les infirmiers avaient vu les dégâts, ils m'avaient jetée dans la chambre d'isolement. Mais ça m'avait pas calmée. J'étais persuadée d'avoir une termitière sous le caillou.

En plus des contentions, ils m'avaient mis des moufles. Mais ça me grattait toujours, ça grrrrrratttttait. Je mordais les gants, j'avais un couteau à la place des dents, je m'épluchais les doigts, je râpais mes tempes. Catherine avait beau me couper les ongles, je m'acharnais. La tomate suppurait. Je pissais de la purée. J'étais déchaînée alors, désemparée, le Carré avait décidé de changer mon médicament. Trop tard.

Quand je suis sortie du lit, j'ai découvert la boucherie. C'était à moi que j'avais fait tout ça. Je pleurais du sang.

Est-ce que je suis finalement devenue folle ?

Peut-être que ce qu'il y a de plus dangereux au sixième, c'est qu'on finit par s'habituer à tout. Quand on fait aussi longtemps l'expérience du manque, on ne cherche plus à le combler. Mon estomac ne gargouille plus, il ne réclame rien, ni eau ni pain. Le gavage entre comme il sort. Ventre stérile. Parfois, à table, je regarde les filles mâcher et je me demande ce que ça fait. Les matins de beurre et de confiture de fraise. Lécher la cuillère, avoir les lèvres rouges. Les poires pelées. Les steaks gorgés de sang. Les clémentines qui s'impriment sur les doigts. La faim, la soif. Je les imagine et mon ventre se plie. Je jurerais que Sissi m'a donné un coup dedans. C'est comme si j'avais oublié le simple fait de savoir manger. Combien de fois on a essayé de m'enlever la sonde, et combien de fois j'ai échoué. La dernière fois a été la plus longue.

Le premier jour, j'avais tenté un haricot. Sissi était ivre de rage. J'avais lancé une chaise contre la fenêtre, balancé mes vêtements, arraché mon matelas, je hurlais. Gabriel aurait pu m'injecter un si-besoin, mais je n'avais plus de sonde. Il ne pouvait rien contre moi. Le deuxième jour, Catherine m'avait servi des petits pois aux lardons. Elle avait son sourire narquois. Elle savait que je ne goûterais à rien puisque je refusais de manger les aliments qui se touchaient. Ses yeux s'étaient plissés. « Est-ce que tu veux que je te sépare les légumes de la viande ? Je faisais ça à mes enfants quand ils étaient petits. »

Le troisième jour, je n'avais rien tenté. Le quatrième, je m'étais évanouie, mais je n'avais rien dit. Je maigrissais. Le cinquième jour, je n'avais toujours rien ingéré, sauf mes médicaments. J'étais si faible qu'Houda avait placé une chaise dans la douche pour que je ne m'effondre pas. Et l'après-midi Gabriel m'avait demandé de le rejoindre dans la salle des visites. Je marchais avec peine. La cheffe du service était là, elle parlait mais je n'entendais rien. Ses mots s'élevaient comme de la fumée au-dessus de sa tête. Les nuages fleurissaient au plafond.

À la fin, je me souviens que Gabriel avait dit : « Ça sert à rien de parler, elle est pas là. » Il m'avait ramenée dans la chambre où m'attendait la sonde, la potence, l'échafaud, mes bras se débattaient faiblement, sa voix me suppliait, « m'oblige pas à ça », et je m'étais laissée faire sur le lit, les yeux fermés. Je ne savais plus où j'étais, j'étais épuisée, mais quelque part dans ce sommeil, j'avais entendu ces mots : « Je suis désolé. »

Quand je repense à ces jours, j'ai l'impression de les sentir remonter depuis le fond de mes intestins. Ma gorge s'assèche. Quelque chose s'étrangle au niveau de mon nombril. Il y en a peut-être qui croient que les souvenirs vivent dans notre tête, moi, je pense qu'ils dorment dans notre ventre. La mémoire est une sorte de gros estomac qui digère les émotions. Qu'est-ce que ça me faisait quand j'aimais croquer dans une pomme, piocher dans le paquet de céréales ? Je ne m'en souviens plus. Avec la faim sont aussi parties les odeurs. Mes souvenirs ne sentent plus rien. Ni les fraises mangées au creux des mains avec Armand, ni le parfum de l'effaceur sur les doigts à l'école.

Tout s'en va, tout disparaît. Même l'envie de s'en aller. Un matin, je me lève et pose le front contre la fenêtre, je regarde les passants passer. Je sortirai jamais d'ici. C'est pas la première fois que je me le dis, mais c'est la première fois que ça me fait rien. La vie m'ennuie. Même lire m'épuise. Je lis une phrase et j'arrive en bas d'un paragraphe sans me souvenir de rien. Dormir non plus, je n'y parviens plus. Je tombe dans le noir. Parfois je me réveille, les infirmiers entrent sans que je les voie arriver. Ils vont, ils partent et reviennent encore, ils sont bruyants, bavards. Je ferme la porte et ils la rouvrent. Ils me laisseraient sortir que je leur demanderais à rentrer. C'est ce qui s'est passé d'ailleurs.

Gabriel entre dans la chambre. Il porte son manteau en plastique bleu, il veut que je l'accompagne dans les jardins de l'hôpital. Je dis non et il me tire par le bras. Dehors, j'ouvre les yeux. Le soleil roux me brûle la rétine, je vois blanc, je vois jaune, l'air est bleu, les vitres peignent des tableaux dans le ciel, un ciel de sorbet à la rose, j'entends des gens, des enfants crier, il y a même un chien qui aboie !

Je me jetterais à terre. J'ai oublié la vie et je sanglote, je tends mes mains rouges devant moi, sans comprendre ce que je me suis fait, quelque chose gonfle dans ma gorge, la douleur me coupe les jambes, je me courbe sur le trottoir sans plus pouvoir bouger. Je ferme les yeux, désert de sang. Gabriel m'aide à me relever et nous rentrons sans un mot. Je ne retourne pas à la fenêtre. Je ne veux plus rien voir. Je m'allonge dans les toilettes sans allumer la lumière. Je ne veux plus rien entendre. Je retire les lacets de mes chaussures et les passe autour de mon cou. Je ne veux plus parler.

Un jour, maman m'a dit qu'être triste c'était comme habiter un pays en hiver, le monde s'évanouit sous un manteau de neige et tout ce qui faisait la vie d'avant disparaît. C'est vrai, j'y ai trouvé une maison. On représente souvent l'enfer comme un endroit chaud et brûlant, mais il y fait un froid de démon. Le diable se nourrit de ton mal, sangsue et vampire, il corrompt tout ce que tu fais, tout ce que tu vois, il dépose une espèce de pellicule de gel sur tes yeux et tout prend cette teinte grisâtre. L'enfer. C'est une bâtisse vide, des pleurs à la place des poutres, du vent à la place des fenêtres. Les voix s'amenuisent, le son d'abord, puis l'image. À quoi ressemble Mathilde ? Et maman ? Les contours deviennent flous, tu oublies tout. Tu t'allonges, le corps déjà mort, avec cette sensation d'avoir été dans une autre vie un pendu, un noyé, tu sens la corde autour de ton cou, tes poumons pleins d'eau, tu accomplis ton destin, tu te lèves plus, tu parles plus, tu attends.

Qu'est-ce que j'attends ? Je sens derrière mes yeux ceux de Sissi, sa colère qui me ronge le ventre, je ne peux pas échapper à ses mains sur mes mains, dans mes mains. Et mon sang prend l'épaisseur du ciment. J'aimerais crier mais les mots tombent en moi sans trouver de fond. Où je suis ? Catherine entre dans la chambre avec un verre d'eau et une pilule blanche.

« C'est du Seropram, un antidépresseur. »

Elle me dit que le Seropram prend une à deux semaines pour faire effet. Grande invention, le médicament qui donne du temps. Elle ajoute qu'il va me rendre heureuse. Grande invention ça aussi, le bonheur. Je n'y crois pas. S'il existe, ce n'est que par instants. Et moi, je ne sais pas quoi faire du reste.

Je demeure devant la fenêtre, j'espionne le monde depuis mon nid de coucou. J'observe en bas, dans une chambre de la maternité, l'arrivée d'un enfant dans des bras, le papa tient d'une main un garçon en salopette bleue et de l'autre des ballons rouges gros comme des confettis. Le Seropram agite la fenêtre comme une boule à neige.

Les heures passent, les jours aussi peut-être et les couleurs reviennent. Je revois Solène, Louise, Mathilde. Je revois mamie, ses cheveux blancs coulant dans son cou comme de la crème chantilly. Maman en gilet bleu et en jupe rouge, un petit bonbon acidulé. Papa, des cerises à la place des dents. Concours de crachats par-dessus le balcon. « Attention à pas tomber dans ton élan ! » Je vais si loin que je bascule presque dans l'arbre en face mais papa me rattrape, il me retient, il me laissera jamais tomber…

Ma cloche de verre n'en est pas une. Un soir, je m'aperçois que la fenêtre est mal fermée, je peux l'ouvrir, je peux passer les doigts entre le mur et l'air, j'avance le bras, je touche quelque chose de froid, il y a du vent, il est si grand, si violent que je n'entends pas le sapin en face chuchoter, il est à trois bras de moi, je monte sur le rebord, mes jambes pendent au-dessus des six étages, Sissi s'assied à côté de moi, les lumières du parking virevoltent, je vois des ombres, des têtes qui s'étirent, à peine des lucioles, Sissi me tend la main, le sapin me toise, il répète quelque chose trop bas pour que je l'entende, le noir déferle comme des vagues, la houle redouble, Sissi me tire les bras, les branches gonflent, les hommes coulent dans le goudron, il suffirait d'un pas, mais je n'avance pas, je résiste à l'empire du vide.

La porte s'ouvre sans que je l'entende. J'ai encore mon cahier entre les mains quand j'entends un raclement de gorge.

« Je faisais rien, je faisais rien ! » je crie en balançant mes pages.

Luce me regarde sans bouger. Elle fait trois pas vers mon journal et le ramasse.

« C'est que moi, t'inquiète.

– Qu'est-ce que tu fais là ? T'es pas partie ?

– Mes parents ont du retard.

– Bon… Ça va toi ?

– On s'en fout de moi, Alice… J'ai peur. J'ai l'impression que c'est la dernière fois que j'te vois. J'ai tort ?

– S'te plaît, Luce, sois pas comme les autres, tous ceux qui m'obligent et me jugent...

– J'le suis pas et tu l'sais très bien, sinon ça fait longtemps que je t'aurais balancée. Mais bon... j'pouvais pas partir sans te parler.

– Vas-y.

– Bah chai pas trop par où commencer. Tu sais c'est difficile de parler pour moi. Mais... j'veux que tu saches que t'es pas seule, moi aussi j'ai ce monstre solitaire et vide en moi, je t'ai déjà vue lui parler, j'ai reconnu les gestes que je fais, toi aussi il te demande le pire... J'ai peur qu'il m'emporte mais je me bats, j'essaye de lui résister. Et toi aussi Alice, il faut que tu te battes.

– Pardon, Luce, mais pourquoi je me battrais ? Tu crois qu'on va s'en sortir ? Tu crois que les autres s'en sont sorties ? Mais de quoi d'abord ? De leur dépression ? De leur anorexie ? On se débarrasse pas d'elle. Je sais qu'il y en a des milliers comme nous chaque année à qui ça arrive et qui s'en remettent, moi aussi j'aimerais avoir ma place auprès des vainqueurs, j'aimerais ça, être un exemple, le bon pourcentage, mais ça me fait pas y croire, parce que j'y crois pas. J'aimerais qu'on puisse reprendre notre vie, vivre comme si notre douleur n'avait jamais existé. Je peux pas. J'ai pas envie de faire semblant. Jeter six mois de ma vie pour la tranquillité des gens. Je préfère mourir que mentir. On sort pas de l'anorexie pour la simple raison que c'est elle qui entre en nous. Même quand on pense qu'on l'aura tuée et vaincue, elle restera là. Candice me l'a dit. Elle a faim. Tout le temps. Tous les jours seront une guerre, peut-être plus invisible qu'autrefois, mais là, dans le cœur ou l'estomac, la lutte continuera. On peut pas s'arracher à quelque chose qui est devenu ce qu'on est. L'anorexie colle à l'âme. Alors sortir? Pour quoi?»

Luce a l'air de vouloir pleurer, mais son visage reste sec. Ses mots d'habitude hésitants sont soudain coupants.

«Pour moi. Si tu sors pas, on aura souffert pour rien.

– Tu veux que je nous venge?

– T'as pas compris. Si tu restes en colère, tu resteras prisonnière avec eux. Tu dois aller mieux. Sortir d'ici pour dire ce qu'ils nous ont fait. Ce qu'ils veulent, c'est réduire notre malheur au secret, comme si on pouvait pas en parler. Si on se tait, on fait leur jeu.»

Luce me tend mon cahier que je m'empresse de cacher sous les draps.

« Si tu dois écrire, écris sur nous, Alice. Tu sais qu'on oublie ceux qui parlent pas. »

Nous restons quelques instants timides, les mains imbéciles, avant d'éclater en larmes dans les bras l'une de l'autre.

« Si Dieu existe, Luce, j'en aurai eu la trace avec toi. »

La porte s'ouvre.

« Luce ? Qu'est-ce que tu fais là ? »

Gabriel entre dans la chambre.

« On y va, tes parents sont à l'entrée. »

« C'est l'heure d'aller se coucher », viennent de me dire les infirmières, elles ont éteint la lumière, mais j'ai pas terminé, je continuerai d'écrire, même si je vois plus rien. Le carré vert de l'issue de secours clignote dans le couloir. Sissi est partie se coucher, je sais pas si elle peut m'entendre, mais faut que ça sorte, c'est le moment ou jamais. J'ai peur, j'ai peur de le faire et j'ai peur de pas le faire, je sais pas ce qui me fout le plus la frousse, mais putain j'ai les chocottes, ouais, je suis une chochotte, est-ce que je vais vraiment le faire, les filles aussi avaient peur, Solène me l'a répété, « tu peux pas savoir comme j'avais peur de manger », et elle a réussi… Mais j'ai plus le temps pour réussir, c'était facile de dire « je crève demain », ce demain qui repoussait tout, la vie, la mort comme une espèce d'infini, c'était loin, ouais, mais demain, c'est vraiment demain…

J'aimerais…

Les infirmières font leur ronde, j'entends leurs clés, j'entends mon cœur qui bat trop fort.

J'aimerais…

Ils diront que je me suis suicidée, maman papa les infirmiers, ils voudront tous m'enfermer dans leurs mots, dire qu'ils savaient alors qu'ils ne savaient rien, j'aimerais qu'on ne donne aucun nom à ce que je ferai si je le fais, j'aimerais qu'on me laisse partir comme je suis arrivée, en étrangère, nous avons tous notre part de nuit, cette irréductible ombre qu'aucune lumière ne pourra jamais révéler, chacun à notre manière nous sommes le monde, le feu qui crépite, la terre gorgée de prunes, les champs de tulipes, tout ce monde en nous, toute cette vie qu'on tait en nous, l'infini se cache sous notre peau, c'est l'espace, et moi, mes cicatrices sont comme des étoiles filantes, je les ai laissées jaillir, il faut maintenant laisser le silence s'exprimer.

J'aimerais qu'on sache que j'ai essayé.

Je n'enlève aucun vêtement, je tire les draps et allume mon mp3. Le silence tombe, la musique s'élève. Sissi m'observe comme une mère regarderait son enfant. L'hôpital m'a changée jusque dans mon sommeil. Avant, je m'endormais sur le ventre, mais depuis qu'on m'a attachée, je me mets sur le dos, comme si j'étais toujours dans la chambre d'isolement. Une mèche de cheveux tombe sur mon front, Sissi l'écarte. Elle sait bien qu'elle est dure avec moi, mais elle sait aussi que c'est ce que j'attends d'elle. Je veux vivre, je veux sortir. Sissi va me rendre ma liberté.

Les infirmiers ne veulent pas m'aider. Mon corps est une falaise et ils me poussent de là-haut. Sissi a eu le temps de les étudier. Tous. Ils cherchent tous à se fuir. Catherine boit, Madeleine fume, Houda bouffe… Est-ce que la vie est si insupportable? Ils sont fatigués. Ils sont incompétents. Ils ne veulent pas être là. Mais même ailleurs, ils ne voudraient pas y être. Comment peut-on être si vides? Quand ils regardent le ciel, ils ne voient que du bleu, comme ils ne voient que du vert quand ils regardent l'herbe, un réel plat, sans nuages ni coccinelles. Les nuits ont la couleur des lampadaires, les étoiles sont des avions, pacotilles de paillettes. Ce sont des clowns sans masque. Le maquillage ne part plus. Ils font tous semblant. Catherine voulait être pilote de chasse. Trop petite, besoin de lentilles. Madeleine voulait être pharmacienne. Pas le niveau. Houda ne voulait pas travailler. Il fallait manger.

Sissi l'a bien compris. Ils ne veulent pas vivre, ils veulent être normaux. Ils veulent la foule. S'y fondre, s'y noyer, s'y perdre. Peut-être que c'est ça finalement la normalité, l'anéantissement de l'autre, de l'être. Sissi s'agenouille à mon chevet.

Je te sauve de tout ça. Tu ne deviendras jamais comme ces gens-là. Tu ne seras pas l'une de ces marionnettes prisonnières de ses fils, à jouer et rejouer les mêmes gestes, les mêmes phrases sur la même scène de bois, tes yeux ne seront pas un rideau de théâtre, tu seras libre. Tu seras vraie. Dès que tu as commencé à grandir, tu es devenue un odieux mensonge. Le temps fait ça. Il contamine tout. Tes parents ont essayé de faire de toi ce qu'ils étaient. Mais toi, tu résistais. Tu hurlais la nuit sans savoir que tu priais. Et je suis arrivée.

Tu avais sept ans, Alice, quand tu as commencé à prendre peur. Tu n'étais déjà plus une petite fille. Tu grandissais, tes vêtements devenaient trop petits, ta poitrine s'arrondissait. Tu devenais quelqu'un d'autre. Un monstre de sang coulait dans tes veines. Il allait bientôt tout corrompre. Je t'ai prévenue. Je suis restée fidèle à celle que tu étais, à la Alice que tu étais. Tu devenais affreuse, mais affreuse, un bout de mocheté, un pou, un insecte avec des poils partout, ton pubis, doux comme une pêche, devenait hirsute, rêche, et tes jambes, longues, larges, la sauterelle accouchait d'un bœuf. Ce que tu étais vilaine ! Et tu allais grandir encore, il fallait faire vite.

J'ai demandé de l'aide, d'autres voix sont venues, et tu as plié, tu as arrêté les gâteaux, le gras, le gras qui ruisselait sur ta peau, tu l'as coupée, tu avais encore un âge où tu pouvais revenir en arrière, mais c'était encore trop lent, tu as pris des seins, le médecin, tu te souviens ?

Il les a regardés, il les a palpés, il les a goûtés sous ses doigts, libidineuse vache à traire, tu étais monstrueuse, tu as eu honte, à raison, je n'ai même pas eu besoin de crier, tu savais ce que tu étais, tu devenais comme ta mère, comme ton père, comme tout le monde, mais ton cœur ! Ton cœur battait, tu l'entendais ? C'était les coups que je te donnais pour te garder éveillée, tu portais des brassières, tu souriais, tu regardais les autres les rembourrer, mais dans le miroir, l'enfant que tu étais criait, elle n'était jamais vraiment partie tu sais, elle était toujours là, j'étais toujours là, l'enfance souterraine cognait.

Pour grandir il fallait laisser ton cœur mourir, tu ne le voulais pas, et tu as arrêté de manger, tu as enfermé la femme dans ton ventre, tu sais que c'est elle qui est la cause de tout, horreur de la nature, frappe-toi le ventre, elle est là, ne la laisse pas s'échapper, semeuse de mort, faucheuse de blé, elle détruit tout, tu ne l'as pas encore tuée, elle est toujours là, ils veulent la réveiller, ils veulent faire de toi ce qu'on attend de toi, bonne qu'à engrosser, trou de lait, puits de foutre, avec moi tu seras libre, tu seras vraie, tu ne leur appartiendras jamais, tu ne seras pas née en vain, je suis arrivée tard mais pas trop tard. Il faut tuer le corps, cette gangrène, cette tumeur, il enterre ce que tu es vraiment à l'intérieur, ton corps est en friche, il faut le couper, répands le sang des fleurs sauvages, dis adieu aux roses et aux lilas, fais de ta peau un champ de coquelicots. C'est le grand jour, Alice. Ouvre les yeux. Ouvre les yeux…

25 décembre.

Le jour est blanc ce matin. Il n'y a pas un bruit, pas de couverts. Tout est calme. L'air est lent et froid, je sens un voile sur mes bras. Un frisson remonte de mes jambes jusqu'à mon dos, quelque chose passe. J'ouvre la fenêtre qui ne s'ouvre jamais que de trois doigts. J'entre dans les nuages. J'entre dans le gel. Mes mains sont des brins de lilas. Et soudain, je me souviens.

Mamie... Ses mains... Nous sommes assises dans un café, tu portes ta grande pelisse vanille, tu as commandé une part de gâteau pour deux en plus de ce verre de rouge. Tu coupes une tranche avec ta fourchette. Je regarde tes doigts étoilés de points noirs s'abattre sur l'assiette. « Un petit bout pour moi, un petit bout pour toi. » Quel âge tu as déjà ? Ça sent le chocolat. Tu fais cliqueter tes faux ongles rouges contre ton verre. D'habitude, tu fais ça quand tu es stressée. Qu'est-ce qui te préoccupe ? « Tu sais, à mon âge, le temps compte double. » Tu t'emmitoufles un peu plus dans ton étole bleue, le bas de ton visage disparaît. Tu me tends mon morceau de gâteau. Le serveur m'offre un bol de cacao.

Mes jambes sont trop petites pour la chaise. Il doit y avoir du bruit autour de nous, des serveurs qui ne s'arrêtent jamais, mais je n'entends que ton rire, immense et sublime. Mamie… Tu passes une main dans mes cheveux châtains. Tes yeux d'encre fuient vers tes mains que tu écartes sur la table. « Tu sais, parfois les enfants sont en colère contre leurs parents. Ils leur en veulent, et souvent ils ont raison. Les parents sont injustes, difficiles, incompréhensibles. Mais même s'ils échouent à être de bons parents, ils t'aimeront. Aimer, c'est pardonner, Alice. Donner. Et toi aussi, tu les aimeras. La question c'est de savoir quand ça arrivera. » J'avais oublié ses mots. Pourquoi ils me reviennent sept ans plus tard ? Qu'est-ce que j'avais pas compris et que je devrais comprendre maintenant ?

Je pensais que j'avais le temps.

Il m'a rattrapée.

Je me demandais par où commencer, je me demande maintenant où finir.

Je ne sais pas quelle heure il est, mais je suis en retard.

Est-ce que ça a du sens d'écrire une histoire dont on connaît déjà la fin ?

On part toujours sans avoir tout dit.

Est-ce que c'est pour ça qu'on meurt la bouche ouverte ?

On n'est rien que des fourmis sur un caillou au milieu d'autres cailloux.

J'ai accouché d'une termitière.

Comment font les pierres pour tenir dans l'univers ?

Mon ventre est un trou.

Un trou noir.

Est-ce que j'ai attendu quinze ans pour mourir ?

Je suis trop jeune.

Trop petite.

Pour ça.

Quoi ?

Rien.

« Alice ! Aliiiiiiice ! Tu es prête ? »

Houda ouvre la porte. Son corps tout entier penche à chacun de ses pas, je me redresse d'un coup, ramène mes bras contre mon torse tandis qu'Houda me secoue. « Tu me réponds paaaaas ! Tu hes prête hou pas ? » Le cahier ballotte sous ma chemise. La réponse jaillit de ma gorge dans un grand « oui ». La victoire se lit sur son visage. « Hah ! J'aime quand tu hes pleine comme ça de... de... de joie ! Ça te fait plaisir de voir ta famille ? Tu vas voir, ça te fera du bien ! » Je souris mais je n'en ai pas envie. J'ai peur. Sissi m'observe, je le sens, circonspecte. Il y a quelque chose dans mes yeux qu'elle ne reconnaît pas. « C'est bon, j'ai ton manteau ! » lance Houda qui me jette ma veste. Elle m'enfile une manche puis l'autre. « Qu'est-ce que tu ferais sans moi, hein ? Hallez, tu has tes chaussures ? Ta maman t'attend hà l'entrée. »

J'arrive vers elle, le pas lent. Ma mère tend les bras et les referme sur moi, comme une araignée replierait ses pattes autour d'une mouche. Elle s'écarte et m'observe sans un mot, les yeux bleus. « Vous nous la ramenez pas trop tard, hein ? » Maman opine et la porte du sixième étage se referme sur une Houda hilare. Nous prenons l'ascenseur en silence et sortons du bâtiment. Dehors, Pascal, le mec de maman, attend appuyé contre le capot de la voiture. Il fait comme maman, il ouvre mécaniquement les bras et je m'engouffre dedans. Le vent est froid. Je m'attache au siège et regarde l'arbre, haut comme mille églises, observé tant de nuits depuis le sixième, s'éloigner dans le rétroviseur.

L'hôpital disparaît. Est-ce que je vais le faire ? Est-ce que je vais y arriver ? Au feu, le vacarme de la rue me sort de mes pensées. La voiture râle, Pascal aussi, des klaxons résonnent, le monde entier est dehors, à trimballer un McDo ou des cadeaux, les rues s'entrechoquent sous le bruit des bouteilles de vin. Je suis ces sapins de Noël aux relents de beaujolais tanguer sur la route. La mode a encore changé. On est passé des Converse aux Repetto. Les franges ont poussé. Sissi s'assied sur le siège. Je me mords les lèvres, les yeux ivres de regrets. Elle voit bien que je me désespère d'appartenir à un monde qui ne veut pas de moi.

Pascal accélère et descend l'avenue, contourne le rond-point au gazon vert fluo et arrive devant le lycée où l'attend une place pour garer la bagnole. Le vent transporte des odeurs de pisse et de cannelle chaudes. Est-ce que c'est ça ma vie ? je me demande, une succession de petites boîtes, une petite chambre, une petite voiture, une petite valise, un petit appartement, une petite famille, une autre petite chambre… Maman me fait signe de la rejoindre. La rue est toujours aussi grise et ennuyeuse, un chien absent aboie quelque part. Nos bouches fument. Maman compose le digicode et on s'engouffre dans le hall surchauffé de l'immeuble. Escalier de béton, moquette bleue. Pascal tourne la clé dans la porte et le bruit revient.

Maman a remplacé Catherine, elle ne me quitte pas des yeux. J'entre chez moi comme chez une étrangère, je m'essuie les pieds à l'entrée. Je redécouvre les murs et les meubles en bois, je penche la tête vers la cuisine, il n'y a plus de paquets de céréales ni de brioches, juste une table vide avec sa nappe en plastique, les voix se rapprochent, « aaaaaah la voilà ». Mamie est assise dans le salon, « ma poupée… », elle tend les bras, je me plie pour entrer dedans, elle me caresse les cheveux, palpe mon corps, je sens ses mains inquiètes, mais je ne réagis pas, je fais tout comme je m'étais dit, aucune histoire, je suis une poupée-balançoire, je tangue d'un côté puis de l'autre, je dis ce qu'on veut que je dise, « on a fini de déjeuner, tu t'assieds à côté de moi ? ». Je choisis de me mettre sur le vélo d'appartement et commence à pédaler doucement, personne ne fait de remarques, maman n'ose pas, Pascal boit son café, Armand regarde son portable, la vie reprend son cours futile.

Mais l'ennui est trop doux et l'angoisse revient. Sissi. Je descends du vélo. Personne ne me voit partir les yeux pleins d'eau, je me dirige vers ma chambre. Du moins c'est ce que je crois, à la place je découvre une sorte de buanderie. S'il y a toujours mon lit, mon étagère et mon armoire, au milieu, sur la moquette bleue, maman a entreposé un étendoir et, partout, des habits d'Armand, des chaussures de Pascal, des torchons, un fer à repasser, ma table est devenue un débarras d'affaires que je ne reconnais pas. Où sont mes livres ? Qu'est-ce qui me reste à part des vêtements rangés dans un placard ? Mes mains, encore tremblantes il y a quelques instants, ne doutent plus. Je m'approche du tiroir et l'ouvre. Sous les feuilles et pochettes auxquelles maman n'a pas touché, je le trouve encore dans son emballage. Il est là.

La déception et la colère sont des terreaux fertiles pour la mort. Et cette famille m'a donné tout ce qu'il faut pour les faire fortifier. J'observe l'objet métallique et le glisse avec mon cahier sous mon gilet, entre mon pantalon, mon collant et ma culotte. Je tapote le tout, vérifie qu'on ne voit rien et retourne dans le salon. Je me remets doucement à pédaler. Quand je pense que je rêvais de ce retour à la maison… Et maintenant que j'y suis, je n'ai qu'une envie, ne plus y être. Comme les autres. Maman parle des prochaines vacances d'été à Pascal, Armand va aller au cinéma ce soir, ils ont tous hâte d'autre chose, plus tard, pas maintenant. Maman a cru que dans le salon nous pourrions tous nous retrouver mais nous ne nous attendons pas, nous attendons. Seule mamie, assise à côté du vélo, est vraiment là. Est-ce le privilège de l'âge, elle a conscience de la futilité de l'existence. La vieillesse n'attend plus rien. Elle observe tous ces gens qui ne veulent pas être là et comprend. Ce n'était pas un accident, c'était une porte de sortie. Alice n'est jamais tombée malade, elle s'est enfuie de cette famille.

Mamie recule dans le fauteuil en faisant clinquer ses faux ongles rouges contre le cuir. Son cœur bat plus fort. Je la regarde et je lui souris, je me force à lui sourire. Si Alice revient ici, c'est sûr, elle va se foutre en l'air. Mais si elle reste à l'hôpital, ils vont la foutre en l'air… Mamie se mordille les lèvres. Le fond de teint craquelle. Elle aimerait m'aider, mais elle n'a pas ce pouvoir. « Vous n'êtes que la grand-mère », c'est ce que lui a rétorqué le Carré quand elle a tenté de me faire sortir de l'hôpital. « Elle a besoin d'amour, cette gosse, et vous la privez des seules personnes qui l'aiment. Elle a besoin de moi. » Mamie avait tapé du poing sur la table. « Je comprends que vous vous inquiétiez, lui avait répondu le Carré, de cette voix basse qu'il prend avec les patients, mais ses parents sont d'accord.» Elle s'était levée. «Mais d'accord pour quoi? Ils n'ont rien compris!» Il l'avait humiliée. «Et vous? Qu'est-ce que vous ne comprenez pas? Vous n'êtes que la grand-mère.» Elle s'était figée comme si on lui avait donné une gifle. «Je suis peut-être QUE la grand-mère, mais je connais ma petite-fille, et vous, vous n'êtes qu'un con, monsieur.» Il avait souri et elle était partie, attendant d'être en bas du bâtiment pour vomir sa rage et son impuissance. Depuis le fauteuil où elle est assise, mamie repense à tout ça et se répète: C'est trop tard.

«On ouvre les cadeaux?»

C'est maman qui a suggéré ça. Armand, juste à côté du sapin en plastique que nous déballons depuis dix ans, attrape son paquet. Une casquette bleue. Est-ce que ça lui fait plaisir? Il tourne et retourne la casquette sur sa tête, oui, beaucoup. Maman déchire son paquet, Pascal et mamie aussi. Le salon se remplit de bruits de papier froissé. Pull bleu marine, chemise blanche et châle rose. Chaque année, ce sont les mêmes vêtements, les mêmes sourires figés, les mêmes remerciements. Combien de ces cadeaux finiront oubliés au fond d'un placard?

J'observe maman, son dos rond, ses mains fripées, puis mamie, vingt-sept ans de plus, les bigoudis sculptés, un profil de peinture. Je tourne la tête et détaille Pascal, ses doigts blancs de salsifis, ses poils sauvages qui sortent de son nez, ses cheveux épars sur son crâne d'oignon rose. Il a une tache de vin sur sa chemise. Maman rassemble les papiers dans un grand sachet, avant de s'approcher.

« Je t'ai pas oubliée. Il restait un cadeau, tiens ! » s'exclame maman. Je défais le scotch et ouvre le paquet. Un cahier bleu. « C'est mon journal intime. Je l'ai commencé pour toi et maintenant… je te l'offre, pour que tu saches tout ce qui s'est passé depuis… » Elle marque un temps : « Depuis que tu n'es pas là. » J'ouvre la première page mais maman me prend la main. « C'est pour que tu penses à nous… à moi quand on sera pas là. » Je presse son cadeau contre ma poitrine, presque étonnée de sentir mon cœur battre.

« Tu as tout avec toi ? »

Maman est déjà sur le seuil de l'appartement. Je ceinture mon manteau et garde le cahier serré contre moi. Pascal a encore un bout de gâteau dans la bouche quand il ferme la porte d'entrée. Dans l'ascenseur et dans la rue, nous n'échangeons pas un mot. C'est un silence plein d'épuisement, une année s'est écoulée en un jour, maman marche le dos résigné. Il n'y a personne sur la route, mais qui la prendrait un jour comme celui-là ?

Le monde est à sa fenêtre, partout nous croisons les mêmes scènes de joie, des guirlandes rouge et vert sourient en pointillé sur les façades des immeubles, des cris s'échappent d'un appartement, une femme rousse se déhanche dans une petite robe verte, elle est trop maquillée, elle rit trop fort, un homme rose de fatigue défait son nœud papillon, se baptise au champagne, un chapeau à pois bleu pointu sur le crâne, la lumière est jaune puis violette, ils chantent faux, ils tapent du pied et des mains, ils sont vivants. « Ils en font un raffut », rouspète maman. « Encore dix minutes et c'est bon », soupire Pascal. Ils seront bientôt débarrassés de tout ça, tout ce qui les retient là un 25 décembre.

Le soleil orange dégouline sur le capot, de nouveau un rond-point, les travaux et le parking, enfin. Pascal ne prend pas la peine de se garer, il arrête la voiture en face de la porte de l'hôpital et laisse le moteur tourner, « vous n'en avez pas pour longtemps, non ? ». Maman me fait signe de me dépêcher, nos talons résonnent partout, un sachet plastique se prend pour un fantôme, maman frissonne et porte les mains à son cou, le hall s'allume sous nos pas, « ding » fait l'ascenseur, le vide s'élève et s'arrête, « ding », sixième étage, portes saumon, maman sort en premier, elle avance le bras pour sonner puis suspend son geste.

« Tu sais, j'aimerais tellement que ce soit la dernière fois qu'on soit là, toi et moi. J'aimerais qu'on soit comme tout le monde, comme ces gens qu'on a croisés, qu'on vive, qu'on se fasse la gueule et qu'on se pardonne. J'aimerais que tu comprennes que je veux seulement ton bien. Tu as vu comme c'était bien, hein, Noël à la maison. Tout le monde t'aime. Ça t'a pas donné envie de revenir, d'être comme les enfants de ton âge ? J'aimerais tellement que tout redevienne comme avant. Nous avions tout pour être heureux. Nous pourrions l'être à nouveau. Viens contre moi ma fille, laisse-toi aller. Je t'aime Alice. »

Ça, c'est ce que la maman dont je rêvais aurait pu me dire. Au lieu de ça, maman, la vraie, est sortie de l'ascenseur, elle a pensé à Pascal qui l'attendait en bas et a appuyé sur la sonnette en poussant un profond soupir. Quand Houda est arrivée, elle a à peine pris le temps de dire « oui ça s'est bien passé » et « merci » qu'elle était déjà dans l'ascenseur. Peut-être qu'elle aurait vraiment aimé me parler, mais elle avait déjà eu six mois pour le faire, pourquoi elle aurait réussi cette fois-ci ? Quand les portes se sont refermées, maman mimait un « je t'aime » sur ses lèvres.

« Halors, c'était bien, tu hes contente ? T'as des cadeaux ? Tu me montres ? » Houda enchaîne les questions. Je ne prends pas le temps de lui répondre mais Houda me retient. « Hep ! T'as pas houblié quand même ! » Elle me tend un de ces horribles pyjamas verts. « Allez, dans la salle de bains, enlève tout-tout-tout ! » Houda ne me fait pas confiance, et elle a raison, mais dans sa joyeuse incompétence, Houda fouille mon baggy et passe à côté du cutter que j'ai caché sous le lavabo de la salle de bains. « Bon, t'as l'air crevée, tu me raconteras plus tard ? » Houda sort de la chambre et Sissi entre. *Tu es prête ?* Je soulève la main pour lui dire de se taire. *Qu'est-ce que…* Je m'assieds contre le mur et ouvre le cahier de ma mère. *Tu vas pas faire ça maintenant !* Mais je suis déjà partie. Je lis.

Mon cœur,

Je n'avais pas envie de t'écrire parce que ça voulait dire que tu étais vraiment partie. Malade. Il faut que je m'habitue à ce mot. Comment est-ce qu'on peut être malade quand on a quatorze ans ? Je m'adresse à toi, même si tu n'es pas là. Ma fille. Alice. Je préfère garder le « tu » parce que ça me donne l'impression que je te parle et que tu m'écoutes. Tous les jours je me réveille et je me prépare à te parler. Je répète mes mots dans le miroir. Je m'échauffe. J'étire mes bras, je me frappe les joues, je cherche la bonne voix. Et puis, quand je suis prête, que j'arrive à l'hôpital, que j'entre dans l'ascenseur, que je passe la porte de ta chambre et que je tombe sur tes yeux... je n'ai plus de courage, plus rien. Tu as ce regard... Un regard qui me donnerait envie de pleurer. C'est dans les yeux qu'on sait qu'on hait. Ton regard est plus froid que la pierre. Un masque de colère. Tu crois que je t'ai abandonnée, tu crois que j'ai voulu me débarrasser de toi mais ce n'est pas vrai, je m'inquiétais pour toi, je ne savais pas comment faire pour t'aider et quand on aime, Alice, quand on aime comme je t'aime, on n'a pas le choix. L'impuissance d'une mère face à la souffrance de son enfant est un naufrage qui ne connaît aucun rivage. Ton mal, ta violence me sont inaccessibles. Je ne sais pas ce que tu traverses, je ne sais pas où tu es, mais je te suis, je te rejoins. Je ne te lâcherai pas. Je ne sais pas où je vais mais je veux bien me perdre si c'est avec toi.

Mon cœur,

Tu sais, je suis comme toi, impuissante, bringuebalée de rendez-vous en salle blanche, de paperasses en rendez-vous encore. Attendre, patienter, désespérer. C'est mon quotidien désormais. Je découvre un autre monde, une autre langue, un autre temps, fait de compromis et de « patientez s'il vous plaît ». Tu as peur. Moi aussi. Je croise d'autres parents depuis que tu es là, d'autres visages ravagés par le chagrin, et j'ai peur de devenir comme ces familles qui ne peuvent plus parler sans chuchoter. Mes collègues me tapent sur l'épaule avec des regards de pitié. Mais je sais très bien qu'ils me jugent. Je suis une mauvaise mère. Ils croient tous que je t'ai laissée mourir. Ils croient que je ne les entends pas quand ils disent tout ça, mais c'est juste que je ne réponds rien. Les larmes ont remplacé mes mots. Au téléphone, ton père s'acharne sur Armand. « Pourquoi tu l'as laissée faire ? », « Ta mère est un danger et toi tu restes avec elle ? », « Il faut que tu signes le document que je t'ai envoyé. Il faut que la juge des enfants lui fasse perdre la garde d'Alice ». Il répète que tout est ma faute. Voilà la raison qu'il cherchait, servie sur un lit d'hôpital. Je ne comprends pas. Non, je ne comprends rien. Est-ce que tu sais tout ce que j'ai fait pour toi ? Je n'en peux plus de pleurer. Si seulement je savais pourquoi tu fais ça.

Mon cœur,

Combien de jours ça fait déjà ? Je suis entrée dans ta chambre aujourd'hui, ça faisait longtemps que je n'y étais pas allée. Tu ne voulais plus que je vienne. Il fallait que je m'habitue, tu ne m'aimais plus. Je suis entrée dans ta chambre avec l'impression d'être un cambrioleur. J'y ai vu des posters de têtes de mort, des livres partout par terre, des vêtements, que des habits noirs. Quand est-ce que tu as commencé à sombrer? Quand est-ce que je n'ai rien vu? Tu cuisinais tous les soirs pour nous, mais tu ne mangeais rien. «Je mange de la salade parce que j'aime ça.» Tu t'énervais quand je te disais «c'est tout?». Mais est-ce que tu voyais que je m'inquiétais? J'appelle tous les jours l'hôpital, même quand je suis déjà venue. Parfois aussi, je patiente de longues minutes sur le parking, au milieu des voitures. Je te guette, comme je le fais depuis la fenêtre de la cuisine, j'ai l'impression qu'attendre te fera venir. Et le ciel devient noir. Je m'effondre sur la table à manger, les mains dans une assiette. Dans le placard elle serait propre, sur la nappe elle est sale. La vaisselle s'entasse. Le linge aussi. Ton frère t'en veut de prendre autant de place, il ne veut plus me voir, ni même entendre parler de toi, ton père le broie, il insiste pour qu'il signe Dieu sait quoi, il part tôt, il rentre tard. Pascal se demande ce qu'il fait encore là. Je ne te dis pas ça pour t'accabler. C'est pour te dire: tu n'es pas là, mais tu es partout.

Mon cœur,

Rebecca m'a dit que ça n'allait pas bien depuis qu'on t'a mis la sonde. Ce n'est pas une punition, c'est pour t'aider. Tu sais, on n'a jamais vraiment parlé de mes années chez les bonnes sœurs, je n'ai jamais connu mes parents. Quand j'étais enfant, je pensais beaucoup à la mort. Je me disais que Dieu m'avait privée d'un père et d'une mère parce que je ne méritais pas d'exister. Je priais pour me faire pardonner, mais au fond je ne croyais pas. J'étais seule au milieu de sœurs qui n'en avaient que le nom. Je ne sais pas si j'ai voulu mourir, mais je me souviens qu'à un moment je me suis sentie tomber. C'était mon épreuve. Et aujourd'hui ton hôpital est mon église. Tu sais combien j'ai peur, de tout. J'ai peur de conduire, j'ai peur de l'orage, j'ai peur de la mort, et sûrement, je t'ai transmis ça. Tu voudrais que je remplisse les failles que j'ai créées. L'espace. L'océan. Le noir, les vagues, le silence, la tempête, le lait et le sang. Tu souffres tant que tu voudrais me jeter dedans. Mais est-ce que je te sauverais de cette façon ? Aujourd'hui, ton cœur s'ouvre et se referme comme le clapet d'un piège à rat. Et demain ? Je voudrais que tu comprennes que ce que tu prends pour un destin n'est rien qu'un choix. Tu as construit tes propres enfers. Tout le monde cherche à t'en sortir, mais ce que personne ne sait et que moi je vois, c'est que tu les aimes, tu aimes ta prison. La question que je me pose c'est est-ce que tu les aimes au point de vouloir finir dedans. J'ai peur de te perdre. Mais je n'ai pas peur de t'aimer, même si aimer veut dire souffrir avec toi. Je ne sais pas ce qu'il faut que je fasse pour que tu me croies. Il faut que tu saisisses la main qu'on te tend. Tu es encore trop fière, ça veut dire que tu n'es pas tombée encore assez bas, tu vas chuter encore et encore, mais je serai là, tu me détesteras, mais si c'est ce qu'il faut pour que tu vives, alors j'accepterai tout ce que tu me feras. Ta colère n'est pas dirigée contre moi. C'est la maladie qui parle.

Mon cœur,

L'interne Rebecca m'a dit que ton taux de potassium te mettait en danger. Est-ce que tu as compris ce qu'on te dit ? Tu risques de mourir, Alice ! Je n'arrête pas de me dire que chaque fois que je te vois, c'est peut-être la dernière fois. Je ne veux pas l'écrire mais je ne peux pas m'empêcher d'y penser, de voir en te voyant tout ce que tu manques. Quand je sors de l'hôpital et que je vois tous ces enfants rire, courir… J'ai envie de tous les tuer. Leur joie m'est insupportable. Armand non plus ne va pas bien. Il s'est mis à pleurer en plein examen. Il a parlé de toi à son prof et il lui a donné un vingt. Tu vois, tout le monde pense à toi. On est là. Je me soigne, et c'est grâce à toi, je me suis inscrite à des colloques, j'ai acheté des livres, j'ai un nouveau psy. Ils disent tous qu'il ne faut pas te brusquer, t'écouter même si tu ne parles pas, même si tu m'insultes, ne pas répliquer, dire que je suis là, te rassurer. Est-ce que tu vois tout ce que je fais ?

Mon cœur,

On m'a dit que tu t'étais encore fait du mal. J'espère que ce n'est pas à cause de moi. Je sais que je n'ai pas pu venir récemment, mais Pascal a besoin de moi. Je ne peux pas vous perdre tous les deux. Pascal dit que je dois faire un choix. Qu'est-ce que tu voudrais que je fasse ?

Mon cœur,

Pascal est parti. Je ne sais pas encore s'il est parti pour de bon, je ne sais pas. Je n'arrête pas de pleurer. Je lui ai laissé des dizaines de messages et plus d'appels. Tu dois penser que je suis pathétique et tu as raison. Armand en a marre que je pleure. Je ne sais pas si c'est pour lui ou pour toi, sûrement un mélange des deux. Rebecca m'a dit que je n'aurai plus le droit de te voir tant que tu ne mangeras pas. « C'est le contrat. » Comment tu fais pour supporter ça ? J'ai si mal, moi. C'est un mal étrange qui ne passe pas, une maladie sans fièvre, une nausée qui ne sort pas. Mais peut-être que cette douleur m'est bénéfique, je crois que cette souffrance m'est nécessaire, elle me permet de me rapprocher de toi, de partager ton cœur, elle me permet d'être enfin ta mère.

Mon cœur,

Pascal est revenu. Il m'a dit qu'il avait réfléchi et qu'il ne pouvait pas me quitter. Il m'a dit aussi qu'il avait besoin qu'on se retrouve. Il a raison, je n'ai pas été assez là pour lui. Alors, est-ce que tu m'en voudras si je t'écris moins ? Je suis fatiguée, mon cœur.

Épuisée. Si je ne m'aide pas, c'est moi qui vais couler. On ne peut pas être deux. Pascal a raison quand il dit que ce n'est pas sain de te parler comme ça. Toutes ces pages que tu ne liras jamais t'ont enfermée dans un cahier… Il faut que je m'éloigne un peu. Pardonne-moi, j'ai trop souffert.

Mes yeux balaient les feuilles en diagonale tandis que mes mains donnent des coups dans les pages qui se cornent. Elle m'a jamais oubliée.

« Je vais finir par saluer les mêmes patients, reconnaître les infirmières qui me reconnaîtront à leur tour et me demanderont comment je vais. Le service de pédopsy deviendra ma boulangerie. La même chose que d'habitude ? Oui, comme d'habitude. »

« Vous savez, si Alice voulait vraiment mourir, elle trouverait quelque chose pour le faire. Avaler du savon, déchirer des draps, casser une table... Elle veut juste que vous pensiez à elle. »

« Encore un appel pour me dire que tu t'es fait du mal. Je ne veux plus décrocher. »

« Pardonne-moi, j'ai trop souffert. »

Qu'est-ce qui se passe, je ne sais pas. Ces mots s'accrochent à ma peau. « Aimer, c'est pardonner. » Je serre le cahier.

– *Qu'est-ce que tu fais ?*

Sissi rit goulûment.

– *T'avais besoin de trois pages pour hésiter ? Eh ben… Tu dois vraiment bien l'aimer ta place ici.*

– Ferme-la ! T'étais au courant de tout ça ?

– *Qu'est-ce que ça aurait changé ?*

– C'était à moi ! Ça m'appartenait.

– *Mais qu'est-ce que tu crois ? Tu crois que ta mère l'est devenue en accouchant de ce cahier ?*

– Arrête putain. Arrête !

– *Ta mère t'a abandonnée ! Que je sache, elle a pas levé le petit doigt quand on lui a dit qu'on allait te poser une sonde, te droguer et t'attacher.*

– Elle savait pas tout ça !

– *Et maintenant qu'elle sait, ça a changé quelque chose ?*

– …

– *Tu crois que c'est elle qui a écrit tout ça ? Ce que tu peux être niaise… C'est sa mauvaise conscience qui l'a pondu ! Elle veut juste se faire pardonner, elle a besoin de ça pour pouvoir dormir, t'es rien que sa camomille. Ma pauvre… t'as vraiment cru qu'elle t'aimait ?*

– Ta gueule !

– Oh non, je vais pas me la fermer. Il n'y en a pas un pour te dire la vérité, mais moi je vais te dire, Alice, tes parents t'ont jamais aimée. C'est leur culpabilité qu'ils enferment ici, pas leur amour. Ils ont aucun intérêt à te faire sortir.

Je plaque la main sur mes oreilles, mais la voix de Sissi est dans ma tête. Je peux pas l'empêcher de parler. Son corps noir se dresse au-dessus de moi.

– La vérité, tu sais ce que c'est, c'est que tu seras jamais comme il faut. Tu seras jamais à la hauteur.

Sissi s'approche un peu plus de moi, se déplaçant dans l'air comme une pieuvre filandreuse.

– T'as toujours été moyenne et trop moyenne pour le reconnaître. T'as eu ta chance comme tout le monde et t'as tout raté. Alors terminons-en. Prends ton cutter, embrasse ta colère, abandonne-toi à elle. Je sais que tu doutes. Mais quoi, tu crois que tu t'en sortiras comme Solène ou Candice si tu mangeais ? Laisse-moi te décrire ta petite vie si tu le faisais. Une vie à crever. Tu sortiras et t'auras plus aucune amie, elles seront toutes passées dans les classes au-dessus. Un an,

c'est une éternité à ton âge. Au début, t'essayeras de reprendre une vie banale, tu seras contente d'entendre les oiseaux, de sentir le vent sur ta peau, et puis tu verras tout ce que t'auras raté, tu trimeras et tu compenseras le vide de ton existence par la bouffe, parce que la boulimie est la suite logique pour les personnes comme toi, c'est ce que répètent les infirmiers. Alors tu seras grosse et t'auras dix-huit ans, le permis que t'attendais pour crever, mais toujours trop lâche pour te tuer, tu boufferas Xanax sur Xanax, tu seras malheureuse et tout le monde s'en foutra, tu seras majeure. Parfois, t'auras des sursauts de vie, t'enchaîneras les haltères comme ton père et les amours comme ta mère, mais chaque fois tu baisseras les bras, tu t'enfermeras dans ta routine, rat stupide, prisonnière de tes échecs, t'auras besoin d'un coupable, tu accuseras le monde et lui feras la guerre, mais lasse, tu t'éteindras, une fatigue sans fièvre te saisira, t'auras quarante ans, 40 de tour de taille, 40 mètres carrés, tu deviendras la nuit, tu deviendras le bruit, tu deviendras l'un de ces adultes à la peau grise, des gueules de trottoir, ton ciel sera un écran plasma et tu t'endormiras pour vivre, tu gémiras « je croyais que la vie serait différente », tu te demanderas où seront passés tes rêves de gosse, trop tard, tes draps seront ton linceul, coupe tout ! Coupe-toi de tout ça. Je vais te sauver de ta mère et de ton père. Entre dans la nuit avec moi. Ton visage coule mais tu devrais pas pleurer. Tu devrais même me remercier. Je te montre la voie. Coupe-toi !

Sissi se fait d'un coup plus grande, plus monstrueuse, son corps devient un drap, une immense tente noire. Je regarde le cutter sans bouger. Ma main reste suspendue dans le vide.

– Pardonne-moi, j'ai trop souffert…

– Tu récites les mots de ta mère ? Ce que tu peux être ridicule… Allez, coupe-toi !

Je me relève soudain, la lame dans la main.

– Non.

– Quoi ?

– Le cahier… Ces mots… Je croyais qu'il fallait du courage pour se sauver mais c'est le contraire. Il faut être en proie au plus grand désespoir pour s'en sortir. Sortir de soi. Sortir de toi. C'est fini. Tu m'entends, Sissi ? La mort, c'est pas l'échec, c'est le refus de l'échec. Si on était sûr de tout ce qu'on allait faire et de tout ce qui allait nous arriver, ça s'appellerait une nécrologie. Et moi aussi je dois échouer. Ce que tu me proposes avec cette lame, c'est d'effacer toutes les tentatives que j'ai faites pour essayer de m'en sortir. Le suicide, c'est la mort du doute. Mais comment je pourrais mourir sans avoir vécu ? Il faut vivre, se tromper, essayer, rater encore, échouer, devenir l'échec.

Sissi redevient petite.

– J'ai trop longtemps cru que tu pouvais me sauver. On a tous envie d'être sauvé. On cherche tous un parent, un héros, un ange, un saint. Toute sa vie on la passe à essayer de créer une famille. On a besoin de croire qu'on a quelqu'un ou quelque chose qui nous attend quelque part. Et moi… je suis pas différente, c'est mon plus grand drame je crois… Moi aussi je suis décevante. Je suis terriblement humaine. Je me sentais vide et j'ai nourri le manque par le manque. J'ai cherché à rester la personne que j'étais alors qu'elle existait plus.

Mes doigts se resserrent autour de la lame.

– Tu sais comment je vais m'en sortir ? Je vais me rendre ma liberté. J'ai plus peur de toi. Depuis le début, je t'ai donné un nom pour me faire croire que t'étais quelqu'un d'autre que moi, comme si tu m'avais été envoyée, que t'étais un ange ou un démon… Je me suis trompée de cible et de sauveur.

La seule personne qui puisse me sauver c'est moi. Il y aura jamais que moi. Moi et le Néant.

– *Qu'est-ce que tu… Pourquoi tu me regardes comme ça ?*

– Je vais pas me tuer, Sissi, c'est ton vœu à toi.

– *Recule ! Recule !*

– Je mourrai pour personne.

– *Lâche ! Lâche-moi !*

Ma lame se plante au cœur du drap noir, dans la poitrine de Sissi. Étourdie par le coup, elle titube. Sa main imbécile semble chercher le métal sans le trouver. Son visage d'encre se contorsionne pour parler, mais c'est dans un silence de mort que Sissi s'effondre pour l'éternité. Je la regarde s'effacer dans le pvc, devenir une flaque puis une goutte puis de la poussière.

– Sale bête. Je t'ai eue. Je t'ai bien eue, mais…

Quelque chose m'empêche de respirer. Une plaie, un trou s'est formé dans ma poitrine. Qu'est-ce qui se passe ? Mes mains cherchent la lame, je me tourne et me retourne, j'arpente le sol mais elle n'y est pas, je palpe mon buste, non, c'est impossible, la lame… la lame que j'ai plantée dans Sissi est en moi, dans mon corps. C'est un pieu, c'est une croix. Je porte les mains autour d'elle alors que mes mots me reviennent : « Il y a que moi. » Mes yeux se dilatent sous l'effet de la douleur. C'est l'incendie, l'orage. Mes bras se débattent autour de la lame, je tire, je tire encore mais mes doigts déjà trop faibles glissent dans le néant. Il y a jamais eu que moi.

Épilogue

« Mon cœur, ma fille, est-ce que tu m'entends ? Je suis là, je te tiens la main, je suis assise à côté de toi. Tu vas t'en sortir, tu m'entends ? Pourquoi tu t'es fait ça ? C'est la petite Luce qui a sonné l'alarme. Heureusement ils ont été rapides et ils t'ont emmenée ici, aux urgences. Tu vas te réveiller. »

La mère regarde les fils qui relient le corps d'Alice aux machines dans la salle. Elle écoute battre son cœur dans le moniteur.

« Tu sais… Je pensais que ce cahier te sauverait. Je me suis trompée. J'avais cru voir quelque chose se réveiller en toi quand je te l'avais donné mais il n'y avait que moi et ce que je voulais voir de toi. »

Le rythme s'accélère.

« Le docteur m'a demandé de signer des documents pour que tu intègres le service des adultes. Ils se sentent plus capables de te protéger de toi… Je voulais pas en arriver là, mais ton geste me prouve qu'ils ont raison. »

Le rythme s'accélère encore.

« L'amour d'une mère ne suffit pas à guérir de la mort. Ça m'aura pris du temps pour le comprendre, mais ça y est… Tous ces petits mots qu'on dit ou qu'on ne dit pas et qui marquent, qui détruisent… et qui sauvent. Le rôle d'une mère est de sauver son enfant. L'amour vient après. Et je suis confiante, Alice, c'est une question de temps, mais on finira par s'aimer. »

L'alarme du moniteur s'enclenche et plonge soudain la chambre noire dans le rouge.

Postface

Ce que vous avez entre les mains est une fiction, composée avec les débris de mes souvenirs. Seize ans se sont écoulés et je suis toujours en colère. Pour des questions de longueur et de répétition évidentes, j'ai condensé une grande partie de mon enfermement dans cet hôpital, qui a duré un an et demi. Je n'ai pas tout dit : il y a eu d'autres hospitalisations et des scènes innommables, trop cruelles, trop insupportables pour être racontées.

Une question demeure : pourquoi m'a-t-on fait ce que l'on m'a fait ? J'étais une enfant. Pendant des mois j'ai été obligée d'ingérer des médicaments prescrits pour soigner la schizophrénie, la bipolarité, la dépression, des symptômes psychotiques et des épisodes maniaques. Sur quelle base ? Je me le demanderai toujours. Les cachets variaient selon les échecs des médecins. Jamais personne ne m'a expliqué pourquoi on disposait de moi sans mon consentement.

J'ai fugué par deux fois, et par deux fois on m'a ramenée à l'hôpital. À quinze ans, la loi nous considère comme sexuellement majeurs, mais elle nous juge incapables de discernement : on peut nous hospitaliser de force et nous torturer en silence. Combien d'anorexiques n'ont jamais parlé ? Ou plutôt, combien d'entre elles ont parlé et n'ont jamais été écoutées ? Combien de mineures sont, aujourd'hui encore, enfermées contre leur gré ?

Remerciements

Un soir de l'hiver 2022, le Centre national du livre a organisé sa première édition du dîner des primo-romanciers. J'y suis allée en tant que journaliste. J'ai cherché mon petit carton d'invitation. J'étais placée à côté de Sophie de Sivry. Je la connaissais sans la connaître, c'était un nom qu'on associait aux mots « brillant », « talent » et « passion ». Je l'ai regardée s'asseoir avec des yeux d'enfant. Elle avait ce magnifique foulard bleu qui lui donnait l'allure d'une prêtresse. Et ce sourire immense, invincible, qui m'intimidait tant. Nous avons parlé une heure ou une nuit de livres. Et puis, peut-être au moment du dessert, Sophie s'est penchée vers moi. Elle a baissé la voix comme si nous allions partager un secret : « Et vous Alice, vous écrivez ? »

Je dois tout à Sophie. Je dois tout à sa confiance, sa lecture, sa vision. Je dois tout aussi à Sylvie. Ses mots justes, son temps, son assurance. Je dois tout à Laurent et à Thomas. Il y a des personnes qu'on croise et il y a des personnes qu'on rencontre. L'Iconoclaste est une « maison » d'édition. Elle me rappelle chaque jour ce que signifie ce mot.

Je voudrais enfin remercier mes professeurs de lettres et de philosophie ; Anne, pour m'avoir soutenue et lue ; mes amies Muriel, Pauline, Sarah et Mathilde. Et au-delà de tout, Claire.

L'EXEMPLAIRE QUE VOUS TENEZ ENTRE LES MAINS
A ÉTÉ RENDU POSSIBLE GRÂCE AU TRAVAIL DE TOUTE UNE ÉQUIPE.

ÉDITION : Sylvie Gracia et Thomas Garet
COUVERTURE ET CONCEPTION GRAPHIQUE : Quintin Leeds
RÉVISION : Nathalie Capiez, Léonie Cariou et Isabelle Paccalet
avec Julie Mandart
MISE EN PAGE : Soft office
PHOTOGRAVURE : Point 11
FABRICATION : Anna Polonia
DIRECTION COMMERCIALE : Adèle Leproux
RELATIONS LIBRAIRES : Alexandra Profizi
PRESSE : Marie-Laure Walckenaer, avec Lise Chaton
COMMUNICATION DIGITALE : Alice Huguet

RUE JACOB DIFFUSION : Élise Lacaze (direction),
Katia Berry (grand Sud-Est), François-Marie Bironneau (Nord et Est),
Charlotte Jeunesse (Paris et région parisienne), Christelle Guilleminot
(grand Sud-Ouest), Laure Sagot (grand Ouest), Diane Maretheu
(coordination), Charlotte Knibiehly (ventes directes)
et Camille Saunier (librairies spécialisées)

DISTRIBUTION : Interforum

DROITS FRANCE ET JURIDIQUE : Geoffroy Fauchier-Magnan
et Marion Rowe
DROITS ÉTRANGERS : Sophie Langlais et Ella Bartlett
DROITS AUDIOVISUEL, THÉÂTRE, PODCAST : Alba Beccaria
et Geoffroy Fauchier-Magnan
ACCUEIL ET LIBRAIRIE : Laurence Zarra et Lucie Martino
ENVOIS AUX JOURNALISTES ET LIBRAIRES : Vidal Ruiz Martinez
COMPTABILITÉ ET DROITS D'AUTEUR : Christelle Lemonnier,
Camille Breynaert et Christine Blaise
SERVICES GÉNÉRAUX : Isadora Monteiro Dos Reis

L'ensemble de cet ouvrage a été réalisé
dans le respect des règles environnementales en vigueur.
Il a été imprimé par un imprimeur certifié Imprim'vert,
sur du Lac 2000 PEFC pour l'intérieur
et une carte Crescendo PEFC pour la couverture.

Achevé d'imprimer en avril 2024
chez Déjà Link à Stains (Seine-Saint-Denis)
pour la couverture et chez Bussière à
Saint-Amand-Montrond (Cher) pour
l'intérieur et la bande.

IMPRIM'VERT®

PEFC™ 10-31-3068

ISBN : 978-2-37880-453-4
Numéro d'impression : 2077493
Dépôt légal : Août 2024

En France, un livre a le même prix partout.
C'est le « prix unique du livre » instauré par la loi de 1981
pour protéger le livre et la lecture.
L'éditeur fixe librement ce prix et l'imprime sur le livre.
Tous les commerçants sont obligés de le respecter.
Que vous achetiez votre livre en librairie, dans une grande surface
ou en ligne, vous le payez donc au même prix.
Avec une carte de fidélité, vous pouvez bénéficier
d'une réduction allant jusqu'à 5 % applicable uniquement
en magasin (les commandes en ligne expédiées
à domicile en sont exclues).
Si vous payez moins cher, c'est que le livre est d'occasion.